W0034583

CB | CULTURBOOKS

HELEN OYEYEMI

WAS DU NICHT HAST,
DAS BRAUCHST DU NICHT

AUS DEM ENGLISCHEN
VON ZOË BECK

Copyright der deutschsprachigen Ausgabe:
© CulturBooks Verlag 2018
Gärtnerstraße 122, 20253 Hamburg
Tel. +49 40 31 10 80 81
info@culturbooks.de
www.culturbooks.de
Alle Rechte vorbehalten

»What Is Not Yours Is Not Yours«
Copyright © by Helen Oyeyemi, 2016
All rights reseved

Porträts Helen Oyeyemi: © Manchul Kim

Übersetzung: Zoë Beck
Redaktion: Jan Karsten
Herstellung: Klaus Schöffner
Satz: Dörte Karsten
Umschlaggestaltung: Carolin Rauen
Druck und Bindung: CPI – Clausen & Bosse, Leck
Printed in Germany
Erste Auflage 2018
ISBN 978-3-95988-103-6

ÖFFNE MICH VORSICHTIG

*– geschrieben auf einen Umschlag,
der einen Brief von Emily Dickinson an
Susan Huntington Gilbert enthielt,
11. Juni 1852*

INHALTSVERZEICHNIS

BÜCHER UND ROSEN

Für Jaume Vallcorba

Es war einmal ein Baby, das in einer Kirche in Katalonien gefunden wurde. Es geschah an einem Aprilmorgen im Kloster Santa Maria de Montserrat. Und das Baby war so zappelig und winzig, dass der Korb, in dem es gefunden wurde, auf den ersten Blick leer wirkte. Das Mädchen hatte sich in eine Ecke verirrt, zappelte sich aber wieder mutig unter den Decken hervor, um hinauszuspähen. Der Mönch, der den Korb fand, suchte verzweifelt nach einer Erklärung. Sein Blick fiel auf die hölzernen Augen der Lieben Frau von Montserrat, einer Mutter, die ihr Kind seit Jahrhunderten auf ihrem Schoß hielt, ein vergoldetes Kind, das weder atmete noch wuchs. Indem er zu dieser herrlichen Frau aufsah, empfand der Mönch ein gewisses Maß ihrer bedingungslosen Liebe und fiel auf die Knie, um weitere Führung zu erbitten, nur um zu merken, dass er auf einem Stück Papier kniete, das das Baby durch sein Gezappel hinausgewühlt hatte. Darauf stand:

1. Ihr habt hier eine Schwarze Madonna, also werdet Ihr dieses Kind fast so sehr wie ich zu lieben wissen. Bitte nennt sie Montserrat.
2. Warte auf mich.

Das Mädchen trug eine goldene Kette um den Hals, und an dieser Kette hing ein Schlüssel. Während sie aufwuchs, wurden die Schlösser aller Türen und Schränke im Kloster ausprobiert, aber ohne Erfolg. Sie musste warten. Für Montse bedeutete es sowohl Trost als auch großen Frust, dieses ... wie sollte sie es nennen, eine Ahnung, einen Hinweis, ein Versprechen? Dieses Versprechen, dass jemand zu ihr zurückkommen würde. Wäre sie ein weißes Kind, hätten die Mönche von Santa Maria de Montserrat sie in die Obhut einer Familie vor Ort geben können, aber sie war so schwarz wie das Gesicht und die Hände der Jungfrau, die sie anbeteten. Man gab ihr den Nachnamen »Fosc«, nicht nur, weil sie schwarz war, sondern auch, weil ihre Herkunft im Dunkeln lag. Und die Mönche machten es sich zur Aufgabe, alles über die Bedürfnisse eines Kindes zu lernen, was sie nur konnten. Meistens entschieden sie sich im Zweifel für Nachsicht und debattierten darüber, ob dieses hohe Maß an Zuneigung eine Todsünde oder lässlich war. Jedenfalls waren es die Benediktinerbrüder, die Montse fütterten und ankleideten und herumtrugen und die Schrecken des Zahnens mit ihr durchstanden und stundenlang die Kirchenglocken läuteten, als sie ihr erstes Wort gesprochen hatte. Weder als Mädchen noch als Frau zweifelte Montse je an der Zuneigung ihrer vielen Väter, und dass sie sich dieser Zuneigung sicher sein konnte, half ihr auch dabei, gewisse Zeiten in der Schule oder unten in der Stadt durchzustehen, wenn sie komisch angesehen wurde oder jemand sie beleidigte. Die Worte und Blicke ließen sie manchmal den Kopf senken, aber immer nur für die Dauer von ein paar Schritten. Sie war eine Tochter der Lieben Frau von Montserrat, und sie spürte instinktiv und natürlich auch ketzerisch, dass die Jungfrau selbst nur als ein Symbol für eine noch herrlichere Schwester-Mutter diente, die zugleich sorglos und sorgenvoll war, eine Göttin, die einen nicht leitete oder beschützte, sondern nur von Ort zu Ort begleitete und ihre greifbare Anwesenheit der eigenen hinzufügte, wenn man es wünschte.

Als Montse alt genug war, arbeitete sie in einem Kurzwarengeschäft in Les Corts de Sarrià, bis Señora Cabella feststellen musste, dass ihre Verwandtschaft den Familienbetrieb nicht übernehmen wollte, und sie den Laden schloss. »Du bist ein hart arbeitendes Mädchen, Montse«, sagte Señora Cabella zu ihr, »und ich weiß, dass du etwas aus dir machen wirst, wenn du die Gelegenheit dazu bekommst. Du kennst doch den Schandfleck an der Passeig de Gracia. Das Casa Milà. Man nennt es La Pedrera, weil es wie ein Steinbruch aussieht. Viele Steine, die einfach aufeinandergeworfen wurden. Ein ehrliches, zuverlässiges Mädchen wie du kann dort Arbeit als Wäscherin finden. Wäre das eine Arbeit für dich? Sehr gut – geh zu Señora Molina, der Frau des conserje. Sag ihr, dass dich Emma Cabella schickt. Gib ihr das.« Und die Frau schrieb ihr eine Empfehlung, die Montse ganz rot werden ließ, als sie sie las.

Am nächsten Morgen meldete sie sich bei Señora Molina im La Pedrera, und die Frau des conserje schickte sie rauf zu Señora Gaeta, die Montse als brauchbar einstufte und ihr eine Schürze umband. Danach war es Arbeit, Arbeit, Arbeit, und aus Wochen wurden Monate. Montse musste besonders schnell arbeiten, damit es Señora Gaeta nicht auffiel, dass sie die Kleider der Familie Cabella zusammen mit denen der ihr zugewiesenen Bewohner wusch. Das Personal im La Pedrera wechselte schnell. Jede Woche kamen neue Mädchen, die sich ohne Vorwarnung einreihten, und andere Mädchen verschwanden, ohne zu kündigen. Señora Gaeta kannte jeden Namen und jedes Gesicht, obwohl es sogar den Mädchen wegen der identischen Uniformen schwerfiel, sich gegenseitig auseinanderzuhalten. Señora Gaeta war es, die die Mädchen einstellte und die sie auch wieder von ihren Pflichten entband, wenn ihre Mühe nicht den Anforderungen entsprach. Sie schoss über den Dachboden und wedelte mit ihrem rot lackierten Fächer in der Luft herum, während sie die unterschiedlichen Aktivitäten inspizierte. Die Bewohner des Casa Milà nannten Señora Gaeta einen Engel, und die Wäscherinnen mochten sie, weil sie manchmal in die Arbeitslieder miteinstimmte. Es schien, als wäre sie einst eine von ihnen gewesen, auch wenn sie heute Damast und Camée-Ringe trug. Señora Gaeta war auch deshalb so beliebt, weil es aufregend war, ihr zuzuhören: Sie stieß die kraftvollsten und ungewöhnlichsten Flüche aus, die sie je gehört hatten, wahrlich nichts, was sich wiederholen ließe, und alles in einem süß bebenden Ton wie das Lied einer Harfe. Ihre Strategie bestand darin, gesund aussehende Frauen einzustellen, bei denen es unwahrscheinlich schien, dass sie zu bald schon ein Rückenleiden entwickelten. Aber man konnte nicht immer richtig liegen. Es gab Mädchen, die über Nacht alterten. Andere waren überraschend faul. Frauen, die sich um ihren Ruf sorgten, blieben auch nicht lange in der Dachbodenwäscherei – sie suchten und fanden in gewöhnlicheren Gebäuden Arbeit.

Man war sich darin einig, dass es sich bei dem Gebäude, das sich die Milà-Familie hatte erbauen lassen, um einen kompletten Fehlschlag handelte. Das war zum größten Teil die Schuld des Architekten. Er hatte die richtigen Materialien benutzt, aber ganz offensichtlich nicht gewusst, wie man sie am besten einsetzte. Ein Haus aus Stein und Glas und Eisen sollte schlicht und vernünftig sein, ein Wachturm, von dem aus die Gesellschaft wohlwollend beaufsichtigt wird. Aber der weiße Stein dieses besonderen Hauses kräuselte sich, als reagierte er auf eine Hand, die seinen sinnlichsten Berührungspunkt gefunden hatte. Ein angesehener Kritiker einer Zeitung hatte diesen Effekt als »schändliche Wollust« beschrieben. Und als wäre das nicht schon genug, errötete das gesamte Konstrukt bei Sonnenaufgang und -untergang in einem wahrlich beschämenden Pfirsichrosa. Anständige Bürger konnten nicht anders, als den Eindruck zu gewinnen, dass das Haus die Gesinnung seiner Bewohner ausdrückte, die mit Sicherheit entweder verrückt oder unaufhörlich mit unanständigen Aktivitäten beschäftigt waren. Aber Montse fand das Haus, in dem sie arbeitete, schön. Sie stand an der Ecke des Bürgersteigs und sah hinauf, und was sie sah, verschleierte ihr die Sinne. Für Montse war La Pedrera ein prachtvoller Bau. Aber natürlich mangelte es ihrem Geschmack an Veredelung. Ihr größter materieller Schatz war ein ungeheuer glänzendes Stück Blech, das sie auf einem Rummelplatz beim Kokosnussschießen gewonnen hatte. Diese Tatsache darf nicht einfach so übergangen werden.

Es gab allerdings einige kultiviertere Personen, die Montses Bewunderung für La Pedrera teilten – eine war Señora Lucy, die im zweiten Stock wohnte und sich regelmäßig mit anderen Leuten darüber stritt, ob ihr Zuhause eine ästhetische Beleidigung sei oder nicht. Journalisten kamen gelegentlich zu Besuch, um sie zu befragen, und machten beim Gehen eine spitze Bemerkung über das Haus, aber Señora Lucy weigerte sich, ihnen das letzte Wort zu lassen, und zeterte ihnen lauthals hinterher. Die Frage nach rechten Winkeln kam immer auf: Wie konnte es Señora Lucy ertragen, in einem Haus ohne einen einzigen rechten Winkel zu leben ... nicht einmal bei den Möbeln ...?

»Mal im Ernst, wer braucht rechte Winkel? Wer?«, rief Señora Lucy, und dann knallte sie die Hoftür zu und rannte lachend die Treppen hinauf.

Señora Lucy war Malerin mit Augen wie ein Sonnenaufgang. Wie Montse trug sie einen Schlüssel an einer Kette um den Hals, aber anders als Montse erzählte sie den Leuten, sie sei fünfzig Jahre alt und forderte sie mit Blicken heraus, ihr zu sagen, dass sie für ihr Alter gut aussah. (Señora Lucy war in Wirklichkeit fünfunddreißig, nur fünf Jahre älter als Montse. Eines der Hausmädchen hatte mitbekommen, wie ein Galerist sie angefleht hatte, den Leuten nicht länger zu erzählen, sie sei fünfzig. Die Señora hatte geantwortet, dass sie kürzlich die Ausstellungen einiger ihrer Kollegen besucht hatte und jetzt gern wissen würde, ob die fünfzigjährigen Männer in ihrem Fach mit so viel mehr Respekt behandelt wurden, weil sie fünfzig waren, oder ob es andere Gründe gab.) Abgesehen davon waren die Hausmädchen von Señora Lucy ein Stück weit enttäuscht. Sie erwarteten von einer Künstlerin, zu Hause in einem scharlachroten Pyjama zu faulenzen, vor dem Frühstück Cocktails zu trinken und flotte Halunken und wohlriechende Sirenen zu verkösten. Aber Señora Lucy hielt sich an die Bürozeiten. Merce, ihr Mädchen für alles, versuchte sie zu verteidigen, indem sie geltend machte, dass die Señora ihren morgendlichen Kaffee aus einer Vase trank, aber niemand hielt dies für glaubwürdig.

Montse fand eine Möglichkeit, diejenige zu sein, die Señora Lucy die saubere Wäsche brachte. Manchmal musste sie dafür einige andere Lieferungen übernehmen, damit ihre Chefin, Señora Gaeta, nicht misstrauisch wurde. In Señora Lucys Wohnung gab es ein Arbeitszimmer. Oft fing sie ihre Arbeiten dort an und ließ die Leinwände dann in ihr eigentliches Atelier bringen. Dreißig Sekunden in Señora Lucys Wohnung reichten Montse, um einen guten Eindruck von all den angefangenen Gemälden zu bekommen. Der Señora fiel schon bald auf, dass Montse neugierig auf ihre Arbeiten schielte, und sie ließ fortan die Tür zu ihrem Studio offen, während sie an der Leinwand arbeitete, und rief

Montse zu sich und bat sie zu beurteilen, wie gut sich das Bild entwickelte. »Sieh mal hier«, sagte sie dann und deutete auf einen vagen Umriss in der Ecke des Rahmens. »Sieh hier ...« Ihre Fingerspitzen glitten über eine Farbverdunklung, die Perspektive ins Bild brachte. Sie strengte beim Skizzieren der Motive jeden Muskel an. Montse sah, dass die Señora manchmal ganz außer Atem war, obwohl sie sich kaum rührte. Es war die Folge davon, dass sie sich Bilder aus der Luft schnappte – die Luft nahm sich etwas zurück.

Montse fragte die Señora, was es mit dem Schlüssel um ihren Hals auf sich habe. Es war keine richtige Frage, sie sagte nur etwas, damit sie noch einen Moment länger bleiben konnte. Aber die Señora sagte, sie trage ihn, weil sie auf jemanden warte. Da vergaß sich Montse und platzte heraus: »Sie auch?«

Das amüsierte die Señora. »Ja, ich auch. Ich vermute, wir warten alle auf jemanden.« Und sie erzählte Montse alles darüber, während sie für sie beide Kaffee in Vasen einschenkte. (Es stimmte! Es stimmte!)

»Zwei zumeist mittellose Frauen trafen sich bei einem Selbstbeweihräucherungsritual in Sevilla.« So fing Señora Lucy an. Bei der Veranstaltung handelte es sich um die fünfjährige Abschlussfeier eines Jahrgangs der Universität von Sevilla – keine der Frauen hatte diese Universität besucht, aber sie mischten sich unter die anderen, und jeder Zweite behauptete, sich an sie erinnern zu können, und es wurde viel darüber gejubelt, wie wundervoll es war, dass es den früheren Kommilitoninnen so gut ging. Die Betrügerinnen waren vorbereitet und wussten, was sie sagen mussten und welche Fragen sie zu stellen hatten. Sie hießen Safiye und Lucy, und man wäre nie darauf gekommen, dass sie beide bettelarm waren, denn sie hatten den größten Teil des vorangegangenen Nachmittags damit zugebracht, einige unbezahlbare Kleidungs- und Schmuckstücke ihren Besitzerinnen zu entwenden.

Diese beiden mittellosen jungen Frauen kannten jeden Trick, den es gab, und dass sie nicht in der Lage waren, sich gegenseitig als das zu erkennen, was sie waren, war einer der Nachteile davon, eine tüchtige Betrügerin zu sein. Beide Frauen zogen mit einem Fundus an Decknamen von Stadt zu Stadt, und beide glaubten, dass Zusammenarbeit etwas für Schwächlinge war. Lucy und Safiye hatten auf dieser Zusammenkunft nicht nach Freundschaft oder Liebe gesucht. Sie wollten Kontakte knüpfen. Als sie sich noch mit ehrlicher Arbeit geplagt hatten – Lucy in einer Bäckerei und Safiye auf einem Schlachthof –, hatten sie sich gefragt, ob es denn wahr sein könnte, dass es Menschen gab, denen man einfach nur deshalb Geld gab, weil sie so aussahen, als wären sie es gewohnt, viel davon zu haben. Dank ihrer Allerweltsgesichter und ihres dreisten Erfindungsreichtums hatten sie beide diese Theorie austesten können und herausgefunden, dass sie standhielt. Safiye liebte es, sich Gemälde anzusehen, und sie brauchte Geld, um ihre Sammlung zu erweitern. Lucy war eine Künstlerin, die ständig Farbe, Pinsel, Terpentin, sanftes Licht und ausreichend Leinwand brauchte, um unwiderstehliche Fehler machen zu können. Eine Zeit lang war Lucy mit einer seltenen Sorte Clown verheiratet gewesen, der Sorte, vor der Kinder keine Angst haben: *Er ist schließlich einer von uns, das sieht man an seinen Augen,* urteilten sie. *Schon lustig, dass er so merkwürdig groß ist.* Lucy und ihrem Ehemann hatte es nicht sonderlich gefallen, miteinander verheiratet zu sein. Diese Verpflichtung wog sehr viel schwerer, als sie während der unbeschwerten Zeit des Werbens angenommen hatten, aber sie waren sich einig, dass es den Versuch

16 |

wert gewesen war, und während sie auf ihre Scheidung warteten, ließ sich Lucy von ihrem Mann die Taschenspielertricks beibringen, die sie schließlich anwandte, um die Taschen ihres Nachbarn bis auf den letzten Fussel auszurauben. Als sie Safiye an jenem Abend kennenlernte, stahl sie ihr die Ohrringe direkt von den Ohrläppchen, und als sie sich in ein ruhiges Eckchen zurückgezogen hatte, sah sie, dass es sich um künstliche Steine handelte. Dann bemerkte sie, dass ihr Metallarmreif fort war, und ihr wurde schnell klar, dass sie ihn einzig an die Person verloren haben konnte, von der sie gestohlen hatte. Sie war von den bunten Kugeln und dem Reiz dieser zarten Ohrläppchen abgelenkt gewesen. Während sie von einem Bankier bedrängt wurde, dessen falsche Erinnerung daran, vom Tage seiner Immatrikulation an in sie verliebt gewesen zu sein, sich als profitabel erweisen könnte, schwankte Lucy zwischen einer vernünftigen und einer tollkühnen Entscheidung. Wie bei Lucy üblich gewann die Tollkühnheit. Sie fand Safiye im Garten an eine Öllaterne gelehnt und sah nun selbst, dass sie nicht die einzige törichte Frau auf der Welt oder gar auf dieser Feier war, denn Safiye hielt Lucys spiegelblanken Armreif in der Hand und drehte ihn hin und her, um Glühwürmchen in dem wogenden, durchsichtigen linken Ärmel ihres Kleids zu fangen. Dies alles auf die Gefahr hin, in Brand zu geraten, aber andererseits sah Safiye von dort, wo Lucy stand, so aus, als wäre sie selbst aus Feuer, während Flammenteilchen die Muskeln ihres Arms tanzend zum Leben erweckten. Entweder das, oder das Feuer nahm sie sich zurück.

Sie verließen die Wiedersehensfeier früh und eilig zusammen mit einer kleinen Gruppe Gäste, die die Vortäuschung totalen Erfolgs nicht länger aushalten konnte. Nachdem sie in Lucys Bett gefallen waren, standen sie tagelang nicht mehr auf. Wie könnten sie auch, wenn Lucys Fingerspitzen sämtliche Wünsche von Safiye zu befriedigen wussten und jeder neckende Strich von Safiyes Zunge Lucy an den Rand des Wahnsinns trieb? Sie schliefen ein, während sie heimlich für sich Pläne schmiedeten, mitten in der Nacht davonzuschleichen. Ihre Leidenschaft füreinander schlug sie nämlich vollkommen in den Bann der anderen, und das mussten sie schlicht furchterregend finden. Also planten sie ihre Flucht, wachten aber ineinander verschlungen auf. Es hing ganz von Lucy ab, ob Safiye bleiben oder gehen würde. Und wer wusste schon, was Safiye aus heiterem Himmel und mit Erfolg von Lucy verlangen würde? *Hör auf zu atmen. Trink keinen Tee mehr.* Die Lage verbesserte sich, als ihnen klar wurde, dass sie miteinander reden sollten. Sie verstanden nun besser voneinander, wovor sie Angst gehabt hatten: sich selbst in der anderen zu verlieren. Im Gegenteil, je mehr sie liebten, desto mehr gab es, was sich zu lieben lohnte. Manchmal war es notwendig, einige Monate voneinander getrennt zu sein, anderen Menschen wertvolle Dinge abzunehmen und dabei Methoden anzuwenden, die sie nicht miteinander besprachen. Lucy schickte Safiye Gemälde und orangefarbene Blüten, und Safiye sandte einen beständigen Strom potenziell zu porträtierender Personen in Lucys Richtung. Die Liebenden stritten deshalb. Lucy kam es so vor, als versuchte Safiye sie dazu zu bringen, »solide« ihren Lebensunterhalt zu bestreiten. Lucy hatte sich selbst geschworen, nur Gesichter zu malen, die sie fesselnd fand, und es ärgerte sie, sich ständig neue Ausreden ausdenken zu müssen, um ein Porträt abzusagen.

»Alles in Ordnung, du machst nur keine besonders guten Geschenke«, sagte Lucy mit einem Lächeln, das sie beschwichtigen sollte. Geschenke waren nicht wichtig, wenn sie zusammen waren, und Geschenke sollten auch nicht wichtig sein, wenn sie getrennt waren. Aber Safiye war außer sich vor Wut.

»Wovon redest du da? Sag nie wieder, dass ich keine guten Geschenke mache!«

Wenn Lucy etwas von dem zurücknehmen könnte, was sie jemals gesagt hatte, wären es diese Worte zu Safiye. Hätte Lucy sie nicht gesagt, wäre Safiye nicht losgezogen, um das Geschenk zu stehlen, was ihr das Gegenteil beweisen sollte, und sie wäre nicht erwischt worden.

Die Liebenden verbrachten Weihnachten zusammen, dann gingen sie auseinander – Lucy nach Grenoble und Safiye nach Barcelona. Sie schrieben sich an die Hauptpostämter der jeweiligen Städte, und Anfang April schrieb Safiye über die Romantik des Sant-Jordi-Tages. *Lucy, hier ist es Brauch, sich jedes Jahr am 23. April Bücher und Rosen zu schenken. Sollen wir?*

Lucy machte sich vergnügt an die Arbeit. Als Erstes ließ sie sich Papyrus kommen und fertigte ein Buch von Hand, Blatt für Blatt, band die Blätter zwischen den Pappdeckeln zusammen. Dann füllte sie jede Seite aus dem Gedächtnis, zeichnete knospende Englische Rosen und blühende Chinesische Rosen, rankende Bourbon-Rosen so rosa wie Pfefferkörner und silbrige Moschusrosen, die in Blumenbeeten schlummerten. Sie nahm jede Rose, die sie je gesehen hatte, gestaltete sie so lebensecht, wie sie konnte (wo sie jedes Blütenblatt schattierte, wurde das raue Papier ganz seidig), und in dieser bleibenden Form würde sie sie Safiye darbringen. Die Herstellung des Rosenbuchs fiel zufällig in eine Zeit in Lucys Leben, in der sie Geld verdiente, ohne jemanden anlügen zu müssen. Sie hatte sich mit einem unverbesserlichen Spieler zusammengetan, der bemerkt hatte, dass sie seine Nerven auf das Wundersamste beruhigte. Wann

| 19

immer sie neben ihm saß, gewann er beim Blackjack, weshalb sie sich darauf geeinigt hatten, dass sie zehn Prozent von jedem seiner Gewinne bekam. Dieser Mann spielte nur, wenn der Einsatz hoch war, also gewann er viel, und beide waren glücklich. Lucy hatte keine Ahnung, wie es weitergehen würde, wenn ihre Glückssträhne abriss. Sie konnte nur hoffen, dass der Spieler nicht versuchen würde, ihr Gewalt anzutun, weil sie dann ihm Gewalt antun müsste. Das wäre schade, denn sie mochte den Mann. Er begrapschte sie nie, er fragte immer, wie es Safiye ging, und er war sehr in seine Frau verliebt, die ihn ebenfalls liebte und glaubte, er sei Nachtwächter. Die Frau des Spielers wäre schier wahnsinnig vor Angst geworden, wenn sie gewusst hätte, wie kurz sie jede Nacht davor war, ihre sämtlichen Ersparnisse zu verlieren, aber sie hegte keinerlei Verdacht und packte ihrem Ehemann leichte Mahlzeiten für die Arbeit ein, Mahlzeiten, denen der Mann nicht einmal einen Blick zu schenken wagte (sein Magen rumorte jedes Mal, wenn er die Glücksgöttin herausforderte), also aß Lucy die Mahlzeiten, die sie sehr mochte. Der Geschmack von in Kräutern eingelegten Oliven blieb ihr noch lange auf der Zunge, sodass sie das ganze Grün der Trauben schmeckte, wenn sie Wein trank.

Von dort, wo Lucy neben ihrem Spieler saß, konnte sie durch ein Flügelfenster auf eine lange Straße sehen, die zum Fuß eines Berges führte. Und was Lucy am besten an dem Flügelfenster gefiel, war, dass der Berg die Straße entlangzuwandern schien, wenn sich die Nacht in Dämmerung verlor. Er ging auf Zehenspitzen, als wartete er darauf, verscheucht zu werden. Soweit ein vollkommen vergängliches Gebilde aus Fleisch und Blut sich erinnern (oder vorhersagen) kann, wie es ist, aus Stein zu sein, verstand Lucy den Wunsch des Berges, am Fenster einer Spielhölle zu lauschen und sich an der herausdrängenden Hoffnung und Trostlosigkeit der Spieler zu wärmen. Sie wünschte dem Berg, er würde eines Tages zu einem Kieselstein schrumpfen, durch das Glas krachen und in eine Ecke rollen, um dann glücklich das Tavernentreiben in sich aufzusaugen, solange es diesen Ort gab. Lucy versuchte, Safiye etwas über den Blick durch das Flügelfenster zu schreiben, fand aber, dass ihre Beschreibung des Berges etwas derart Schmachtendes hatte, dass es sich unangenehm las. Sie schickte den Brief nicht ab.

Safiye hatte eine Arbeit als Kammerzofe angenommen – eine durchaus passende Anstellung für sie, da sie die erforderliche Geduld besaß. Es kann Monate dauern, bevor man herausfindet, wo sich der Safe des Hauses überhaupt befindet, ganz zu schweigen vom Code, der einem dessen Inhalt erst zugänglich macht. Aber war das wirklich Safiyes Plan? Erneut hatte Lucy das Gefühl, sie sollte zu einem konventionellen Leben verleitet werden. Safiye begann immer wieder ärgerliche Unterhaltungen über »die Zukunft«, die Notwendigkeit von Sicherheit und die Wahrscheinlichkeit, einmal zu oft einen üblen Streich zu spielen. Hin und wieder unterbrach Lucy ihre Arbeit an dem Rosenbuch, um kurze Nachrichten zu schreiben und zu verschicken: *Safiye – ich war so beschäftigt, ich hatte keine Zeit zum Nachdenken. Ich fürchte, ich werde dir nur eine kleine Aufmerksamkeit zu diesem Sant-Jordi-Tag, von dem du geschrieben hast, schicken können. Wenn wir uns sehen, werde ich dich um Verzeihung bitten.* Safiye antwortete: *Egal wie klein deine Aufmerksamkeit ist, meine ist mit Sicherheit kleiner. Du wirst lachen, wenn du sie siehst, Lucy.* Lucy schrieb zurück: *Wetteifernd wie immer! Was du auch tust, lass dich nicht erwischen. Ich liebe dich, ich liebe dich.*

Am 23. April kam ein von Safiyes Hand adressierter Umschlag für Lucy im Postamt an. Darin lagen ein Schlüssel an einer Halskette und eine Straßenkarte von Barcelona, auf der schwarze Rosen über einen kleinen Abschnitt gemalt waren. Lucy stülpte den Umschlag von innen nach außen, aber er enthielt keine begleitende Notiz. *Sie hat mir nicht einmal ein Buch geschickt,* dachte Lucy und schüttelte unwillkürlich den Kopf. Sie hatte das selbst gemachte Buch noch nicht losgeschickt, und als sie in der Schlange anstand, um es aufzugeben, dachte sie darüber nach, es zu behalten.

Die Frau vor ihr las eine Zeitung, und Lucy sah Safiyes Gesicht – vielmehr eine mangelhaft gezeichnete Reproduktion dessen – und las das Wort »Barcelona« in der Überschrift. Ein lebenswichtiger Teil ihres Herzens zog sich zusammen, oder ihr Blut wurde zu dick, um hindurchzufließen. Sie las genug, um zu verstehen, dass die Polizei in Zusammenhang mit einem Mord und einer Serie weiterer Verbrechen nach einer Kammerzofe suchte, von der sie glaubte, sie hätte sie unter anderen Namen begangen.

Mord? Unmöglich. Nicht Safiye. Lucy schritt rückwärts, bis sie eine Wand fand, an die sie sich lehnen konnte. Sie hielt inne, bis sie in der Lage war, zum Bahnhof zu gehen, wo sie sich Fahrscheine und eine Zeitung kaufte, von der sie eine einzige Seite las, während sie auf den Zug wartete. Sie würde gehen, wohin die Karte in ihrer Tasche sie führte, sie würde Safiye finden, Safiye würde alles erklären, und sie würden lachen. Natürlich würden sie den Kontinent verlassen müssen. Sie würden vielleicht sogar ihren Lebensunterhalt auf ehrliche Weise verdienen müssen, wie Safiye es wollte, aber bitte, bitte, bitte, bitte. Dieses Bitten in ihr dauerte während der gesamten Reise an, während dreier Zugwechsel und während des größten Teil des Tages. Ein Berg schien jedem Zug, den sie nahm, zu folgen – wann immer sie sich umsah, war er dort und hielt Schritt. Ihr gefiel der Gedanke, es könnte ihr Berg sein, den sie dort sah, der, den sie zuerst in Grenoble gesehen hatte und der nun alles daransetzte, ihr die Treue zu halten, bis sie Safiye gefunden hatte.

Safiyes Karte führte Lucy zu einer grob gezimmerten Tür in einer Mauer. Sie sah nicht aus wie eine Tür, die sich öffnen ließ, eher wie eine Abdeckung für einen Fehler im Mauerwerk. Aber der Schlüssel passte ins Schloss, und Lucy betrat einen ummauerten Garten, der von Rosen überwuchert war. Sie watete durch Duftschwaden, hob tauartige Ranken von Wein- und Zaunrosen aus dem Weg. Hellblaue Schmetterlinge wurden von ihren Schritten aufgeschreckt und flatterten in alle Richtungen davon. Safiye hatte gesagt, dass Lucy über die Größe ihres Geschenks lachen würde, und vielleicht hätte Lucy wirklich gelacht, wenn sie sie dort angetroffen hätte. Schließlich hatte man ihr noch nie zuvor einen geheimen Garten geschenkt. Aber in den Zeitungen stand, die Frau, die wie Safiye aussah, hätte ihre Dienstherrin getötet, und Lucy war angst und bange, dass es stimmen und dieses Geschenk der Grund sein könnte. Als die Nacht hereinbrach, wollte sie zwischen den Rosen schlafen, in der Hoffnung, dass diese gekräuselten Lüftchen sie zu einer Antwort tragen würden, aber es war besser, Safiye zu finden, als zu träumen. Zwei Wochen lang huschte sie durch die Stadt und lauschte den Gesprächen über die mörderische Kammerzofe. Sie wagte es nicht, in den Rosengarten zurückzukehren, aber sie trug den Schlüssel um ihren Hals, hoffend und bangend, jemand könnte ihn wiedererkennen. Niemand tat es, und sie beschloss, nach Grenoble zurückzukehren, bevor ihr das Geld ausging. Ihr Spieler lag im Krankenhaus. Es war zu schweren Verlusten am Blackjack-Tisch gekommen, seine Frau hatte herausgefunden, was er angestellt hatte und eine unerwartete Kraft entwickelt (»übermenschliche Kraft«, wie er es nannte), ihm beide Arme gebrochen und war dann zu einem Zimmermann gezogen, der ihr eindeutig schon vorher Gesellschaft geleistet hatte, wenn ihr Mann in finanziellen Angelegenheiten unterwegs gewesen war. Trotzdem freute er sich, Lucy zu sehen. »Fortuna lächelt mir wieder zu!« Was konnte Lucy tun? Sie kochte ihm Suppe, und wenn sie nicht an seinem Bett saß, unternahm sie Streifzüge als Taschendiebin, um ihm dabei zu helfen, seine Krankenhauskosten zu bezahlen. Bis zum heutigen Tag sind sie Freunde: Es beeindruckte ihn, wie sie Verantwortung für ihn übernahm, und sie war ganz und gar darüber erstaunt, dass es ihm niemals einfiel, jemand anderem die Schuld für seine Probleme zu geben – etwas, das sie so noch gar nicht kannte.

Ein paar Wochen nach ihrer Rückkehr nach Grenoble wütete ein Frühlingssturm, der das Moos von den Bergspitzen hinab auf die Straßen wirbelte. Die stürmische Nacht verwandelte das Fenster von Lucys Zimmer in eine Tür. Durch ihren Schlaf hindurch bemerkte sie, dass nicht nur Regen am Glas rüttelte ... jemand klopfte. Im Halbschlaf wankte sie zum Fenster, um den Riegel zu öffnen. Als Safiye schließlich zitternd und nass bis auf die Knochen hereingekrochen war, küssten sie sich lange, küssten sich, bis Lucy hellwach war, weil Safiyes Zähne gegen ihre klapperten. Sie holte ein Handtuch, Safiye vollzog einen herzerweichenden kleinen Striptease für sie, und Lucy wickelte ihre Liebste warm ein und hielt sie fest und stellte ihr nicht all die Fragen, die sie stellen wollte.

Nach einer Weile fing Safiye an zu erzählen. Ihre Stimme war so gänzlich unverändert, dass sie der Erinnerung näher zu sein schien als der Gegenwart.

24 |

»Heute habe ich mich nach dir erkundigt, und ich bin dir sogar eine Weile gefolgt. Du hast Hutband und einen Sack Zwiebeln gekauft, und du hast ein gutes Geschäft mit dem Hutband gemacht. Manchmal dachte ich, du würdest mich dabei erwischen, wie ich dich beobachte. Aber jetzt weiß ich sicher, dass du mich nicht bemerkt hast. Es geht dir gut. Ich bin stolz auf dich. Und ich habe nichts weiter zustande gebracht, als einen Schlüssel zu nehmen und alles zu verderben. Ich wollte dir doch ... Ich wollte dir ...«

»Schlaf«, sagte Lucy. »Schlaf einfach.« Für mehr fehlte ihr der Atem. Aber Safiye war gekommen, um ihr zu erklären, was es mit dem Schlüssel auf sich hatte, der Schlüssel, der Schlüssel, es war wie ein Wahn, und sie würde nicht eher schlafen, bis sich Lucy alles angehört hatte.

Von Anfang an hatte Safiye eine leichte Abneigung gegen die Art verspürt, wie ihre Dienstherrin, Señora del Olmo, sprach: »Im Kopf dieser Frau herrschte ein interessanter Wechselkurs ... Wenn sie sich daran erinnerte, wie jemand ihr etwas gegeben hatte, dann hatte man ihr immer sehr wenig gegeben und den Löwenanteil für sich behalten. Aber wenn sie daran dachte, wie sie jemandem etwas gegeben hatte, dann hatte sie so viel gegeben, dass es sie fast ruiniert hätte.« Davon abgesehen hatte Safiye Señora del Olmo weder gemocht noch verabscheut. Lieber hatte sie sich darauf konzentriert, die Schätze des Haushalts, von denen es viele gab, im Kopf genauestens zu erfassen. Zusätzlich zu diesen Schätzen trug die Frau auch noch einen Schlüssel um den Hals. Sie spielte damit, als sie Gärtner für Gärtner zum Vorstellungsgespräch traf. Safiye wohnte diesen Gesprächen ebenfalls bei, machte sich Notizen und las die Empfehlungsschreiben. Keiner der Gärtner schien die Anforderung von Señora del Olmo erfüllen zu können, absolute Diskretion zu wahren: Der Garten musste in

Ordnung gebracht werden, aber dies musste auch ein Geheimnis bleiben. Schließlich hatte Safiye die Dienste ihres eigenen grünen Daumens angeboten. Zu dem Zeitpunkt hatte sie sich in ausreichendem Maße das Vertrauen von Señora del Olmo verdient, sodass diese sie durch die Stadt zur Gartenpforte mitnahm, sie öffnete und Safiye erlaubte hineinzusehen. Safiye erkannte sofort, dass dies kein Ort war, an dem ein Gärtner seinen Einfluss geltend machen konnte, und sie sah in den Rosen ein immerwährendes Geschenk, ein verwickeltes und verworrenes Atelier, in dem Lucy arbeiten und spielen und Farben studieren konnte. Señora del Olmo wies Safiye an, draußen zu warten, betrat den Garten und schloss hinter sich die Tür. Nach einer halben Stunde tauchte die Señora wieder auf, außer Atem und mit geröteten Wangen ...

»Als hätte man sie gerade geküsst?«, fragte Lucy.

»Überhaupt nicht. Eher als hätte man sie gepackt und geschüttelt wie ein fehlerhaftes Thermometer. Ich fragte sie, ob noch jemand im Garten gewesen sei, und sie schrie mich fast schon an. *Nein! Nein. Warum fragst du das?* Die Señora hatte einen prachtvollen Strauß gelber Rosen mit lavendelfarbenen Tigerstreifen gepflückt, so lebhafte Blumen, dass sie die Hand, die sie hielten, wie eine jämmerliche Papprequisite aussehen ließen. Señora del Olmo behielt die Rosen während der Kutschfahrt im Schoß, und als wir zu Hause ankamen, hatte sie sich beruhigt. Aber ich dachte trotzdem, dass noch jemand in diesem Garten gewesen sein musste – sonst hätte die Frage sie nicht so sehr aufgeregt, oder?«

»Als ich dort war, war sonst niemand zu sehen.«

Safiye blinzelte. »Also warst du da.«

»Ja, und dort waren nur Rosen.«

»Nur Rosen ...«

»Wie bist du denn nun an den Schlüssel gelangt?« Sie beobachteten sich jetzt genau, Safiye lauerte auf Skepsis, Lucy auf eine Lüge.

»Am Abend ging ich ins Wohnzimmer der Señora, um zu sehen, ob sie noch etwas brauchte, bevor ich mich schlafen legte. Die einzigen anderen Angestellten waren eine Köchin und ein Mädchen für alles, und sie wohnten nicht bei uns, weshalb sie schon zum Schlafen nach Hause gegangen waren. Ich klopfte an die Tür, und die Señora antwortete nicht, aber ich hörte – ein Geräusch.«

»Ein Geräusch? Wie eine Stimme?«

»Ja – nein. Ein Knarren. Eine rostige Klinke, die gedrückt wurde, oder eine Holztür, die aufgeschoben wurde, bis ihre Angeln sich verbogen. Manchmal stelle ich mir vor, dass Bäume, wenn wir sie wachsen hören könnten ... knarren ... und zwar genau so. Ich klopfte wieder, und das Knarren hörte auf, aber eine Stille begann. Eine Stille, mit der ich mich gar nicht wohlfühlte. Aber ich fühlte mich verpflichtet, alles zu tun, was ich konnte ... Würde ich eine Tür geschlossen lassen und es stellte sich heraus, dass jemand noch leben könnte, hätte ich sie nur rechtzeitig geöffnet ... Das könnte ich nicht ertragen ... Also musste ich sehen, ob sich die Tür öffnen ließ. Ich betete, sie möge verschlossen sein, aber sie gab nach, und ich sah die Señora im Mondlicht mit dem Rücken zu mir am Fenster stehen. Sie hielt eine Rose mit den Händen umschlossen, als wollte sie daraus trinken. Sie stand ganz gerade, niemand steht so gerade, wie sie dort stand, nicht einmal die Tänzerinnen aus dem Ballett ...«

»Tot?«

»Nein, sie machte nur ein Nickerchen. Natürlich war sie, verdammt noch mal, tot, Lucy. Ich zündete die Lampe auf dem Tisch an und kam näher. Ihre Augen waren offen, und in ihnen lag so etwas wie Begreifen – ich dachte schon fast, sie wollte mich beschwichtigen. Sie sah aus, als hätte sie verstanden, was mit ihr geschehen war, und wollte gerade sagen: *Schsch, ich weiß. Ich weiß. Und es gibt keinen Grund, warum du es auch wissen müsstest.* Es war der schrecklichste Anblick. Der schrecklichste. Ich wandte den Blick auf den Rest ihres Körpers und bemerkte drei Dinge schnell hintereinander: erstens, dass sich die Farbe der Rose, die sie festhielt, von der der anderen Rosen in der Vase auf dem Fenstersims unterschied. Die in der Vase waren gelb mit lavendelfarbenen Streifen, wie ich dir schon gesagt habe, und die in der Hand der Señora war orangefarben mit braunen Streifen.«

Lucy vermischte im Hinterkopf Farben. Was machte orange aus gelb und braun aus blau oder lila? Rot.

»Ich sah auch ein Loch in der Brust der Señora.«

»Ein Loch?«

»Ein kleines, präzises Loch.« Safiye tippte mitten auf Lucys Brust und drückte sanft. »Es ging durch bis zur anderen Seite. Und trotzdem kein Blut.«

(Es war alles in der Rose.)

»Was noch?«

»Der Stiel der orangefarbenen Rose.« Safiye zitterte wieder. »Wie könnte ich einem Polizisten so etwas erzählen? Wie könnte ich ihm erzählen, dass ich sie so gefunden habe? Der Rose war eine Art Schwanz gewachsen. Lang, gekrümmt, dornig. Ich rannte fort.«

»Du hast erst den Schlüssel genommen und bist dann weggerannt.«

»Ich nahm den Schlüssel und rannte dann fort.«

Die Liebenden schlossen die Augen zu ihren Gedanken und glitten vom Denken in den Schlaf. Als Lucy aufwachte, war Safiye fort. Sie hatte eine Nachricht hinterlassen –

Warte auf mich – und das war der einzige Beweis dafür, dass der nächtliche Besuch kein Traum gewesen war.

Zehn Jahre später wartete Lucy noch immer. Das Warten hatte ihr Leben verändert. Zum einen, weil sie von Frankreich nach Spanien gezogen war. Und der einzige Name, den sie nun benutzte, war ihr echter, der Name, den Safiye kannte, sodass Safiye sie finden konnte. Und ihren echten Namen zu benutzen bedeutete, den Ruf, mit dem der Name verknüpft war, sauber zu halten. Sie zeigte das Rosenbuch, das sie für Safiye gemacht hatte, einem Galeristen. Der Mann bat sie, ihm einen Preis zu nennen, also rief sie eine Summe auf, die sie ungeheuerlich fand. Er fand sie vernünftig und zahlte auf der Stelle, dann wollte er wissen, was sie außerdem hatte. Und so brachte Safiye Lucy doch noch zu einem respektablen Lebenswandel.

Señora Lucys Trennung von Safiye bedeutete, dass sie oft Landschaften malte, in denen sie nach ihr suchte. Señora Lucy war in diesen Gemälden kaum zu sehen, aber Safiye dafür immer, und wenn man die Bilder betrachtete, beteiligte man sich an der Suche nach einer verschwundenen Frau, einer unbehaglichen Suche, weil es irgendwie nie dasselbe war, sie in den Bildern zu sehen und sie wirklich gefunden zu haben. Señora Lucy hatte auch andere Themen. Sie arbeitete an ihrer eigenen Darstellung vom *Urteil des Paris*, und Montse hatte ihre Mittagspausen damit verbracht, für Señora Lucys Studien der Aphrodite Modell zu stehen. Montse war eine unruhige Person. Immer wieder musste man ihr sagen: »Nein, nein, nein, nein, bleib so wie eben!« Dann kam Señora Lucy und neigte Montses Kinn nach oben oder fuhr mit den Fingern durch Montses Haar, damit es wieder genau so über ihre Schulter fiel. Und die Nähe dieses reizenden Stirnrunzelns vernebelte Montses

Sinne so sehr, dass sie liebend gern genau so blieb, solange Señora Lucy ebenfalls blieb.

Aber das waren nicht die Bilder, die sich verkauften. Señora Lucys Verschwundene-Frau-Bilder hatten sie berühmt gemacht. Es wurde angenommen, dass die verlorene Frau für die Señora selbst stand, aber hätte jemand Montse darauf angesprochen, hätte sie dem widersprochen. Sie kannte einige dieser Gemälde recht gut, weil sie herausgefunden hatte, wo ein paar von ihnen ausgestellt waren. Jeden Sonntagmorgen spazierte sie wortlos zwischen ihnen hin und her. Safiye durchquerte mit dem Rücken zum Betrachter ein verschneites Tal, und sie hinterließ keine Fußspuren. Auf einem anderen Bild kletterte Safiye eine Leiter aus Wolken hinunter. Wandte man sich zum nächsten Bilderrahmen, war aus ihr eine grauhaarige Frau geworden, die die Augen schloss und zu Staub zerfiel, während sie sich gleichzeitig mit einem kleinen Feger, den sie in der linken Hand hielt, aufkehrte.

»Und der Garten?«, fragte Montserrat.

Lucy lächelte. »Immer noch meiner. Einmal im Jahr gehe ich dorthin. Das Schloss wird nie ausgewechselt. Ich glaube, der Ort ist vollkommen vergessen worden. Außer, dass sie mich vielleicht eines Tages dort treffen wird.«

»Das hoffe ich«, log Montse. »Aber ist das nicht auch gefährlich?«

»Dann glaubst du, was sie gesagt hat?«

»Na ja – ja.«

»Vielen Dank. Dass du das sagst. Auch wenn du es nicht so meinst. In den Zeitungen stand, dass diese Señora Fausta del Olmo erstochen wurde ... Safiyes Beschreibung passt dazu ...«

Montse dachte, dass es selbst jetzt nicht schwierig wäre, aus halbgaren Zweifeln etwas Gehaltvolleres zu machen.

Sie könnte ganz schlicht sagen: *Ihre Treue rührt mich, Seño-ra, aber ich glaube, Sie warten auf eine Mörderin.* Vor der Ei-genartigkeit eines solchen Todes fortzulaufen war ver-ständlich. Die Geistesgegenwart zu haben, um den Schlüs-sel mitzunehmen, eher weniger. Oder man müsste Safiye sein, um es zu verstehen, überlegte Montse. Und sie konnte nicht einmal für sich selbst mit Sicherheit sagen, was sie in einer solchen Situation getan oder nicht getan hätte. Wenn man auf diesem Weg herausfinden sollte, wer man wirklich war, dann wollte sie es nicht wissen. Also ja, Montse könnte Señora Lucys Zweifel schüren, aber es lag nichts Ehrbares darin, diesen Vorteil zu nutzen.

»Und was hat es mit deinem Schlüssel auf sich, Montser-rat?«

Lucys Schlüssel schimmerte, und der von Montse wirkte ein wenig traurig und staubig. Vielleicht war er nur vergol-det. Sie rieb mit ihrer Schürze daran.

»Nur Plunder, glaube ich.«

Alle Läden würden bereits geschlossen sein, wenn Montse mit der Arbeit fertig wäre, und am nächsten Tag war Sant-Jordi-Tag, also rannte Montse in die Buchhandlung auf der anderen Straßenseite und wählte etwas mit einem hüb-schen Einband, um es Señora Lucy zu schenken. Diese Be-sorgung samt Señoras langer Geschichte brachte es mit sich, dass Montserrat eine Stunde zu spät in die Waschkü-che zurückkehrte. Sie arbeitete noch bis weit nach dem Abendessen weiter, wrang unter dem wachsamen Blick der Señora Gaeta Bettwäsche aus, verfluchte still die Illusion von Raum, die auf dem Dachboden erzeugt worden war. All diese aufsteigenden Linien, die von der Decke zu den Wän-den führten, verhüllten die Tatsache, dass der Raum so eng wie ein Sarg war. Endlich inspizierte Señora Gaeta ihre

Arbeit, und sie durfte gehen. Sie ließ nur eine einzige Bemerkung über Montses beschämend späte Rückkehr aus der Mittagspause fallen: »Das kannst du dir nur einmal erlauben, Liebes.«

Montse ging nach Hause in das Zimmer mit Bett, das sie sich mit drei anderen Wäscherinnen teilte, die mehr oder weniger ihre Größe hatten. Sie und ihre Bettgenossinnen redeten üblicherweise miteinander, bis sie einschliefen. Sie waren gute Freundinnen, alle vier. Das mussten sie sein. An diesem Abend ging Montse zuerst ins Bett, und die drei anderen gesellten sich nach und nach zu ihr, bis Montse ganz an die Wand gedrückt wurde, zu müde, um noch etwas zur Unterhaltung beizutragen.

Während Montse ihre Zeit nachgearbeitet hatte, waren die anderen Wäscherinnen auf einem Konzert gewesen und hatten einen Blick auf einige der Paare von La Pedrera werfen können, über die am meisten getratscht wurde. Zum Beispiel waren da die Artigas aus dem dritten Stock und die Valdeses aus dem vierten Stock, die sich gegenseitig mit grimmigen Lächeln übertrumpften. Señor Artiga und Señora Valdes waren ein Liebespaar mit der stillschweigenden Zustimmung seiner Frau und ihres Mannes. Señora Valdes' Ehemann war ein sanftmütiger, sehr viele Jahre älterer Herr, den das, was er als schwerwiegenden Makel in der Gestaltung des Gebäudes wahrnahm, sehr betrübte. Der Aufzug hielt nur in jedem zweiten Stockwerk. Dadurch war man gezwungen, seinen Nachbarn zu begegnen, während man die notwendigen Treppenstufen hinauf- oder hinabstieg. So hatten Señora Valdes und Señor Artiga überhaupt erst zusammengefunden. Señor Valdes hegte die Hoffnung, dass die Zuneigung seiner Frau zu »diesem Laffen« eine vorübergehende Laune war. Artigas Frau konnte nicht so lange warten und hatte einige nicht sehr diskrete Erkundigungen angestellt, was das Engagieren von Auftragsmördern anging, bis ihr Ehemann die Durchführung ihrer Pläne verhindert hatte, indem er ihr schwor, sich selbst etwas anzutun, wenn sie Señora Valdes auch nur ein Haar krümmte. Warum ließ sich Artiga nicht scheiden und bat Señora Valdes, ihren Ehemann zu verlassen und stattdessen ihn zu heiraten? Sie hätte keine Sekunde gezögert, wenn er sie nur gefragt hätte (so erzählte man sich). Dass Señor Artiga so etwas tun würde, war unwahrscheinlich. Seine Geliebte war die entzückendste Gefährtin, die er sich wünschen konnte, aber seine Frau war eine Erbin. Kein Mann, der bei Sinnen ist, verlässt eine Erbin, es sei denn, er verlässt sie wegen einer anderen Erbin. »Vielleicht in einem anderen Leben, meine Geliebte«, sagte Artiga zu Señora Valdes, was sie auf erfreulichste Weise weinen ließ. Und daher kam es, dass sich Artiga und Señora Valdes zwischen ihren nicht so geheimen Verabredungen mit Blicken verschlangen, während Señora Artiga wie eine Besessene wütete und Señor Valdes geduldig darauf wartete, dass sich seine immer weiter schwindende Hoffnung bestätigte. Unterdessen setzten die anderen Bewohner ein Gesuch an die Eigentümer des Hauses auf, in dem sie darauf drängten, die Artigas wie auch die Valdeses auszuquartieren. Der *conserje* und seine Frau mochten den armen alten Señor Valdes, aber selbst sie hatten das Gesuch unterzeichnet, weil La Pedreras Ruf bereits schlecht genug war und niemand wusste, wie lange dieser skandalöse Frieden noch halten würde. Laura, die äußerste von Montses Bettgenossinnen, nahm bereits Wetten an.

Am Morgen des Sant-Jordi-Tages, noch vor der Arbeit, stieg Montse die Treppe hinauf in den dritten Stock. *Für Lucy von ihrer Aphrodite.* Die weißen Wände und Fensterrahmen rankten ihre Muster um sie herum mit der unnachgiebigen Geometrie einer Muschel. Ein Buch und eine Rose, das war alles, was sie brachte. Die Señora war nicht zu Hause. Sie musste in ihrem Garten mit all ihren anderen Rosen sein. Montse legte ihre Opfergabe vor Señora Lucys Wohnungstür, die Rose auf das Buch. Und dann ging sie zur Arbeit.

»Montserrat, hast du schon die Zeitung gelesen?«, rief ihr Assunta über die Waschzuber hinweg zu.

»Ich lese nie die Zeitung«, antwortete Montserrat durch das Garn in ihrem Mund.

»Montserrat, Montserrat mit dem Schlüssel«, gurrte Marta neben ihr. Die anderen Wäscherinnen stimmten in den Gesang ein, bis Montse ihre Nadel stillhielt und sagte: »Na gut, wo ist jetzt der Witz, Mädels?«

»Sie sprechen von der Anzeige, die heute Morgen in *La Vanguardia* erschienen ist«, sagte Señora Gaeta und legte die Zeitung auf den Deckel von Montses Nähkorb. Montse legte das Nähzeug neben die Zeilen auf dem Zeitungspapier und las:

ENZO GOMEZ VON GOMEZ, CRUZ UND MOLINA ERBIT-
TET KONTAKT MIT EINER FRAU NAMENS MONTSERRAT,
DIE IM BESITZ EINES VIER ZENTIMETER LANGEN GOLDE-
NEN SCHLÜSSELS IST

Wortlos nahm Señora Gaeta, deren Adleraugen nichts entging, einen scharlachroten vier Zentimeter langen Faden und hielt ihn neben Montses Schlüssel. Die Länge passte. Señora Gaeta legte eine Hand auf Montses Schulter, dann ging sie zurück in den vorderen Bereich des Raumes, um einen Berg frischer Wäsche zu inspizieren, bevor er an seine

Eigentümer zurückging. Das Geschnatter um Montse herum wurde betäubend laut.

»Montse, geh nicht – das ist eine Falle! Das ist wie diese Folge von *Blitzschlag und nicht nachweisbare Gifte* ...«

»Typisch unsere Cecilia, sie verwechselt schon wieder das Leben mit einem ihrer geliebten Radiostücke ... Sie hat so eine schmutzige Fantasie ...«

»Seien wir ehrlich, Montse, was? Du machst die Wäsche so schlecht, du bist einfach dafür geboren, reich zu sein!«

»Montserrat, vergiss niemals, dass ich, Laura Morales, dich immer geliebt habe ... Weißt du noch, dass ich dir an deinem allerersten Tag die Hälfte von meinem Mittagessen abgegeben habe?«

»... wenn sie in ihre neue Villa einzieht, kann sie uns alle übers Wochenende zu sich einladen – komm schon, Montse! Nur ein Wochenende im Jahr.«

»Mädchen, Mädchen«, unterbrach Señora Gaeta schließlich. »Ich habe heute Kopfschmerzen. Ruhe, sonst sucht sich mindestens eine von euch neue Arbeit in der Hölle.«

Montse hielt den Blick auf ihre Arbeit gerichtet. Anders konnte sie ihre Gedanken nicht beruhigen.

Der Notar, Enzo Gomez, sah auf ihre Hände und ihre Uniform, bevor er ihr in die Augen blickte. Ihre Hände waren von der scharfen Seife und dem harten Wasser ganz rau. Sie widerstand dem Impuls, sie hinter ihrem Rücken zu verstecken. Stattdessen öffnete sie den Verschluss ihrer Kette und hielt ihm den Schlüssel entgegen. Sie nannte ihm ihren Namen, und er klimperte mit einem Schlüsselbund in seiner Hosentasche und sagte: »Wir können es nur herausfinden, wenn wir das Schloss ausprobieren. Gehen wir.«

Der Weg, den sie nahmen, war ihr bekannt. »Manchmal gehe ich in eine Kunstgalerie dort hinten um die Ecke«, sagte Montse und deutete in die Richtung. Er hatte sie bereits angesehen, aber als sie das sagte, starrte er regelrecht.

»Sie gehen manchmal in die Salazar-Galerie?«

»Ja, sie stellen Gemälde aus, von ...«

»Ich kenne mich mit zeitgenössischen Künstlern nicht aus. Man kann sich nur wirklich auf die alten Meister verlassen. Aber dort gehen wir hin. In die Salazar-Galerie.«

Gomez blieb stehen, zog eine Mappe aus seiner Aktentasche und las laut von einem Blatt Papier ab: »Wider besseres Wissen, aber in Einklang mit dem Versprechen, das ich meinem Bruder Isidoro Salazar gab, hinterlasse ich, Zacarias Salazar, die Bibliothek meines Hauses, Carrer Alhambra Nummer 17, einer Montserrat, die als Beweis für ihren Anspruch einen Schlüssel zur Bibliothek besitzen wird. Meldet sich die Anspruchstellerin nicht innerhalb von fünfzig Jahren nach meinem Tod, möge das Schloss der Bibliothek ausgetauscht werden, um diesem Unfug ein Ende zu bereiten. Wenn schon die Mutter nicht gefunden werden kann, wie soll man da die Tochter finden?«

Enzo steckte die Mappe ein. »Ich hoffe, Sie sind es«, sagte er. »Ich habe heute bereits viele Montserrats in meiner Funktion getroffen, die meisten von ihnen Glücksritterinnen. Aber Sie – ich hoffe, dass Sie es sind. Sind Sie ... was wissen Sie über die Salazar-Familie?«

»Ich weiß, dass der alte Zacarias Salazar ein Milliardär war, der keine biologischen Kinder hatte, aber durch sein Mäzenatentum viele Kunstwerke zum Leben erweckte ...«

»Sie haben den Katalog der Galerie aufmerksam gelesen, muss ich sagen.«

Ein Aufseher öffnete ihnen die Hauptpforte der Galerie und führte sie durch Gänge mit vergoldeten Tapeten, bis sie die Bibliothek erreichten, die für sich allein am Ende eines

Korridors lag. Montse nahm am Rande wahr, wie sich Enzo Gomez die Stirn mit einem Taschentuch abtupfte, als sie den Schlüssel ins Schloss steckte und ihn drehte. Die Tür öffnete sich zu einem Raum mit hohen Regalen und noch höheren Fenstern, die dem Schwung einer Kuppeldecke folgten. Die Wäscherin und der Notar standen vor dem Regal, das der Tür am nächsten war. Der Sonnenuntergang beschien die Kronleuchter über ihnen, und sie merkten, dass sie sich an den Händen hielten, bis Gomez sich daran erinnerte, wie man sich professionell verhielt. Er schritt zum nächstgelegenen Pult, um wieder die Papiere aus seiner Aktentasche hervorzuholen.

»Ich bin froh, dass Sie es sind, Montserrat«, sagte er, legte die Papiere auf das Pult und strich darüber. »Lassen Sie mich wissen, ob ich Ihnen auch in Zukunft zu Diensten sein kann.« Er verbeugte sich, schüttelte ihr die Hand und ließ sie in ihrer Bibliothek zurück, ohne sich noch einmal umzudrehen. Einzig das Beben seiner Hosenaufschläge verriet seinen Gemütszustand.

Montse wanderte zwischen den Regalen umher, bis es zu dunkel war, um noch etwas zu erkennen. Sie dachte, wenn dieser Ort nun wirklich ihr gehörte, sollte sie ihn für die Öffentlichkeit zugänglich machen. Hier waren mehr Bücher, als man in einem Leben lesen konnte. Bücher über das Schwertschlucken und über Lebensformen im Ozean, über Wahrsagen mit Schlüsseln, das Polarlicht und andere Themen, die Montse daran denken ließen, wie vieles es in dieser Welt doch gab, worüber sich staunen ließ: Es gab Dinge, die sie in ihren Träumen gesehen hatte und wiedersehen wollte, und eines dieser Bücher, jedes von ihnen, könnte sie wieder zu diesen Visionen führen und noch weiter, sodass sie Wunder sah, obwohl sie wach war. Im Moment jedoch war da der Geruch ledergebundener Bücher und noch ein weiterer schwacher, aber bestimmter Duft: Rosen. Sie weinte in ihre Hände, weil sie sich verloren fühlte: Sie hatte den Schlüssel zu diesem Ort so lange mit sich herumgetragen, und jetzt, da sie ihn erreicht hatte, wusste sie nicht mehr, wo sie sich befand. Der Duft der Rosen wurde stärker, und sie wischte sich die Hände an der Schürze ab, schaltete ein Licht ein und öffnete die Mappe, die Enzo Gomez ihr gegeben hatte.

Sie las Folgendes:

Montserrat, ich habe deine Mutter sehr gern. Ich mochte jeden, der in meinem Haus lebte. Ich bin ein Narr, aber keiner, der sich mit Menschen umgibt, denen er nicht vertraut. Ich wusste nicht, was sich unten im Haus wirklich abspielte. Wir, die wir oben leben, erfahren alles erst zuletzt. Die Dinge hätten sich völlig anders entwickeln können. Du hättest hier ein Zuhause gehabt, und ich hätte dich verwöhnt, und zweifellos wärst du mit den unerträglichsten Allüren aufgewachsen. Das wäre wundervoll gewesen.

Wie gesagt, ich mochte jeden, der hier bei mir wohnte, aber Aurelie hatte ich besonders gern. Ich bin jetzt ein alter Mann – ein alter Libertin gar – und meine Erinnerung spielt mir alle möglichen Streiche. Nur ein paar Dinge sind mir geblieben. Einige Worte, die mich glücklich machten, weil sie von genau der richtigen Person zur genau richtigen Zeit gesagt worden waren, und einige Bilder, weil sie ihren eigenen Moment erschufen. Eines dieser Bilder ist das strahlende Lächeln deiner Mutter, immer ein wenig besorgt, als würde sie sogar in dem Moment, in dem sie einen entzückte, darüber nachdenken, wie sie es wagen konnte, so unglaublich entzückend zu sein. Ich hoffe, dass du dieses Lächeln gerade jetzt direkt vor dir hast. Ich hoffe, sie ist zu dir zurückgekommen.

Bitte erlaube mir, noch etwas Nutzloses zu sagen: Niemand hätte mich je dazu bringen können zu glauben, dass Aurelie mich bestohlen hat. Der einzige Mensch, der deine Mutter vielleicht noch mehr schätzte, war mein Bruder Isidoro. Er bat mich, ihr meine Bibliothek zu schenken. Dann sagte er mir, sie wäre glücklicher darüber, wenn ich sie ihrer Tochter gäbe. Tu es, oder ich werde dich bis in den Tod heimsuchen, schrieb er. Der Rest dieses Hauses ist nun der Kunst gewidmet. Es ist schon lange her, dass ich hier lebte oder zu Besuch war. Aber die Bibliothek gehört dir. Hab deine Freude daran, meine Liebe.

Zacarias Salazar

PS: Ich fand Aurelies Brief an dich, den ich beilege, zwischen den Unterlagen meines Bruders. Ich bin nicht sicher, wie er dorthin gelangte.

Aurelies Brief ließ Montse aufstehen, während sie ihn las, und zwischen den Regalen herumgehen und sich auf die gepolsterten Stühle setzen, die in den Nischen der Bibliothek verteilt waren. Immer wieder hob sie den Blick von den Seiten und sah auf die Regale, in die Vergangenheit.

Liebe Montserrat,
    ich sollte mich kurzfassen, weil ich wieder zu dir zurückkomme, also gibt es hierfür eigentlich keine Notwendigkeit. Wahrscheinlich schreibe ich dies auf, um meine Gedanken zu ordnen. Es wird schwer sein, dich auch nur für kurze Zeit aus den Augen zu lassen, aber Isidoro meint, selbst wenn alle Stricke reißen (was nicht geschehen wird), bringt dich der Bibliotheksschlüssel irgendwie hierher zurück.

Ich erzähle dir etwas über den Schlüssel: Ein Wunsch brachte ihn zu mir. Es war an meinem Geburtstag, meinem dreißigsten Geburtstag, und Fausta del Olmo wusste als Einzige Bescheid. Es gibt Menschen, die von Geheimnissen angezogen werden wie Ameisen von Marmelade. Fausta ist so ein Mensch. Sie spürt alles Ungesagte und Unsichtbare auf – nicht um die Dinge bekannt zu machen, sondern um sie zu zerstören, sodass niemand erfährt, dass sie je existierten. Davon schlägt ihr Herz schneller: vom Zerstören unsichtbarer Grundfesten. Warum? Weil sie es lustig findet. Der Dienstherr erzählte uns einmal von einer seiner Cousinen, einer liebenswerten, fröhlichen jungen Frau, allerdings nicht ganz richtig im Kopf, sagte er. Diese Cousine beging eines Tages aus heiterem Himmel Selbstmord. Sie tat es, nachdem sie mit einer Freundin telefoniert hatte. Diese Freundin zermartert sich nun Tag für Tag das Hirn, welche verheerenden Worte sie wohl gesagt haben muss, und ist selbst erkrankt. Während uns der Dienstherr davon erzählte, beobachtete ich Fausta del Olmo aus dem Augenwinkel. Sie lachte unhörbar, und der Dienstherr bemerkte es erst, als Faustas Gelächter so sehr anschwoll, dass sie fast daran erstickte. Sie behauptete, von der Traurigkeit und der Rätselhaftigkeit des Ganzen überwältigt worden zu sein, und sie bekreuzigte sich. Mittlerweile hatte ich solche Angst vor ihr, dass ich nicht wagte, ihr zu widersprechen. Es ist nicht möglich, Fausta Einhalt zu gebieten, denn sie glaubt an die Hölle. Der Dienstherr findet, dass sie durch ihren Glauben an die Hölle auf dem Pfad der Tugend bleibt, aber in Wahrheit ist sie so sehr davon überzeugt, in die Hölle zu kommen, dass ihr alles egal ist. Als Fausta mir einen kleinen Kuchen mit einer Kerze darauf brachte und mir sagte, ich solle mir etwas wünschen, wollte ich Nein sagen. Es ist dumm, aber ich wollte nicht, dass Fausta wusste, wann mein Geburtstag war, falls sie irgendwie über die Macht verfügte, ihn mir wegzunehmen. Täte sie es, wäre ich nie geboren und hätte nie die Möglichkeit gehabt, ich zu sein und die honigwein-weiche Stimme deines Vaters zu hören und mich in ihn zu verlieben. Dein Vater lief davon, und wenn ich ihn je finden sollte, werde ich nicht anders können, als ihm für die feige Art, wie er mich verlassen hat, ins Gesicht zu schlagen. Ich wusste zu dem Zeitpunkt noch nicht, dass ich schwanger war, aber ich wette, dass er es wusste. Er hatte offensicht-lich einen Instinkt dafür entwickelt. Einmal sagte er: »Kleinkinder sind so ...« Und ich dachte, er würde etwas Poetisches sagen, aber er endete mit: »teuer«.

Ich sollte dir doch erklären, was es mit dem Schlüssel auf sich hat! Als ich meine Geburtstagskerze ausblies, wünsch-te ich mir eine Million Bücher. Ich glaube, ich wünschte mir das, weil ich mich zu der Zeit zum Lächeln zwingen musste, und das wollte ich nicht mehr, ich wollte stattdes-sen wirklich glücklicher sein.

Der Dienstherr hat einen Ehemann, Pasqual Grec. Natür-lich haben sie nicht in einer Kirche geheiratet, aber sie ge-hen so miteinander um. Einige der anderen Bediensteten tun so, als hätten sie keine Augen im Kopf, und sagen, dass Pasqual nur ein lieber Freund des Dienstherren ist, aber Fausta del Olmo sagt, dass sie zweifelsfrei ein Bett teilen, und weil sie reich sind, können sie alles tun, was sie wol-len, ohne Rücksicht auf die Meinung anderer nehmen zu müssen. Dein Schlüssel will offenbar nicht, dass ich über ihn rede, aber das werde ich noch. Das werde ich. Der Dienstherr und Pasqual stritten sich – vielleicht dreimal in der Woche. Der Dienstherr ist kein zorniger Mann, aber er ist auf eine Weise streitlustig, die andere Menschen zornig macht. Und Pasqual ist ein Naturbursche und lässt nicht gern viel Zeit zwischen den Jagden verstreichen. Wenn er unruhig wird, kommt es zum Streit – vielleicht dreimal in der Woche. Der Dienstherr zieht sich dann für einige Zeit in die Bibliothek zurück und nimmt dort auch seine Mahlzeiten ein, und Pasqual reitet aus. Aber wenn der Dienstherr aus der Bibliothek zurückkommt, ist er sehr viel friedlicher. Ich dachte, es seien sicherlich all die Bücher, die den Dienstherrn beruhigten. Millionen Bücher – jedenfalls sieht es so aus, wenn man einen kurzen Blick darauf wirft, während man so tut, als sei man gar nicht daran interessiert. Und am Tag nach meinem Wunsch fiel mir der Schlüssel zur Bibliothek in die Hände. Der Dienstherr hatte ihn in der Tasche eines Hausmantels gelassen, den er zu mir in die Waschküche hatte bringen lassen. Natürlich hätte es auch irgendein anderer Schlüssel sein können, aber das war er nicht. Der Schlüssel und die Gelegenheit, ihn zu benutzen, kamen gleichzeitig, denn der Dienstherr und Pasqual hatten beschlossen, in Buenos Aires zu überwintern. Ich war zu der Zeit ungefähr im vierten Monat und musste meinen Bauch einschnüren, um dich geheim zu halten und meine Stelle im Haus zu behalten. Ich ging nachts in die Bibliothek und fand dort Frieden und innere Kraft.

Ich wusste nicht, wo ich anfangen sollte, also suchte ich einfach nach einem Namen, den ich kannte, bis ich auf das Leben von Jeanne d'Arc stieß, mit dem ich mich hinsetzte und das ich sehr dringlich las. Ich las ohne Pause bis zum Ende, als jagte mich jemand mit einem Schlachtermesser durch die Seiten. In der nächsten Nacht las ich langsamer, ein Leben des Galileo Galilei, für das ich vier Nächte brauchte, um es zu beenden, weil es schwer war, sein Schicksal zu ertragen. Ich sagte immer wieder: »Diese Mistkerle«, und einmal hörte ich in einem anderen

Teil der Bibliothek ein Geräusch, nachdem ich es gesagt hatte. Eine Bibliothek ist nachts voller Geräusche: Die ungelesenen Bücher können es nicht mehr länger ertragen und verkünden ihren Inhalt, manche prahlerisch, manche schüchtern, manche doppelzüngig. Aber das Geräusch, das ich hörte, kam nicht von einem Buch. Es war eher wie ein unterdrücktes Husten oder Niesen oder ein Räuspern oder eine krampfhafte, impulsive Mischung daraus. Alles wurde sehr still. Sogar die Bücher hielten inne. Ich sah zu dem Regal direkt vor mir. Ich las jeden Titel, der darauf stand, Buchrücken um Buchrücken. Zwischen zwei Buchrücken war eine Lücke, und zwei Augen sahen mich daraus an. Nicht die des Dienstherrn, nicht die von Pasqual, nicht die von irgendjemandem, den ich je getroffen hatte.

Ich nahm meinen Mut zusammen und fragte: »Was tun Sie hier?«

»Was tun SIE hier?«, fragte der Mann. Ich konnte an seiner Stimme hören, dass es ihm nicht gut ging, und die Angst wich aus mir. Ich spürte, dass wir beide unsere Gründe hatten.

»Sehen Sie denn nicht, dass ich lese?«, fragte ich. »Vielleicht sollten Sie auch lesen, anstatt anderen Leuten NACHZUSPIONIEREN.«

»Vielleicht sollte ich das«, sagte er. »Ich dachte einfach nur, dass Sie vielleicht wie die andere sind.«

»Wie die andere?«

»Ja. Aber sagen Sie ihr nicht, dass Sie mich gesehen haben.«

»Warum nicht?«

»Weil sie dann weiß, dass ich sie gesehen habe ... Und ich will nicht, dass sie es weiß, bis ich mit meinem Bruder gesprochen habe.«

»Ihrem Bruder?«

»Zu viel Gerede, hübsche Diebin. Ich muss mich jetzt ausruhen. Aber versprechen Sie mir, dass Sie nichts zu ihr sagen.«

Er musste sie mir nicht beschreiben. Sicherlich sprach er von Fausta. Ich wollte nicht einmal wissen, was sie im Schilde geführt hatte.

»Ich bin keine Diebin«, sagte ich. »Und ich werde nichts zu ihr sagen. Ich habe Sie ohnehin nicht gesehen. Nur Ihre Augen.«

»Und? Wie finden Sie meine Augen, hübsche Diebin?«

»Es sind die Augen eines alten Mannes«, antwortete ich und hielt mir das Leben des Galileo vors Gesicht, bis ich hörte, wie er wegging. Er ging bis an das hinterste Ende der Bibliothek und dann eine Treppe hinauf – ich hatte nicht gewusst, dass es eine Treppe in der Bibliothek gab, bis ich ihn hinaufgehen hörte – sieh dich um, Montserrat, und du wirst sie finden, sie ist zwischen zwei Regale gebaut und führt zu einer Tür auf halber Höhe der Wand. Durch diese Tür gelangt man in einen Flügel des Haupthauses, mit dem nur wenige der Bediensteten vertraut sind, auch wenn wir alle wussten, dass Isidoro Salazar, der jüngere Bruder des Dienstherrn, in diesem Teil des Hauses lebte. Lebte – nun, wir wussten, dass der Mann dort starb, und er wollte nicht, dass man mit ihm oder über ihn sprach. Eine spezielle Köchin bereitete ihm seine Mahlzeiten gemäß bestimmter Ernährungsprinzipien der Unsterblichkeit zu, von denen ein Schweizer Arzt dem Dienstherrn erzählt hatte, und Fausta hatte uns berichtet, wie sie in Isidoros Zimmer den Tisch deckte und die Mahlzeiten servierte. Er wartete in einem anderen Raum, während sie das tat, und egal was er auch aß oder nicht aß, er würde immer noch sterben. Als ich darüber nachdachte, überkam mich die Sorge, dass meine Worte Isidoros Leid noch verstärkt haben könnten.

Am nächsten Tag, nachdem ihm Fausta sein Mittagessen gebracht hatte, schrieb ich: »Ich hätte nicht so zu Ihnen sein sollen. Das unhöfliche und unbedachte Dienstmädchen aus der Bibliothek« auf ein Stück Papier, rannte hinauf zu seinen Räumen und schob die Notiz unter seiner Tür hindurch. Ich hielt mich eine Weile von der Bibliothek fern, und ich kehrte nur zurück, wenn mich das Geschnatter der Bücher dort, wo ich im Schlafsaal der Dienstmädchen auf der anderen Seite des Hauses schlief, erreichte. Er war in jener Nacht nicht dort, aber als ich zu meinem auserwählten Regal ging, um Galileo herauszunehmen, sah ich ein Stück Papier aus dem benachbarten Buch ragen. Darauf stand: »Für die hübsche Diebin – lesen Sie dieses Buch, und suchen Sie dann nach weiteren. «

Einige der Bücher, die er aussuchte, liebte ich. Bei anderen schlief ich ein. Ich drehte die Papierschnipsel um und schrieb meine Gedanken auf. Eines der Bücher, dass er mir ausgesucht hatte, war ein schmaler Gedichtband, der sich mir nicht weiter erschloss: Ich verwarf es mit einer Zeile eines anderen Gedichts, das er mir nahegebracht hatte: »Es mag sich reimen, aber es gewähret nichts.« Er antwortete mit einem sehr langen und verärgerten Brief – ich glaube, er muss der Autor dieser Gedichte gewesen sein, die mir nicht gefallen hatten.

Isidoro näherte sich mir nicht, auch nicht, als ich dies wollte. Wir verbrachten die Nächte lesend miteinander, auf verschiedenen Seiten des Regals, sprachen nicht, lauschten nur den Büchern um uns herum. Laut Stendhal dauert es ein Jahr und einen Monat, um sich ineinander zu verlieben, wenn alles gut war. Vielleicht verliebten wir uns schneller, weil bei uns nicht alles gut war: Jeden Tag wurde es für mich schwieriger, dich für mich zu behalten, und er konnte nicht vergessen, dass er starb. Er kämpfte gegen den Schlaf an, bis ihn sich die Albträume mit Gewalt nahmen. Er schlief eines Nachts in der Bibliothek ein – es war schon zweimal zuvor geschehen, aber aus Respekt ihm gegenüber hatte ich einen Weg genommen, auf dem ich an ihm vorbeigehen konnte, ohne ihn anzusehen. Aber als ich ihn sagen hörte: »Nein, nein ...«, ging ich ohne nachzudenken zu ihm hinüber und beugte mich über ihn, um zu sehen, ob ich ihn wecken sollte. Er war jünger, als der Ausdruck in seinen Augen nahelegte. Ich weiß nicht, woran er erkrankt war – es raffte ihn hinweg – sogar als ich in sein Gesicht blickte, sah ich, dass seine Schönheit verblasst war. Man kann den Charakter in einem schlafenden Gesicht erkennen, und was für ein Gesicht er hatte! Das Gesicht eines stolzen Mannes, rachgierig und keineswegs einfältig, ein Mann mit Fragen, nach deren Antwort er noch verlangte, und Antworten auf einige Fragen, die ich selbst hatte. Er öffnete seine alten Augen und atmete lange und tief ein, als atme er mich ein. Es muss gewirkt haben, als hätte ich ihn küssen wollen. Unsere Gesichter waren sehr nah beieinander, und mein Haar umgab uns wie ein Vorhang. Wenn wir uns küssten, wäre es unser Geheimnis. Ich küsste ihn. Dann fragte ich ihn, ob es wehgetan hätte. Er sagte, er sei sich nicht sicher, und dass wir es noch einmal versuchen sollten. Und daraufhin küsste er mich. Danach wollte ich nicht von ihm fortgehen, aber ich musste im Bett sein, wenn die anderen Dienstmädchen aufwachten.

Montserrat, ich habe geschrieben, dass es schön war, in deinen Vater verliebt zu sein, aber in Isidoro Salazar verliebt zu sein war wie ein Traum. Nicht wegen des Geldes oder etwas Ähnlichem! Der Mann liebte auf törichte Weise und ohne Hinblick auf die begrenzte Zeit, von der ihm seine gelehrten Ärzte sagten, dass sie ihm noch bliebe. Durch ihn fühlte ich mich, als hätten wir auf eine Art schon immer voneinander gewusst, und dass er für immer an meiner Seite sein würde. Als Fausta del Olmo mich beiseitenahm und fragte: »Gibt es etwas, das du mir sagen möchtest?«, hätte mir das Blut in den Adern gefrieren müssen, aber das tat es nicht. Schließlich hätte sie auch wegen meiner Schwangerschaft nachfragen können.

Hinter Isidoros Treppe befindet sich eine Tür, die zu einem eingemauerten Garten führt. Der Garten gehört ebenfalls Isidoro: Er pflanzte alle Rosen dort selbst an und kümmerte sich um sie, bis er zu krank wurde, um noch etwas anderes tun zu können, als einfach nur abends bei ihnen zu sein. Wir verbrachten dort oft Zeit zusammen. Es ist ein langer Spaziergang von einem Ende des Gartens zum anderen, und manchmal trug ich ihn einen Teil des Weges. Ja, auf dem Rücken, wenn du dir das vorstellen kannst. Er war von seinen Medikamenten benommen – er musste immer mehr davon nehmen – aber selbst durch den Nebel seiner Heilmittel dachte er an dich: »Das Baby!« Ich sagte ihm, es würde dir nichts ausmachen (nicht wahr?) und dass sein Gewicht mich ausbalanciere. Er wurde klarer, wenn wir im Gras lagen. Er mochte die Rosen so gern. Eines Nachts sagte ich ihm, er würde nicht sterben, er würde zu Rosen werden.

»Mich würde dieses Sterben weniger kümmern, wenn das wahr wäre«, sagte er langsam. »Aber warte einen Moment … Rosen sterben auch.«

»Nun, danach würdest du zu etwas anderem werden. Vielleicht zu einer Wespe, weil du dann herumschwirren und die Leute stechen könntest, die deine Gedichte nicht mögen.«

Etwa um diese Zeit herum fand ich immer wieder Geschenke auf meinem Bett. Kleine Geschenke, aber sie wurden immer größer. Einen Perlmuttkamm, ein Portemonnaie aus Kalbsleder, einen grünen Kaschmirschal. Ich bat Isidoro, damit aufzuhören, mir Geschenke zu machen. Die anderen Bediensteten stellten schon Fragen. Anfangs lächelte Isidoro nur, aber als er mich bat, ihm die Geschenke zu zeigen, merkte ich, dass er verblüfft war und dass sie nicht von ihm kamen.

»Bist du sicher, dass es nichts gibt, was du mir sagen willst?«, fragte Fausta del Olmo, und vielleicht war es nur ein Sonnenstrahl, der auf ihr Auge fiel, aber ich dachte, sie blinzele auf meinen Bauch. Sie fügte hinzu, dass der Dienstherr in zwei Wochen zurückkommen würde. Ich antwortete nicht darauf. Unvermittelt stieß sie mich. Hätte ich mich nicht am Treppengeländer festgehalten, wäre ich gefallen – und als sie an mir vorbeiging, zischte sie: »Warum solltest du es sein, die ihn sieht?«

An jenem Nachmittag fand ich das letzte Geschenk unter meinem Kissen. Es war ein Diamantring. Ich steckte die Schachtel in die Tasche meiner Schürze und behielt sie dort bis zum Abend, als ich in die Bibliothek ging. Ich zeigte Isidoro den Ring und fragte ihn, was ich tun sollte. Er sagte, ich solle ihn heiraten. Er hatte Fausta del Olmo angewiesen, den Ring unter mein Kissen zu legen. Er war davon überzeugt, dass sie für die anderen Geschenke verantwortlich war, obwohl sie nichts mit ihm zu tun hatten. Sie plante etwas, aber das war nicht wichtig oder wäre es nicht, wenn ich ihn heiratete.

»Zeit ist von äußerster Bedeutung«, sagte Isidoro. Ich konnte ihn nur noch mit weit offenem Mund ansehen. Und dann sagte ich Ja. Er sagte, ich müsse sofort einen Priester holen, und ich wusste nicht, wo ich einen Priester finden könnte, also ging ich zu Fausta del Olmo und weckte sie auf und bat sie um Hilfe. Sie warf mir einen höchst seltsamen Blick zu und sagte: »Wozu brauchst du einen Priester?«

»Ich heirate heute Nacht Isidoro Salazar«, sagte ich.

»Ach wirklich? Und ich vermute, dass er auch der Vater deines Kindes ist?«, flüsterte sie, und ihre Augen glitzerten, so wie jedes Mal, wenn sie endlich ein Geheimnis gelüftet hatte.

»Bitte, beeilen Sie sich.«

Fausta del Olmo zog sich Mantel und Schuhe an und lief hinaus, um einen Priester zu holen, und der Mann Gottes kam schnell. Er war ruhig und hatte ein freundliches Gesicht und nahm meine Hand und fragte, was meine Sorgen seien. »Aber haben Sie ihm nicht gesagt, Fausta, dass dies eine Hochzeit ist?«

Fausta hob die Schultern und wirkte beschämt, und ich bekam wieder große Angst vor ihr. Etwas stimmte nicht. Ich führte den Priester in die Bibliothek, und Fausta del Olmo folgte uns. Isidoro war nicht dort, aber als ich die Bibliothekstür öffnete, knallte eine Tür am entferntesten Ende des Raumes zu. Isidoro hatte Fausta gesehen und war in den Rosengarten entschwunden. Ich ging ihm nach, aber Fausta und der Priester folgten mir nicht – sie sprachen miteinander, und Fausta zeigte auf etwas ... Mir ist jetzt klar, dass sie auf die Tür zu Isidoros Räumen zeigte.

Isidoro war nicht im Garten. Nachdem ich ihn gesucht hatte, ging ich zurück in die Bibliothek, die ebenfalls leer war. Ich konnte viel Lärm und Tumult im restlichen Haus hören, Schritte eilten in dem Flügel, in dem sich Isidoros Räume befanden, hin und her. Ich sah seine Räume in dieser Nacht zum ersten Mal von innen. Der Priester, nach dem Isidoro und ich geschickt hatten, betete über einem wächsernen Leichnam, der im Bett lag. Als der Priester seine Gebete beendet hatte, sagte er, ich müsse keine Angst davor haben, ihm die Wahrheit zu sagen, dass mich niemand bestrafen würde, und dass es richtig gewesen wäre, nach ihm zu schicken.

»Was meinen Sie?«, fragte ich.

»Dieser Mann ist seit wenigstens einem Tag tot. Nein, schütteln Sie nicht den Kopf, junge Frau. Sehen Sie, wie steif er ist. Er war sehr krank, die arme Seele, dies ist für ihn eine Erlösung. Sie kamen heute Morgen hierher und fanden ihn, war es nicht so? Und Ihr Dienstherr ist fort, deshalb quälten Sie sich den ganzen Tag damit herum, wem Sie es erzählen sollten und was Sie sagen sollten, bis Sie sich diese Geschichte mit der Hochzeit in Ihrem Köpfchen zurechtgelegt hatten. Nicht wahr?«

Alle Bediensteten hörten zu, aber ich sagte noch immer Nein und dass er unrecht hätte. Ich steckte meine Hand in die Tasche, um meinen Ring herauszuholen und ihm zu zeigen, aber auch der Ring war fort.

»Mein Ring«, sagte ich, wandte mich zu Fausta del Olmo, die mit der sanftesten, tödlichsten Stimme antwortete: »Welcher Ring, Aurelie? Pass gut auf, was du jetzt sagst.«

Danach hörte ich auf zu reden. Ich sah auf den Leichnam im Bett und sagte mir, dies sei Isidoro und niemand sonst. Dies war eine Wahrheit, die ich lernen musste – es würde sehr schlecht um mich stehen, wenn ich mich weigerte, sie zu lernen – aber es war eine sehr schwere Lektion.

Der Priester ging, er versprach, dem Dienstherrn gleich zu schreiben, wenn er zu Hause angekommen war, und wir Bediensteten gingen alle zu Bett. Fausta war die Letzte, die Isidoros Zimmer verließ, sie schloss die Tür hinter sich so leise, als würde er nur schlafen. Dann packte sie mich am Arm und zerrte mich nach unten in den Schlafsaal der Dienstmädchen, wo mich das Gericht erwartete. War ich verrückt, oder war ich schlicht eine Lügnerin? Sie hatten bereits die kleinen Geschenke hervorgeholt, die ich bekommen hatte, und sprachen darüber. Jetzt fragte Fausta, woher die Geschenke gekommen waren. Ich hätte den Schlüssel zur Bibliothek aus der Wäsche des Dienstherrn genommen, verkündete sie, und ich hätte zahlreiche seiner wertvollen Bücher verkauft. Ich schloss daraus, dass es das war, was Fausta getan hatte, bevor ich sie mit meinen Bibliotheksbesuchen dabei gestört hatte.

»Aber wie dumm, das Geld für solche Dinge auszugeben«, sagte die Köchin und schlug mir das grüne Tuch ins Gesicht.

»Manche Leute denken einfach nicht an die Zukunft«, sagte Fausta del Olmo. Zwei der anderen Dienstmädchen hatten nicht eingestimmt und sahen aus, als würden sie Fausta del Olmo nicht ganz glauben. Vielleicht hatten sie selbst ihre Probleme mit ihr. Aber dann verkündete Fausta, dass selbst Isidoro Salazar gewusst hätte, dass ich eine Diebin sei. Sie zeigte ihnen einen der Papierschnipsel, die mir Isidoro in der Bibliothek hinterlassen hatte, Schnipsel, die er in der Zeit hinterlegt haben musste, als ich mich ferngehalten hatte. Die Wörter »hübsche Diebin« überzeugten sie. Der Dienstherr ist ein großzügiger Mann, und ihn zu bestehlen führt zu allerlei unnötigen Schwierigkeiten. Nun, da einige seiner Bücher fehlen, würde er weniger großzügig sein. Die Dienstmädchen jagten mich aus dem Schlafsaal. Sie gingen in die Küche und nahmen Töpfe und Pfannen und schlugen sie gegeneinander und riefen: »Schande! Schande! Schande!« Ich blieb mit der Decke über dem Kopf im Bett liegen, solange ich konnte, aber sie waren zu laut. Sie versammelten sich um mein Bett, Schande, Schande, Schande. Ich floh, und Fausta und die Dienstmädchen jagten mich mit ihren Töpfen und

Pfannen durch die Korridore und kreischten – eine erwischte mich mit einem Pfannenwender, und dann warfen alle mit Löffeln, was jetzt, da es vorüber ist, possierlich klingt, aber in einem dunklen Haus mit Silberlöffeln beworfen zu werden ist Furcht einflößend, du kannst sehen, wie sie die Wände wie kleine Schwerter anblitzen, bevor sie dich treffen. Es wäre noch schlimmer geworden, wenn diese Leute Messer gehabt hätten: Sie hatten vollkommen den Verstand verloren.

Ich schaffte es mit knapper Not in die Bibliothek und schloss die Tür hinter mir ab. Ich schrieb, ich schreibe, diesen Brief an dich, meine Montserrat. Die Dienstmädchen haben ihre Katzenmusik beendet und sind zu Bett gegangen. Du wirst bald schon geboren werden, vielleicht noch heute im Verlauf des Tages, vielleicht morgen. Ich spüre dich ganz nah. Ich weiß, wo ich dich lassen werde. Was diesen Brief angeht, werde ich ihn den Rosen übergeben, und dann muss ich eine Weile von hier verschwinden. Wie lange? Bis ich sicher weiß, was geschehen ist, oder wenigstens die wahre Abfolge von allem kenne. Habe ich ihm mehr Zeit geschenkt, als er allein gehabt hätte? Während der gesamten Zeit, in der ich diesen Brief geschrieben habe, spüre ich Isidoros Blick auf mir. Er scheint mir zu sagen, dass wir trotzdem hätten heiraten können, dass, wenn bloß ich den Priester geholt hätte und nicht Fausta, wir trotzdem hätten heiraten können. Natürlich kann er mir in Wirklichkeit nichts sagen: Ich habe ihn als Toten gesehen. Warum habe ich keine Angst?

Montse merkte, dass sie beim Lesen des Briefes ihrer Mutter die gesamte Länge der Bibliothek abgeschritten war. Jetzt stand sie an der Tür zu Isidoros Garten, die sich mit demselben Schlüssel öffnen ließ. Draußen wich jemand im

Schatten erschrocken ein paar Schritte zurück. Señora Lucy.

»Ich habe das Licht unter der Tür gesehen«, sagte Lucy. »Das war neu.« Sie spähte über Montses Schulter. »Tauschen wir Rose gegen Buch«, sagte sie.

»SORRY« VERSÜSST IHR NICHT DEN TEE

외로워서밥을많이먹는다던너에게
권태로워잠을많이잔다던너에게
슬퍼서많이운다던너에게
나는쓴다
궁지에몰린마음을밥처럼씹어라
어차피삶은너가소화해야할것이니까

Euch, die ihr viel esst, weil ihr einsam seid,
euch, die ihr viel schlaft, weil ihr überdrüssig seid,
euch, die ihr viel weint, weil ihr traurig seid,
schreibe ich.
Verzehrt eure Gefühle, wie ihr euren Reis verzehrt,
denn auch das Leben ist etwas, das verdaut werden muss.

Aus »Reis« von Chun Yang Hee

»Sei nett zu Boudicca, und Boudicca wird nett zu dir sein«, sagte Chedorlaomer.

Boudicca und ich beäugten uns durch das bläulich getönte Glas von Cheds Aquarium, und ich sagte: »Sag mir doch noch mal, was genau sie ist?«

Mit bloßem Auge betrachtet ist Boudicca ein giftgrüner Nebel, der im Algendickicht lauert und exakt wie die Folge eines Chemieunfalls aussieht. Aber Ched hat dieses Zertifikat, auf dem steht, dass es sich bei Boudicca um einen *Betta splendens* handelt, bekannt als Siamesischer Kampffisch, weil sich Fische dieser Art gern den totalen Krieg mit ihren Aquariumsmitbewohnern liefern. Es ist fast schon bewundernswert. Boudicca ist es egal, wie groß oder schön die anderen Fische sind. Dringen sie in ihr Revier ein, löscht sie sie aus, ob sie dafür nun warten muss, bis der andere Fisch schläft, bevor sie über ihn herfällt, oder ob sie, falls sich ein Fisch schlicht weigert, sich mit ihr abzugeben, die Eier frisst, die der andere Fisch abgelaicht hat, um dann im Wasser herumzutanzen, während die trauernde Mutter vor Kummer stirbt.

Jetzt lebt Boudicca also allein. Genau das hat sie die ganze Zeit auch gewollt.

Ich glaube zu spüren, dass Ched, der ewige Junggeselle, in Boudicca eine Fischversion seiner selbst sieht, aber er hat es nie laut gesagt, jedenfalls nicht zu mir. Wir unterhalten uns nicht über solche Dinge. Selbst wenn Ched und Boudicca irgendwie ein und dasselbe sind, bleibt die Tatsache, dass sich der Mensch selbst versorgen kann und der Fisch jemanden braucht, der sich zweimal in der Woche um seine Ernährung kümmert.

Ched bat mich zu sich, um mir mitzuteilen, dass er zwei Jahre lang fort sein würde, und er wollte, dass ich nach Boudicca sehe. Zweimal pro Woche für zwei Jahre! Außerdem ist Cheds Haus unheimlich. Das Haus der Schlösser wird es genannt. So lautet auch die Adresse – Haus der Schlösser, Ipswich, Suffolk. Er ist häufig verreist, und ich habe für meine Freundschaftsdienste seinen Zweitschlüssel, um Blumen zu gießen, als er noch Blumen hatte, die Post reinzuholen et cetera, aber wenn ich dort bin, halte ich mich nie lange auf. Eigentlich ist mir dort nie etwas zugestoßen. Jedenfalls noch nicht. Aber immer wenn ich dieses beschissene Haus betrete, besteht die Gefahr, verrückt herauszukommen. Wegen der Türen. Sie lassen sich nicht schließen, es sei denn, man schließt sie ab. Sobald man das getan hat, hört man dahinter Geräusche. Geräusche, die einen denken lassen, dass man jemanden eingeschlossen hat. Aber wenn man diese Türen unverschlossen lässt, gehen sie bis zur Hälfte von selbst auf, so weit, dass man gerade nicht ganz ins nächste Zimmer sehen kann, und es ist, als würde jemand hinter der Tür stehen und sie mit Absicht halb geöffnet halten. Die Fenster benehmen sich ähnlich – sie öffnen sich nicht ganz, man muss sie langsam aufschieben, mehr mit grimmigem Vorsatz denn mit echtem Druck. Nur Ched hat den Bogen richtig raus. Offenbar hatte die erste Besitzerin des Hauses eine besondere Freude daran, Schlösser auf- und zuzuschließen – das Gefühl und Geräusch des Schlüssels, der sich dreht, bis er an den Punkt gelangt, an dem sich das Schloss fügen muss. Für sie war das Haus ein lebenslang erfüllender erotischer Nervenkitzel.

Ched mag das Haus auch. Es groß ist, und er hat es billig bekommen, und außerdem fühlt er sich in allzu normalen Situationen nicht wohl. Er hört nämlich Stimmen. Niemand sonst hört diese Stimmen, aber sie sind nicht einfach nur in Cheds Kopf, verstehen Sie? In dieser Welt gibt es Stimmen ohne Gestalt. Sie singen und singen von Anfang an und immer weiter bis zum Ende. Ched borgt sich ihre Melodien: So entsteht die Musik der Songs, die er schreibt. Als Texte benutzt Ched Reime aus unserem Dorf, auf die niemand mehr achtet, weil sie einen Verhaltenskodex beschreiben, der einen mit Sicherheit zum Verlierer im Leben macht. Vieles handelt davon, ehrlich zu sein und sein Bestes zu geben. Auch wenn du nur eine Kleinigkeit zu erledigen hast, mach sie gut, mach sie gut, mach sie gut ...

Diese Songs von Ched waren bei vielen Menschen außerhalb unseres Landes ein Hit. Ched wurde zu einem Internetphänomen und dann zu einem Zeitschriftenstar und

dann auch überall sonst berühmt. Es machte Spaß, dabei zuzusehen. Seine Mutter sagt immer zu mir: »Aber findest du
nicht, dass die Leute auf Chedorlaomer überreagieren? Die
Mädchen kreischen und werden ohnmächtig, nur weil er
sie ansieht oder so. Er ist doch nur ein Junge aus Bezin.«

Das ist die Macht dieser wahren Stimmen, Mann.

Und da Sie jetzt wissen, dass Ched und ich aus einem kleinen Dorf stammen, sagen Sie vielleicht: »Ah, okay, deshalb
glaubt dieser Kerl also an Stimmen, die er nie gehört hat.«
Aber glauben Sie mir, wenn Sie in einem kleinen Dorf in einem Land leben, das nicht einmal sicher weiß, ob es wirklich ein Land ist, kommt Ihnen eine Menge Scheiß unter, der
befremdlicher ist als ein Schamane (was Ched übrigens ist
oder war, bevor er anfing, Geld mit der Musik der Stimmen
zu verdienen). Jeder Tag dort brachte Neuigkeiten, auf die
man mit einem »Was, echt jetzt?« reagierte. Neue Steuern,
die nur von Menschen ohne Geld bezahlt werden sollten.
Oder es stellte sich heraus, dass wieder jemand von der
Dorfpolizei heimlich ein Gangster war. Oder ein Banden-
mitglied ein verdeckter Polizist. Ein Restaurant im osmani-
schen Stil öffnete in einer nahe gelegenen Stadt. Dort gab es
kein Essen, aber seitenweise Mineralwasser auf der Speise-
karte, durch die sich bekannte Models tranken, während
wir mit ihren Leibwächtern Fußball spielten. Oder ganz re-
gional gesprochen: An unserer Schule gab es einen Jungen,
der einen recht gebräuchlichen Vornamen hatte. Er beschloss, jeden anderen Jungen mit diesem Namen anzuge-
hen, um sich das Recht zu erkämpfen, der einzige Träger
dieses Namens in unserem Postleitzahlengebiet zu sein -
können Sie sich das vorstellen? Ich war einer der Jungs auf
seiner Abschussliste, und ich wurde ohnehin schon schikaniert, weil ich keinen Vater hatte. Was für eine lächerliche
Gegend, in die wir hineingeboren wurden, wo Vaterlosig-

keit ein Grund war, einem Jungen gegen die Stirn zu schnippen und ihn zu beleidigen und sich dann zu viert auf ihn zu stürzen, wenn es ihm nicht passte ... es ist nicht unsere Schuld, dass wir irre sind, Ched und ich. Wie könnte es auch anders sein?

Ched war ein lächerlich aussehender Junge, der mit einem Mal in seine Züge hineinwuchs und über Nacht sehr gut aussehend wurde. Daran schien etwas nicht zu stimmen, also wurde auch er schikaniert. Aber Ched hatte nachgedacht, und daraus resultierte, dass er den anderen Jungs, die denselben Namen hatten wie ich, seine Unterstützung anbot und erörterte, dass uns unser kleiner Quälgeist leicht schlagen konnte, solange er uns einzeln antraf, wenn wir ihm allerdings gemeinsam entgegentraten, würde keiner von uns seinen Namen ändern müssen. Die anderen fürchteten, er würde ein doppeltes Spiel mit uns spielen (was klug war, denn Doppelzüngigkeit bestimmte unser Leben) und beschlossen, dass es besser wäre, es allein zu versuchen.

Ich allerdings glaubte Ched. Mit dem feierlichen Ernst eines Paares, das sich das Jawort gab, steckten wir uns gegenseitig Schlagringe an die Finger. Dann ging ich zu dem Jungen, der seinen Namen mit niemandem teilen wollte, und schlug ihm wortlos den Schokopudding, den er gerade aß, aus der Hand. Er war so erstaunt, dass er einfach nur dastand und auf mich zeigte, während seine Freunde wie blutrünstige Gazellen angaloppiert kamen. Ich sah nicht einmal nach, ob dieser Chedorlaomer mir den Rücken freihielt, ich vertraute einfach darauf, dass er es tun würde, und er tat es. Was für ein großartiger Tag, ein Tag, an dem ein bescheidener Plan funktionierte. Letzten Endes änderte der Junge seinen Namen. Und seither war es immer so mit Ched und mir. Er hatte Glück, ein Jahr älter zu sein als ich, und nach seinem Schulabschluss kam es mir vor, als sei ich der einzig Gesunde in einem Irrenhaus. Jeden Tag geschah immer mehr Scheiß. Aber Ched wartete vor der Schule und hatte stets ein paar aufmunternde Worte für mich.

Deshalb war es ziemlich seltsam, dass Chedorlaomer zum Militärdienst eingezogen wurde. Nur Passinhaber müssen dienen, und ich dachte, er hätte seinen Pass abgegeben, so wie ich.

»Nein, das hab ich nie gesagt«, sagte Ched.

»Aber warum hast du ihn behalten? Hast du nicht gesehen, was die über dich schreiben? Du hast dich verkauft, du bist Abschaum, bla, bla, bla. Also, was denkst du? Dass die Leute deshalb ihre Meinung ändern? Warum ausgerechnet diese Leute? Ich dachte, wir ...«

»Ja, ich weiß, was du gedacht hast«, sagte Ched. Er lachte und zerzauste mein Haar. Seins war weg. Er war beim Frisör gewesen. Mit der Glatze sah er jünger aus, als ich ihn je gesehen hatte, und sein Grinsen wirkte breiter. Wie ein Streuner, aber ein gefährlicher Streuner. Man konnte ihn mit nach Hause nehmen, wenn man wollte, aber er würde die Wände einreißen. »Es ist Zeit für mich, Teil von etwas Unpersönlichem zu sein«, sagte er. »Größer als diese Pflicht geht es nicht. Mögen mich diese Leute? Mag ich sie? Bin ich einer von ihnen? Das ist alles nicht wichtig. Jeden einzelnen Tag wird es nur um eines gehen: die Grenze zu verteidigen.«

Andere Dinge, die mir mein bester Freund sagte: dass zwei Jahre nur ein kurzer Zeitraum seien. Und in der Zwischenzeit hoffe er, dass sein Haus der Schlösser ein Zufluchtsort für mich würde. Es wäre eine wirklich schöne Rede gewesen, hätte mich Boudicca dabei nicht die ganze Zeit unheilvoll angeblinzelt. *Du da ... wenn du einmal ver-*

gisst, mich zu füttern, nur ein einziges Mal, dann bist du tot.
Ich murmelte, dass ich beruflich eine Menge um die Ohren
hätte, aber dass ich mir Mühe geben würde.

Ich sage Ched nicht, wie oft das, was er sagt, wahr wird.
Das ist in seinem eigenen Interesse, damit er demütig
bleibt. Aber hier ist ein Beispiel: Allein in den vergangenen zwei Wochen war ich sieben Mal im Haus der Schlösser. Viermal, um Boudicca zu füttern und ihr Aquarium
abzuschreiten – beim ersten Mal scheuchte sie mich in die
hinterste Ecke, und all die anderen Male kehrte sie mir
den Rücken zu. Die restlichen Besuche waren wohl, um
Zuflucht zu finden. So wie Ched gesagt hat. Alles, was ich
von ihm seit seiner Abreise gehört oder gesehen habe,
sind unscharfe Fotos von seiner Ankunft in einer Kaserne.
Sie wurden auf diversen Fanseiten gepostet. Er hat weder
angerufen noch auf E-Mails geantwortet, also gehe ich
durch den Flügel des Hauses, den er am liebsten mag, vorbei an den Fenstern mit Blick auf seinen Brunnen. Ein
Mädchen aus Zinn steht knietief im Wasser, die Hände
hohl, um Wasser aufzufangen und es weiterfließen zu lassen. Ihre Augen sind glückselig geschlossen. In dem Zimmer, von dem aus ich sie beobachte, hängen die Gardinen
so still, dass Atmen allein nicht reicht, um mich davon zu
überzeugen, dass es hier Luft gibt. Die Haustür ist die einzige, die ich hinter mir abschließe, weshalb alle Türen
halb offen stehen, während ich durchs Haus gehe. Ich be-
komme immer noch eine Gänsehaut, aber es hat auch etwas Beruhigendes. Das Haus ist zum Glück wunderbar
leer – niemand sonst wird in dem Spalt zwischen den Türen erscheinen – dieser Spalt ist ein sicherer Korridor
über all die Schwellen, die ich gedankenlos überschritten
habe.

Was die Arbeit betrifft: Ich leite eine Klinik für die Firma meiner Tante Thomasina. Eine »Abnehmklinik nach Schweizer Vorbild«, um das Werbematerial zu zitieren. Was im Grunde bedeutet, dass Leute für einen dreitägigen Tiefschlaf herkommen, der durch Medikamente herbeigeführt und aufrechterhalten wird, während Vitamine über einen Tropf in sie hineinfließen. Ich stürzte mich auf diesen Job, weil er mein nicht Ched-abhängiges Ticket hinaus aus Bezin war. Er ist nicht so friedlich, wie ich erwartet hätte. Der meiste Schlaf, den man hier antrifft, ist von der getrübten Sorte. Viel Gerede im Schlaf und wehleidiges Gejammer. Keinem der Schläfer geht es gut, nicht wirklich. Zu den positiven Aspekten zählt, dass die Resultate optisch beeindruckend sind. Die meisten Klienten verlieren während dieser zweiundsiebzig Stunden eine Kleidergröße. Tante Thomasina hat es selbst erlebt, bevor sie es an anderen ausprobierte. Ihr stieß etwas Schreckliches zu, als sie jung war – sie hat nie auch nur angedeutet, worum es sich dabei handeln könnte –, und sie nahm, was sie für eine tödliche Dosis Baldrian hielt, und legte sich ins Bett, nur um drei Tage später wunderbar schlank zu erwachen. »Das wird der Renner«, sagte sie sich. Und sie hatte recht. An den meisten Tagen ist das Wartezimmer voller Klienten, die fröhlich auf ihren Tablets einkaufen. Die neue Garderobe, die sie bestellen, wird sie nach ihrem Schönheitsschlaf zu Hause erwarten. Natürlich ist ein derart drastischer Gewichtsverlust nicht nachhaltig, was die Klinik zu einem großartigen Geschäftsmodell macht. Wir schicken unseren monatlichen Klienten Weihnachts- und Geburtstagskarten. Sie gehören zur Familie.

Bei uns arbeiten Ärzte, die dafür sorgen, dass wir niemanden aufnehmen, der schwere Komplikationen durch unsere Behandlung erleiden würde. Mein Job besteht vor allem darin, Beschwerden und unrealistische Erwartungen zu überprüfen und anzusprechen. Ich kann tagelang wunderbar Mitleid vortäuschen. Tante Thomasina sagt, ich sei ein Psychopath, und deshalb sei es gut, dass ich in jungen Jahren den richtigen Einfluss hatte. Ich übernehme auch Nachtschichten. Wir können die Leute nicht in ihren Zimmern einsperren, und ich kann gut mit Schlafwandlern umgehen. Letzte Woche hatten wir zwei. Ein Mann stand auf und riss sich die Kanülen aus der Haut, weil er es nicht gewohnt war, im Sommer drinnen zu schlafen. Er wuchs in einer für Erdbeben anfälligen Region auf, und seine Familie hielt es für eine gute Strategie, auf einem nahe gelegenen Feld zu schlafen, damit das Haus nicht auf sie herabstürzen konnte. Meine Schichtkollegin brachte ihn mit liebevollen Sicherheitsversprechungen zurück ins Bett, aber als ich an der Reihe war, flüsterte ich nur: »Sie unterbrechen den Prozess, mein Freund. Wollen Sie nun, dass sie es bereut, oder nicht?« Er schlaf-rannte den Flur zurück und musste daran gehindert werden, sich selbst wieder an die Vitaminmaschine anzuschließen. Er hatte auf den Fragebogen neben »Zielsetzung« geschrieben: SEXY SEIN, DAMIT SIE ES BEREUT.

Unsere andere Schlafwandlerin war einfach nur schrecklich hungrig. Bei so jemandem hilft gut zureden nicht. Diese Klientin stand auf und suchte so entschlossen nach Essen, dass ihre Medikamentendosis deutlich erhöht werden musste. Ein paar Stunden lang schien ihr Hunger stärker als die Medikamente zu sein. Ich saß den dritten Vorfall aus und blieb im Überwachungsraum, wo ich ihn mir auf den Monitoren ansah: Es war faszinierend zu sehen, wie sie fast komplett aus dem Schlaf auftauchte und »Pommes ... Pommes ...« rief, dann aber doch wieder hinabsank und tief unten blieb. Am Ende war sie mit ihrem Ergebnis sehr glücklich, wirkte aber zusätzlich zu der üblichen Verwirrung auch sehr nachdenklich, als fragte sie sich: *War es das wert?* Sie kommt wahrscheinlich nicht zurück.

Die Schlafwandler regen meine Schichtkollegin Tyche auf. Ihre Aufregung hilft ihr dabei, zu ihnen durchzudringen, glaube ich. Sie merken, dass sie sich um sie sorgt und sie nicht einfach verurteilt, so wie ich. Tyche ist jemand, den Ched meiner Meinung nach kennenlernen sollte. Sie arbeitet nur Teilzeit in der Klinik. Auf ihrer Visitenkarte steht, dass sie den Rest ihrer Zeit mit GELEGENHEITSBE-SCHWÖRUNGEN verbringt. Beschwörungen. Etwas, das sie gelernt hat, als sie versuchte, etwas anderes zu tun, sagt sie. Deshalb kann sie Tante Thomasinas Abnehmentdeckung nachvollziehen. Tyches Schönheit ist ständig im Fluss. Sie kommt und geht und kommt wieder. Oder vielleicht ist es auch eher so, dass man diese Schönheit sofort wahrnimmt, aber Tyche einen dann dazu bringt, diesen vorzüglichen ersten Eindruck einen Moment zurückzustellen, damit sie mit dem weitermachen kann, was sie gerade tut. Dann, zu einem Zeitpunkt, an dem sie nicht spricht, oder wenn sie mit einem Mal den Kopf dreht, überwältigt es einen wieder. Sie hat ein Sternbild aus vier Sternen auf ihrem Handgelenk, das auch nicht immer da ist. Wenn es zu sehen ist, durchläuft sein Erscheinungsbild verschiedene Stadien der Beständigkeit, von mit Kajal gezeichnet bis hin zu richtig tätowiert. Ich sprach es an, aber sie tat es lachend ab. »Aber starrst du mich nicht zu oft an? Ist mit deinem Freund alles in Ordnung?« In meiner Funktion als Kuppler habe ich ihrem Äußeren mehr Beachtung geschenkt, als ich es tun würde, wenn es um jemanden für mich ginge.

Weiter zu ihren inneren Werten: Sie hat Überzeugungskraft. Nicht nur, indem sie tut, was sie tut, damit man ihr zuhört, statt sie zu betrachten, sondern ... Ich glaube, sie heilt sich selbst. Sie trägt einen Ehering, also nahm ich einmal Bezug auf ihren Partner, aber sie hielt die Hand hoch und sagte: »Oh, deshalb? Den hab ich gefunden.« Dann erzählte sie mir davon. Vor einer Weile hatte sie eine Beziehung mit jemandem, der darauf bestand, alles geheim zu halten. Es ging sogar so weit, dass die beiden so taten, als würden sie sich nicht kennen, sobald eine andere Person in Sichtweite war. Ihre Superkraft bestand darin, sich emotional nicht verfügbare Partner auszusuchen, und sie bezweifelte, dass sie es jemals besser antreffen würde. Sie ging außerdem davon aus, dass die Beziehung nach und nach weniger geheim sein würde. Nichts änderte sich, und während sie weiterhin zu ihrem heimlichen Freund stand, erhob ihr Körper Einspruch und versuchte, sie da herauszuholen. Sie wurde krank. Ihr fielen die Haare aus, und ihre Haut wurde schuppig, ihr war ständig kalt, und sie konnte nur einschlafen, wenn sie Beschwörungsformeln murmelte.

Niemand erschien, aber eines Abends fand sie im Pub bei ihr um die Ecke einen Ring auf dem Boden des Bierglases, aus dem sie getrunken hatte. Der Ring war schwerer, als er aussah, und sie erkannte ihn wieder, ohne sich genau daran zu erinnern, wo sie ihn schon einmal gesehen hatte. Da niemand im Pub etwas über den Ring zu wissen schien, brachte sie ihn zur Polizei, nur um ihn am Monatsende wieder abzuholen: Es hatte sich niemand nach dem Gegenstand erkundigt, also gehörte er ihr. Und wenn sie ihn trug, spürte sie, dass es Liebe gab. Für sie ... ausgerechnet für sie. Und sie war die ganze Zeit um sie herum. Von dieser Liebe würde es keine Fotos geben, keine handgeschriebenen Erklärungen, gar keine Zeichen, außer dem Ring. Wenn dies der einzige Weg war, dass das, wonach sie gerufen hatte, zu ihr kommen konnte, reichte es ihr. Sie war zufrieden. Die Hand, an der sie den Ring trug, wurde weich, und sie erlangte zurück, was sie verloren hatte.

»Trugen denn nicht auch irgendwelche Nonnen Eheringe?«, fragte ich.

Sie nickte und sagte, dass sie darüber oft nachgedacht habe.

Ich sollte sie besser Ched vorstellen, bevor die Nonnen sie holten. Cheds Stimmen sind Tyrannen. Sie würden ihn erst spielen lassen, wenn es ernst gemeint war. Tyche könnte eine Antwort für sie haben.

Aber warum behandele ich Cheds Zölibat wie etwas, das behoben werden müsste? Vielleicht, weil ich wegen so vieler Dinge in seiner Schuld stehe, dass mir nichts anderes einfällt, womit ich diese Schuld begleichen könnte. Vielleicht bin ich, seitdem ich selbst eine eigene kleine Familie habe, evangelikal geworden. Jeden Tag bietet sich mir zu Hause ein anderes Bild. Mein Freund teilt sich das Sorgerecht für seine beiden Töchter mit seiner Ex-Frau, deren Termine sich ständig ändern, weshalb die Mädchen manchmal zu Hause sind, manchmal nicht.

Dayang ist sechzehn und die ältere. Aisha ist achtzehn Monate jünger. Day ist fleißig und ernst, eine Bedenkenträgerin wie ihr Vater – sie trägt einen Erste-Hilfe-Kasten in ihrer Schultasche mit sich herum und schimpft mit mir, weil ich ihren Freund jedes Mal, wenn ich ihn sehe, mit einem anderen Namen anspreche. Zu meiner Verteidigung: Der Junge sieht wirklich jedes Mal, wenn er vorbeikommt, anders aus, aber Day befürchtet, er könne denken, dass sie andere Freunde habe. Das wäre katastrophal, weil Mr. Gesichtswandlerfreund derjenige, welcher, ist. Und woher weiß sie, dass er derjenige, welcher, ist, frage ich sie. Woher ich denn wusste, dass ihr Vater meinjeniger, welcher, ist, fragt sie mich. Manche Dinge sind einfach vollkommen offensichtlich, MEINE GÜTE.

Day ist großartig, aber Aisha ist mein Liebling und mein vorwitziges Mädchen. Sie muss mindestens einmal am Tag die Frage »Warum bist du, wie du bist?« von ihrem Vater ertragen. Wenn sie nicht gerade etwas züchtet (ihretwegen findet Noor Giftpilze in seinen Schuhen) oder braut (ihretwegen sollte man keine Tassen oder Gläser unbeaufsichtigt lassen, jedenfalls nicht, wenn sie zu Hause ist), zieht sie singend an einem vorüber und wedelt mit ihrem Schwanz (sie macht an der Nähmaschine Schwänze, die sie an ihren Kleidern befestigt: einen Fuchsschwanz, einen Drachenschwanz, einen Tigerschwanz, einen Pfauenschwanz. Zu besonderen Anlässen trägt sie alle auf einmal). Letzten Monat veröffentlichte Matyas Füst ein neues Album, und Aisha schmiss eine Anhörparty für ihre fünf Busenfreundinnen. Die Busenfreundinnen trugen ebenfalls alle ihre Schwänze ...

Das waren die guten alten Tage, als Aishas Liebe für Matyas Füst ungetrübte Heldenverehrung war und sie alle ihre Wände mit seinen Postern bedeckt hatte. Manchmal war sie sauer auf ihn, weil er attraktiver war, als es irgendwem erlaubt sein dürfte, wie sie fand, und dann schlug sie einem Poster direkt ins Gesicht, nur um dann sofort fieberhafte Entschuldigungen zu flüstern und es mit Küssen zu bedecken. Sie brachte Noor oder mich dazu, bestimmte Sachen zu kaufen, weil er in Interviews erwähnt hatte, dass er diesen besonderen Duft oder jene Farbe an einer Frau liebte. Alle Onlinenamen von Aisha waren Variationen ihres offiziellen Mottos: »Matyas Füst ist Liebe, Matyas Füst ist Leben.«

Ched war Füst ein paar Mal begegnet, und er sagte, er würde nicht wollen, dass egal wessen Tochter auch nur in die Nähe »dieses Arschlochs« käme, aber als er das damals sagte, nahm ich es ganz und gar nicht ernst. Zunächst einmal, weil Aishas höfliche Weigerung, sich in den freundlichen Popstar aus ihrer Nachbarschaft zu verknallen, dessen Ego schon arg ankratzte. Dann gab es noch ein paar weitere kleine, aber maßgebende Faktoren: Füst war zehn Jahre jünger als Ched, und es war weithin bekannt, dass Füst all seine (zumeist erfolgreichen) Songs selbst komponierte, arrangierte und textete ... keine Stimmen. Es war schlicht unmöglich, dass Ched ihn mochte. Füst wurde ständig in dunkelgrauen Rollkragenpullovern fotografiert, war mit einer Solistin des Bolschoi-Balletts verlobt, schien keine Nachtclubs zu besuchen und erfreute sich angeblich an Arthouse-Filmen, gelegentlichen Dinnerpartys und der Gesellschaft seiner Katze Kleinzach. Ein glatt rasierter Mann mit einer Tonlage, die an postkoitales Flüstern erinnerte, das war Matyas Füst. Wie er »Funkel, funkel, kleiner Stern« singt, ist eine ernste Angelegenheit.

Ched war gut einen Monat fort, als ich nach Hause kam und feststellen musste, dass »Liebe sich in Hass verwandelt«. Noor machte Abendessen und überprüfte nach jedem Schritt das Rezept, obwohl er es so gut kannte, als hätte er es selbst verfasst. Der ziemlich offensichtliche Charme eines Mannes, der jedem Detail Aufmerksamkeit schenkt ... besonders, wenn man ihn gerade lange genug ablenkt, um seine Aufmerksamkeit ganz auf einen selbst zu ziehen. Es kam mir erst in den Sinn, nach den Kindern zu fragen, als wir schon mitten bei unserem sehr späten Abendessen waren. Böser Stiefvater.

»Äh ... haben die Kinder schon gegessen?«

Noor schüttelte den Kopf. »Sie haben versprochen, später etwas zu essen.«

»Hmmm. Warum?«

»Ich weiß es nicht genau. Liebeskummer, glaube ich.«

»Ah, demnach ist der Gesichtswandler doch nicht derjenige, welcher?«

»Nein, es geht nicht um Day – also, es geht schon um Day, aber nur, weil sie Aisha nicht alles allein durchstehen lassen will.«

Die Schwestern hatten sich auf Aishas Bett aneinandergekuschelt. Zwischen ihnen ein Laptop. Sie klappten ihn zu, als ich hereinkam. Ich betrachtete die kahlen Wände und fragte mich, was geschehen war. Beide Mädchen hatten gerötete Augen und leugneten entschieden, sich aufgeregt zu haben. Als ich das Zimmer verließ, hörte ich Day sagen: »Du musst damit aufhören, es dir anzusehen«, und Aisha antwortete: »Ich weiß, aber ich kann nicht.« Dann sagte sie: »Vielleicht stimmt es ja gar nicht, Day? Es stimmt wahrscheinlich gar nicht.« Und Day sagte. »Ach, Aisha.«

Noor und ich sahen uns das Video unten an. Es hieß »Eine Frage zu Matyas Füst«. Noor hatte Schwierigkeiten, es sich am Stück anzusehen. Er hielt es immer wieder an. Dieses feige Stückeln wäre normalerweise Anlass für einen Streit gewesen, aber dieses eine Mal pflichtete ich ihm bei. Das Video begann mit einer Frau, die in Unterwäsche auf dem Boden saß und uns die Male an ihrem Körper zeigte. Sie hatte viele Einstichnarben, aber diese wurden zahlenmäßig von Abdrücken übertroffen, deren Kenntnis ich Day und Aisha gern erspart hätte: Blutergüsse, die Fäuste und Stiefel hinterlassen hatten. Ich fürchtete mich vor dem Ende der Kamerafahrt, wenn das Gesicht der Frau im Bild erscheinen würde, und wusste nicht, wie ich es finden sollte, dass es unberührt und auf dezente Art hübsch war. Kein Make-up, sauberes, unscheinbares Haar, vom Alter her irgendwo zwischen fünfundzwanzig und fünfundvierzig. Ich hatte

Frauen gesehen, die ihr ähnlich sahen, die in zwielichtigen Bars auf dem ganzen Kontinent kellnerten, die die Hände der Gäste von ihren Hintern wischten, ohne nachzusehen, zu wem die Hand gehörte, automatisch und emotionslos, als würden sie Mücken vertreiben.

Sie zog sich ein T-Shirt an und sah einen Moment lang direkt in die Kamera, bevor sie anfing zu sprechen. Man erkannte an ihren Augen, dass sie sich mit irgendwas zugedröhnt hatte und vermutlich nicht mal ihren eigenen Namen wüsste, wenn man sie danach fragen würde. Ihr Englisch war alles andere als fließend, aber da sie sich auf einem anderen Stern befand, gab sie sich erst gar keine Mühe mit der Aussprache, sagte einfach nur, was sie zu sagen hatte, und überließ es uns, daraus schlau zu werden. Sie wollte uns wissen lassen, dass »der Unterhaltungskünstler« Matyas Füst sie an einer Straßenecke aufgegabelt hatte, ein paar Stunden nachdem er vor ausverkauftem Haus in Greenwich aufgetreten war. Sie hatte den Rest der Nacht mit ihm verbracht, und er hatte sich als ganz und gar nicht unterhaltsam herausgestellt. *Erzähl uns etwas mehr über dich,* sagte die Person, die die Kamera hielt – eine Frau, glaube ich, die versuchte, sanft zu klingen, aber ihre Stimme war voller Wut. Die Frau vor der Kamera erklärte gehorsam, dass sie sich oft an Straßenecken aufhielt und versuchte, Geld zu verdienen, und dass sie nicht oft Glück damit hatte. Die Männer, denen sie ein Zeichen gab, bemerkten üblicherweise schon durch einen Blick auf ihre Handrücken, dass sie bereits viel zu tief in was auch immer steckte. Aber Matyas Füst war das egal. Er hatte sich mit seinem kontrollsüchtigen Miststück von Freundin gestritten und dabei über alle Maßen zusammengerissen, um seine Freundin nicht zu schlagen. Eine Primaballerina mit einem Pulk aus bewundernden Freunden und Familienmitgliedern zu verprügeln wäre ein sehr unschöner und teurer Schnitzer. Also suchte er sich jemanden, um den sich niemand scherte. *Und er fand ... mich ...,* sagte die Frau auf dem Bildschirm und kicherte. Noor klickte wieder auf Pause und verließ den Raum, ging die Treppe hinauf und klopfte an Aishas Tür. »Kommt runter zum Essen«, sagte er, und Aisha und Day sagten, sie würden in einer Minute da sein.

Stunden später waren sie noch immer nicht erschienen. Wir hatten mittlerweile den Rest des Videos gesehen. Es war insgesamt nur drei Minuten und dreißig Sekunden lang, aber wir versuchten immer wieder, es mit Aishas und Days Augen zu betrachten: wie die Frau erzählte, dass Füst sie nach dem Sex beleidigt hatte, sodass sie ihn ohrfeigte, und dass er, sobald er die Ohrfeige kassiert hatte, lächelte (ihre Finger zupften an ihren Mundwinkeln, bis wir sehen konnten, wie er gelächelt hatte) und ihr sagte, sie hätte »angefangen«, und auf sie einschlug, bis sie sich nicht mehr rühren konnte. Sie hatte sich gewehrt, sagte sie, sogar als sie schon zu seinen Füßen lag, hatte sie sich noch gewehrt, aber mit jedem Mal schlug er fester zu. Dann stand er über ihr mit all seinem Reichtum und seiner Prominenz und Arroganz und zuckte mit den Schultern, als sie sagte, sie würde nicht schweigen. Matyas Füst hatte sie gefragt, ob sie glaubte, dass es irgendjemanden einen Scheißdreck interessieren würde, wenn jemand wie sie zu Schaden käme. Ein namenloser Junkie mit wirklich verrücktem Englisch. *Sieh dich doch an,* sagte er. *Und sieh mich an.* Er warf ihr eine Handvoll Scheine hin und sagte, es wäre besser für sie, wenn sie den Mund hielt und das Geld ausgab oder es für schlechte Zeiten sparte. Dann ging er zurück zu seiner Freundin. Sie hatten sich offensichtlich wieder vertragen, denn die Frau hatte Fotos von den beiden gesehen, auf de-

70 |

nen sie romantisch in einem Restaurant zu Abend aßen, und es hatte dezente Hinweise auf Hochzeitspläne gegeben. *Ich schau ihn auf Google.* Die Frau vor der Kamera schien richtig stolz auf ihre Gewissenhaftigkeit zu sein. Dann stellte sie uns ihre Frage zu Matyas Füst: Interessierte es jemanden, dass er ihr wehgetan hatte, jemandem wie ihr? Sie wollte es nur wissen. Sie lachte und winkte uns am Ende noch schnell keck zu. *Danke. Schönen Tag, Sie.*

Aisha kam herein und hielt den Laptop in den Armen. Day folgte ihr, und ihre Hände hoben und senkten sich hilflos. »Es ist nicht nur das Video, es sind die *Kommentare*«, sagte sie, als sie uns sah.

Ah ja, die Kommentare.

Noor brachte es nicht fertig, sie sich anzusehen, weshalb Aisha und ich einige von ihnen laut vorlasen. Es gab eine Menge *LOL tolle Anschuldigungen Junkie, vielleicht war ja alles nur ein Traum?* Und *LMAO die Leute sagen echt alles, um einem guten Kerl den Ruf zu ruinieren, bleib stark, Matyas!*

Wenn das nur schon das Schlimmste wäre. Aishas verstörter Blick, als sie las: *Oh buhuhu. Worüber beschwert die sich? Er hat sie bezahlt, oder? Sie hat ihn geschlagen, oder? Hat sie alles selbst zugegeben. Glaubt sie, man kann jemanden schlagen, und das war's dann?* Ich las: *Sie sollte sich glücklich schätzen. Da, wo sie herkommt, werden abgehalfterte alte Huren wahrscheinlich noch schlimmer von Männern behandelt. Und sie durfte Matyas ficken! Matyas Füst darf mich jederzeit zusammenschlagen Baby LOL.*

Dann wagten sich die Verteidiger hervor: *Falls das so stimmen sollte: Ist das die ganze Geschichte? Wir wissen, dass Matyas nicht einfach so zuschlagen würde, also müssen wir uns fragen, was sie getan hat ...*

Day zeigte uns einen Screenshot, den sie gespeichert hatte. Sie hatte selbst einen Kommentar gepostet: *Leute, meint ihr das ernst? Ich bin entsetzt, und diese ganzen Reaktionen, die ich hier lese, machen mir Angst ... Das ist nicht die Welt, in der ich leben möchte.* Sie hatte so viele Antworten bekommen, in denen man sie aufforderte, sich umzubringen, dass sie beschlossen hatte, ihren Account zu löschen.

»Ich glaube immer noch nicht, dass das stimmt«, sagte Aisha. »Er kann so etwas gar nicht getan haben.« Als Noor mit seiner Juristenstimme darauf verwies, dass das Video seit einem halben Tag online war, bereits eine halbe Million Klicks hatte und Matyas Füsts Anwälte schon längst um sich geschlagen hätten, wenn der Inhalt jeder faktischen Grundlage entbehren würde, sagte Aisha mit zusammengebissenen Zähnen: »Aber er hat noch gar nichts dazu gesagt.«

»Er wird wahrscheinlich morgen früh eine Stellungnahme abgeben«, sagte Noor. Wir versagten als die Männer in Days und Aishas Leben. Wir taten nicht, was wir hätten tun sollen. Das machte die Art, wie Day und Aisha uns ansahen, oder vielmehr, wie sie uns nicht ansahen, sehr deutlich.

Am nächsten Morgen gab es keine Stellungnahme von Füst, und Noor klang erleichtert (und beschämt wegen seiner Erleichterung), als er sagte: »So wie es aussieht, hat sie keine Beweise, und er wird es ignorieren oder abstreiten.« Am Nachmittag kam die Nachricht, dass sich ein Augenzeuge gemeldet hatte, und ungefähr eine Stunde später ließen Füsts Anwälte verlautbaren, dass er sich der Polizei freiwillig für eine Befragung zur Verfügung gestellt hatte.

In der Klinik konnte ich mich kaum konzentrieren, und ich vertauschte Entlassungspapiere, sodass die abreisenden Klienten detailliert vom niedrigen Selbstwertgefühl des jeweils anderen erfuhren und entrüstet feststellen mussten, dass sie nicht einzigartig waren. Tyche Shaw und ich hatten wieder zusammen Schichtdienst, und wir bekamen die Erlaubnis, zusätzliche Schlafsitzungen großzügig kostenlos anzubieten, um nicht verklagt zu werden. Aber wie Aisha klebte auch Tyche an dem YouTube-Video. Sie verbrachte ihre Pausenzeit damit, es sich wieder und wieder auf ihrem Handy anzusehen, bis der Akku leer war.

»Ich konnte das nur schwer aushalten«, sagte ich zu ihr.

»Wirklich?«, sagte sie. »Aber hier redet jemand doch nur darüber, wie sie zusammengeschlagen wurde. Keine Kugeln oder Blut oder Bomben oder so was. Das ist nichts im Vergleich zu den anderen Sachen, die man sich auf dieser Seite ansehen kann.«

»Ich weiß nicht, was ich sagen soll. Ich kann es nicht erklären.«

»Na ja, ich hoffe, dass sie die Zugriffszahlen sieht und als Antwort auf ihre Frage akzeptiert, ob es die Leute interessiert. Die Zahlen sind so hoch wie die für die Videos der weltbesten Stürmer, die die besten Tore des Jahrzehnts schießen. Wir sind also nicht gleichgültig ... Es interessiert uns ... nur eben auf eine sehr, sehr, sehr beschissene Art ...«

Matyas Füsts Verlobte veröffentlichte eine Erklärung, als wir gerade mit der Arbeit fertig waren. Sie sei schockiert und aufgebracht, von den »Vorgängen, die in dem Video beschrieben werden«, zu hören, und würde dem Opfer einen Besuch abstatten, um zu sehen, ob sie etwas für die Frau tun könne. Sie habe nie eine gewalttätige Seite an Matyas bemerkt, aber es sei jetzt unbestreitbar, dass er Probleme hätte, und sie würden einige Zeit getrennt voneinander verbringen, während er eine Aggressionsbewältigungstherapie machte.

»Kein Gefängnis für Füst ... Nur eine Geldstrafe und eine Therapie«, sagte Tyche voraus, während sie noch das Foto der Primaballerina bewunderte, die elfenhaft und ätherisch und all das war.

»Ja, also, ich sehe das anders«, sagte ich.

Tyche streckte die Hand aus. »Ich wette um hundert Pfund.«

»Ich vermute mal, dass du das alles ganz witzig findest, aber ich kenne ein Mädchen, das wegen dieser Sache ganz schön durcheinander ist.«

Tyche seufzte. »War sie ein Fan?«

»Sie versucht, immer noch einer zu sein, glaube ich. Sie klammert sich an jede mögliche Illusion.«

Tyche seufzte noch tiefer. »Sag Bescheid, wenn ich helfen soll.«

»Okay, danke ...« Ich dachte kurz daran, Tyche zu fragen, was sie glaubte, für ein ihr unbekanntes Mädchen tun zu können – aus Neugier, nicht aus Feindseligkeit –, musste aber schnell zum Haus der Schlösser. Terry, der Mann, der Boudiccas Aquarium pflegte, wartete bereits auf mich, damit ich ihn hereinließ. Nachdem Terry gegangen war, blieb ich noch ein paar Stunden und las Boudicca Updates zu Matyas Füst vor. Sie sah angemessen skeptisch aus. Die YouTube-Frau war froh darüber, die Frau getroffen zu haben, für die sie die Schläge kassiert hatte, und würde keine Anzeige erstatten. Sie hatte Füst zuerst geschlagen – als übertriebene Reaktion auf ein paar Worte, die er gesagt hatte, und seine Reaktion war wiederum übertrieben gewesen – alles, was sie wollte, war, dass er dies anerkannte. Eine aufrichtige Entschuldigung. Also bereitete Matyas Füst eine aufrichtige Entschuldigung vor.

Hat sie eigentlich irgendwelche Kommentare gelesen?, fragte ich mich. Verstand die Frau aus dem YouTube-Video, dass die Öffentlichkeit nicht auf ihrer Seite war? Sie stellte ihre Forderungen mit derart gelassener Heiterkeit, als spräche sie in eine Muschel oder ein kaputtes Telefon. Als würden Matyas-Füst-Fans nicht längst nach ihr suchen, wahrscheinlich, um sie endgültig zu erledigen. Sogar diejenigen, die Füst schon verteufelt hatten, fanden, dass er sich anderswo entschuldigen sollte (*seine Verlobte tut mir bei der ganzen Sache echt leid ...*). Denjenigen, die behaupteten, durchaus Anteil am Schicksal der YouTube-Frau nehmen zu *wollen,* gefiel es nicht, dass sie ihre Anschuldigungen gefilmt hatte, während sie high war. Und doch wäre sie vielleicht nicht in der Lage gewesen, nüchtern darüber zu reden.

Noor schickte mir eine Nachricht, dass er überlegte, Aisha den Laptop abzunehmen, bis sich die Sache mit Füst wieder beruhigt hatte. Sie schien den ganzen Abend damit verbracht zu haben, sich lang und breit mit ihren Freundinnen in einem sechsköpfigen Videotelefonat zu streiten. Sie hatte Füsts Ruf angegriffen, dann verteidigt, dann wieder angegriffen, die Freundinnen, die sich von ihm abgewandt hatten, wegen ihrer Treulosigkeit beschimpft, die unendliche Dummheit seiner standhaften Fans verflucht und gedroht, sich eine Füst-Maske aufzusetzen und sie zusammenzuschlagen, um zu sehen, wie ihnen das wohl gefiele. Sie hatte wieder das Abendessen ausfallen lassen und schien Fieber zu haben. Wann ich denn nach Hause käme?

Zwei erste Male: Ich sträubte mich dagegen, Cheds Haus zu verlassen, und ich sträubte mich dagegen, mein eigenes zu betreten. Ich sagte, ich hätte trainiert. Ched hat tatsächlich ein eigenes Fitnessstudio. Er trainiert sehr viel, sein Körper ist sein Ersatzplan, falls er wieder hässlich wird. Aber ich weiß nicht, warum ich log.

Aisha wird darüber hinwegkommen. Aber was ist mit ihren Schwänzen und ihren Pflanzenzuchtprojekten und dem bemerkenswert starken Gin, den sie perfektionierte? »Dieser Gin hätte uns reicher gemacht als ein ganzes Netzwerk aus Schwarzhändlern in den 1920ern«, sagte ich, um zu sehen, ob sie das anstachelte. Sie mag Geld. Jetzt scheint es, dass sie es nur mochte, weil sie es gegen Dinge eintauschen konnte, die mit Matyas Füst zu tun hatten. Was Noor Sorgen bereitet, ist, dass drei von Aishas Götzenbildern gleichzeitig von ihren Sockeln gefallen sind: er, ich und Matyas Füst. Die Mädchen schienen unsere Schwäche zu bemitleiden. Noors schroffes Gerede vom Wirken der Justiz und medialer Aufbereitung. Mein peinliches, peinliches Schweigen. Ist es wirklich so schlecht, dass uns die Mädchen auf die Schliche gekommen sind? Ich habe nie Stärke vermittelt. Jedenfalls nicht absichtlich.

»Was macht dir wirklich zu schaffen, Noor?«

Er stopfte Akten in seine Tasche, sortierte seine Stifte, zog die Krawatte gerade. »Es ist nur ... Ich glaube, ich habe sie verloren. Einfach so, über Nacht. Ihre Mutter sagt, bei ihr geht es ihnen gut ...«

Ich löste seinen Krawattenknoten ein wenig, nur ein kleines bisschen. Er sah immer noch ordentlich aus, also konnte er sich nicht beschweren.

»Ach nein. Ich kenne sie längst nicht so gut wie du, aber ich weiß, dass sie einfach nachdenken.« Eine grobe Übersicht über ihre wichtigsten emotionalen Bindungen zeigt, dass Noor und seine Ex weitaus bessere Eltern waren, als ihnen klar ist. Auch wenn Day und Aisha Stärke schätzen, ist ihr Mangel kein Deal Breaker, wenn es darum geht, ob sie eine Person respektieren oder nicht.

In den nächsten Monaten war es still an der Matyas-Füst-Front. Ich behielt die Sache (neben anderen) im Auge und las, dass die Journalisten, die es geschafft hatten, ein knappes Zitat von Füst zu ergattern, alle dasselbe bekommen hatten. Er mache eine Aggressionsbewältigungstherapie und bereite noch immer seine Entschuldigung vor. Dieses Zitat koppelte man an ein anderes, das man von der You-Tube-Frau erhalten hatte: *Ich freu mich drauf.*

Etwa zu dieser Zeit redeten Ched und ich wieder miteinander – nicht oft, aber genug. Wenn ich das Haus der Schlösser betrat oder verließ, klingelte das Telefon, und es war Ched. Er beschrieb seine derzeitige Existenz als einen Kreislauf aus Exerzieren und Pflichterfüllung, und er war so müde, dass er häufig mitten im Satz einschlief. Ich freute mich, mit ihm zu sprechen, nicht nur weil er es war, sondern weil er noch rein gar nichts über den Vorfall wusste, der meine Hausgemeinschaft erschütterte. Als ich ihm eine kurze Zusammenfassung gab, sagte er: »Oh, du weißt schon, dass die Entschuldigung, die Füst vorbereitet, ein Song sein wird? Und dieser Song wird dann zur Büßerhymne. Wahrscheinlich nennt er ihn ›Ein Kleid aus Nadeln‹.«

»Nett – ich geh gleich morgen damit ins Wettbüro.«

Es gab noch etwas, worüber ich mit ihm reden wollte, wenn ich ihn schon mal an der Strippe hatte. Immer wenn ich bei ihm ans Telefon ging, brauchte er eine halbe Sekunde, um seine Begrüßung anzupassen, und es klang, als wäre er enttäuscht, dass ich es war, der abhob. Nun, enttäuscht ist vielleicht zu viel gesagt. Es war eher so, als wäre ich nicht seine erste Wahl. Womit ich leben kann, nur bin ich die einzige Person außer ihm, die Schlüssel zu seinem Haus hat. Seine Mutter versucht seit Jahren erfolglos, welche zu bekommen.

»Also, was ist bei dir los? Hast du jemanden kennengelernt?«

»Weiß nicht«, sagte er. »Ich ... glaub schon.«

»Und diese Person hat Schlüssel?«

Nach vielen weiteren Fragen gestand er mir endlich, dass er niemandem sonst Schlüssel gegeben hatte und dass er diese Frau auch noch nie persönlich getroffen hatte. Er war sich aber sicher, dass sie Schlüssel hatte, weil sie manchmal ans Telefon ging, wenn er anrief. Als er das sagte, veränderte ich meine Position so, dass ich alle offenen Türen sehen konnte. »Das ist wunderbar, Ched. Ich freue mich wirklich sehr für dich.«

»Übertreib es nicht«, sagte er. »Im Moment ist sie eine nette Stimme, sonst nichts. Wie eine von denen, die singen. Nur dass sie halt redet.«

»Hast du sie gefragt, wie sie reingekommen ist?«

»Natürlich.«

»Aha, was hat sie gesagt?«

»Sie forderte mich auf, mir eine bessere Frage zu überlegen.«

Ich warf Boudicca einen wütenden Blick zu. Kein Wunder, dass sie in letzter Zeit zugenommen hatte. »Vielleicht füttert sie auch deinen Fisch.«

»Haha, vielleicht. Aber wo wir schon darüber reden, könntest du mir einen Gefallen tun? Ich glaube, sie will nicht gesehen werden, wenn du also reinkommst und merkst, dass sie da ist, würdest du dann einfach sofort wieder verschwinden?«

»Natürlich, Ched. Kein Problem.«

Nur ein weiterer Tag im Leben zweier Jungs aus Bezin. Trotzdem überprüfte ich jedes Zimmer in Cheds Flügel des Hauses, bevor ich ging. Seine Alarmanlage funktionierte, und keine seiner Wertsachen war verschwunden. Bis jetzt.

Cheds Telefonfreundin bescherte mir das erste unmittelbare Lächeln, das ich in den letzten Wochen von Aisha bekommen hatte. »Ihr dummen Jungs«, sagte sie liebevoll. Eine

Reihe von Nachrichten erschien auf ihrem Handy, und ihr Lächeln verschwand, als wäre es nie da gewesen.

»Ihr müsst jetzt ganz stark sein«, rief Noor aus dem Nachbarzimmer. »Es ist die Entschuldigung von Matyas Füst.«

Day war nicht bereit, ihr Schaumbad zu verlassen – »Oh nein, ich will keine Entschuldigung, vielen Dank« –, also schnappte sich Aisha zwei Schaumstoffstressbällchen, hüpfte auf Noors Schoß und sagte: »Los.« Wir sahen und hörten, wie Matyas Füst ein Lied über eine junge Frau sang, die in einem Kleid aus Nadeln über die Erde wandelte und es nicht ablegen konnte, ohne sich selbst zu verstümmeln. Menschen, die es gut meinten, versuchten immer wieder, die Nadeln herauszuziehen und ihr stattdessen etwas Weiches und Warmes zum Anziehen zu geben, aber die Nadeln stachen ihnen so sehr in die Finger, dass sie aufgaben. Dann traf die junge Frau auf einen bösen Mann, der die Nadeln noch tiefer in sie hineinstieß. Nicht mit einem Hammer, sondern mit seinen Händen, weil er Freude daran hatte, seine eigene Qual mit ihrer zu verbinden. Zum Glück, zum Glück blutete der böse Mann aus, bevor er sie umbringen konnte – es stellte sich heraus, dass seine Knochen magnetisch waren (?) – vielleicht habe ich diesen Teil des Songs auch missverstanden –, aber was es auch mit seinen Knochen auf sich hatte, sie zogen die Nadeln aus ihr heraus und stießen sie in ihn hinein. Er starb unter den schrecklichsten Qualen. Ende. Ich wartete darauf, dass Füst zwinkern würde, aber er tat es nicht.

»Was mir an dem Song am besten gefällt, ist, dass es erst nur um sie geht und am Ende nur um ihn«, sagte Noor, als wir die Seite aktualisierten und sich fette rote Herzchen in den Kommentaren unter dem Video ansammelten.

Matyas hat es verstanden

Genauso fühle ich mich heute

Danke Matyas

Ich glaube, wir sind uns alle einig, dass er das nicht hätte tun sollen, aber jetzt hat er alles richtig gemacht

Wir vergeben dir

Ich konnte nur sagen: »Erstaunlich.«

Wie hatte es von »Füst sollte sich bei der Frau, die er zusammengeschlagen hat, entschuldigen« zu »Füst sollte sich bei seiner Verlobten entschuldigen« zu »Füst sollte sich bei uns entschuldigen« kommen können?

Aisha hatte sich ein Stressbällchen in den Mund gesteckt, versuchte, etwas zu sagen, nahm es raus und fing noch einmal von vorn an. »Vielleicht handelt es sich ja auch um Konzeptkunst? Wie etwas aus einem von Matyas' Lieblingsfilmen. Vielleicht ist die YouTube-Frau eine Künstlerin, die ein Konzept erarbeitet hat, mit dem die Medien benutzt werden, um uns etwas über Ruhm und seine ... magische Note zu zeigen? Was, wenn diese Note eine Kakophonie ist? Jetzt ist sie berühmt. Vielleicht will sie uns dazu bringen, über die verschiedenen Möglichkeiten nachzudenken, wie Menschen berühmt werden können. Weil sie überragende Fähigkeiten haben, oder indem sie öffentlich leiden. Vielleicht hat dieser Augenzeuge eine Kunstperformance gesehen? Was, wenn sie da schon längst eine Vereinbarung mit Matyas hatte, dass er sie konzeptionell zusammenschlagen würde? Wirkt es nicht so, als gäbe es keine Möglichkeit zu vermeiden, von irgendwem geschlagen zu werden? Ganz egal, wer du bist, so ist das Leben. Ist es dann nicht ein wenig besser, wenn du dir selbst aussuchen kannst, wer dich schlägt? Wisst ihr, ich denke, wenn ich es mir aussuchen könnte, hätte ich ebenfalls ihn gewählt.«

Sie schlug sich wacker, bis Noor, der mich davon abhielt, jeder einzelnen ihrer Mutmaßungen zu widersprechen, sagte: »Ach, Liebes. Würdest du das?« Dann vergrub sie ihren Kopf in der Strickjacke ihres Vaters und jaulte. Wir wussten nicht, ob es Kummer, Wut, Frohsinn war oder einfach die Schwierigkeit, Mr. Matyas Füst aus dem Kopf zu bekommen.

Die Rehabilitierung von Matyas Füst war in vollem Gange. Der Pflichtteil der Therapie war vorüber, aber er machte freiwillig weiter. Seine Verlobte zog still und leise wieder bei ihm ein, und er leistete einen Arsch voll ehrenamtlicher Wohltätigkeitsarbeit. Diese Wohltätigkeitsarbeit brachte für mich das Fass zum Überlaufen. Bevor ich erkläre, welchen Anteil ich vielleicht, vielleicht aber auch nicht am kompletten physischen und psychischen Zusammenbruch eines anderen Mannes habe, muss ich mich hier erst einmal schnell noch selbst loben. Ja, ich muss es tun. Niemand sonst würde verstehen, mit welcher Geduld ich Aishas Trauerprozess inmitten all der anderen kummerwürdigen Ereignisse, die sich auf der Welt abspielten, ertrug. Aisha hatte es eilig, Gleichmut für »die Füst-Sache« zu entwickeln, aber man kann diese Dinge nicht beschleunigen. Das Gackern, mit dem Aisha auf die schlichte und ehrfürchtige Billigung von Matyas Füsts Entschuldigung durch die YouTube-Frau reagierte, dieses Gackern war nicht ideal. Worte waren besser, etwas weniger schleierhaft, also nahm ich geduldig ihre Ausbrüche hin. Geduldiger als Jesus persönlich!

Von meiner Spende an die Wohltätigkeitsorganisation, die Matyas Füst auserkoren hatte, erfuhr ich durch eine E-Mail, die ich erhielt, während ich meine Post nach Zitaten von zufriedenen Klienten durchstöberte. In der E-Mail wurde mir für die zehntausend Pfund gedankt, die ich auf einer Auktion geboten hatte – das höchste Gebot! Man hoffte, dass meine Tochter Aisha das Privatkonzert, das Matyas Füst entsprechend für sie geben werde, genießen würde. Zehntausend von meinen soliden und mühevoll angesparten Pfund, Matyas Füst – mehr konnte ich nicht verarbeiten. Oh, und es lag ein Bombenteppich zwischen beidem. Zehntausend Pfund an Matyas Füst. Anschließend hatte ich eine Art Intermezzo und rannte zwischen meiner Tastatur und der nächsten Wand hin und her, wedelte mit den Händen und rang nach Luft. Tyche kam in mein Büro, warf einen Blick auf meinen Computerbildschirm, kippte mir ein Glas Wasser ins Gesicht und ging raus. Das half wenigstens so weit, dass ich mich wieder setzen konnte. Fünf Minuten später skypte mich Aisha aus ihrem Schulcomputerraum an. Ich nahm das Gespräch an, hielt mein Gesicht direkt vor die Kamera und brüllte ihren Namen, bis sie sich aufs Tippen zurückzog.

OMG BITTE BERUHIGE DICH

DU MUSST DICH BERUHIGEN

ICH LÖSE DEN GUTSCHEIN EIN

ICH SAGTE ICH LÖSE DEN GUTSCHEIN EIN!

»Welchen Gutschein?«, fragte ich die Kamera.

Aisha hielt einen Finger hoch, durchwühlte ihre Schultasche und hielt einen Gutschein in die Höhe, den ich ihr an ihrem letzten Geburtstag gegeben hatte, den letzten aus einem sechsteiligen Heftchen. Darauf standen in meiner Handschrift die Worte: *Dieser Gutschein berechtigt dich zu einer vollkommen fairen und zornfreien Anhörung.*

»Aaaaaah«, sagte ich, schlug mir auf die Brust, versuchte, in ihr Platz zu schaffen. »Okay. Okay. Ich bin so weit.«

»Ich habe deine Notfall-Debitkarte benutzt«, sagte Aisha. »Du weißt ja, Dad will immer wissen, warum ich so bin, wie ich bin, und ich kann dazu nur sagen, dass es mir leidtut, wie ich bin. Aber ich glaube – nein, ich bin mir sicher, ich bin mir sicher, dass ich ihm nur in die Augen sehen muss ... Ich weiß, dass es eine Menge Geld ist. Ich hab nicht wirklich geglaubt, dass das Gebot durchgeht. Ich wusste nicht, dass du so viel auf der Karte hast! Aber versteh mich bitte. Ich werde es dir zurückzahlen. Ich werde mir einen Job besorgen, und ich werde irgendwas herstellen und eine Menge davon verkaufen.«

»Schon gut«, sagte ich. »Schon gut.« Mein Puls wurde langsam wieder normal. Aisha spekulierte darauf, dass ich nicht der Typ sein wollte, der sich damit blamierte, eine Zehntausend-Pfund-Spende, die er für einen unfassbar guten Zweck geleistet hatte, zurückzuziehen. Aber ich bin der Typ, ich habe kein Problem damit.

Noors Ex-Frau kam auf einen Kaffee vorbei und sprach davon, psychiatrische Hilfe für Aisha in Anspruch zu nehmen, besonders nachdem Day entdeckt hatte, was Aisha über ihren Laptop bestellt hatte: einen Liter fast reine Schwefelsäure – sechsundneunzig Prozent. Schweigend saßen wir drei vor unseren Kaffeetassen und stellten uns Aisha und Füst allein in einer mit Girlanden geschmückten Laube vor, Füst sang voller Inbrunst, vielleicht sogar seinen neuesten Hit »Ein Kleid aus Nadeln« ... und dann, als die letzten Töne des Lieds verklangen, öffnete Aisha die Flasche mit der Säure, die sie unter ihrem Kleid versteckt hatte, und warf sie auf ihn. Seit einer Woche schaffte Noor es nicht, Aisha anzusehen, ohne zu rufen: »Was bist du?«

Alles, was wir von Aisha dazu hörten, war ein bitteres Lachen, und ich versuchte, sie zu beruhigen, indem ich sagte: »Ihm wurde verziehen, Aish. Alle anderen haben ihm verziehen.« Aber ich ließ es sein, weil dieser gewisse Blick ihr Lachen ersetze, und dieser Blick verfolgte mich.

Ched war der Meinung, dass alles in Ordnung wäre, wenn Aisha die Entschuldigung als echt hätte ansehen können, aber jetzt würde es erst enden, wenn sie Rache an Matyas Füst nehmen oder ihr beiwohnen könne. Tyche sah das genauso, aber mit einem kleinen Unterschied: Aisha wäre in der Lage, alles hinter sich zu lassen, wenn sich Matyas Füst aufrichtig für das, was er getan hatte, entschuldigen würde. »Wenigstens ... wäre es in meinem Fall so«, fügte Tyche hinzu und drehte dabei an ihrem Ehering. »Ich meine, das ärgerliche an ›Ein Kleid aus Nadeln‹ ist doch, dass es als Song okay ist, aber als Entschuldigung eine Verarschung. Aber weißt du was, wenigstens ist so ein bedeutsames Lied entstanden, wenigstens hat er wegen ihr ein gutes Stück geschrieben ...«

Das Sternbild auf Tyches Handgelenk war an diesem Tag definitiv eine Tätowierung, und ihre fröhliche Art war makaber. Ich dachte lange nach, oder zumindest empfand ich es so, bevor ich fragte, ob sie irgendetwas für Aisha tun könne.

»Lass mich mit ihr sprechen«, sagte Tyche.

Ich durfte bei dem Gespräch nicht dabei sein, aber ich weiß, dass es um die Beschwörung einer Göttin ging, und Tyche war sehr gut vorbereitet. Als sie bei uns eintraf, trug sie einen eleganten schwarzen Anzug und hatte eine Mappe mit Bildern und Diagrammen dabei, auf die sie und Aisha sich gleich ausführlich stürzten.

»Nur zu deiner Information, wir haben uns für Hekate entschieden«, sagte Tyche beim Rausgehen.

»Ja? Wer ist das?«

»Oh, niemand, wegen dem du dir Sorgen machen müsstest.«

»Komm schon, wenigstens die Basics.«

»Also ... sie hat ein Auge auf die großen Reisen von innen nach außen und umgekehrt. Sie ist für den Schritt zuständig, der dich von einem Zustand in einen anderen führt. Sie ist jemand, den du beispielsweise an Kreuzungen siehst. Also, du siehst sie irgendwie, bemerkst aber nicht, was du gesehen hast, bis es zu spät ist umzudrehen. Sie besitzt drei

Schlüssel ... manche sagen, dass es Schlüssel zur Unterwelt sind, andere, dass man damit Zugang zu Vergangenheit, Gegenwart und Zukunft erhält. Und – aha, du schaltest gerade ab ...«

Tyche nahm eine kriegerische Pose im Türrahmen ein.

»Stell dir vor, wie ich fest in diesem Türrahmen stecke und auch in jedem anderen Türrahmen, durch den du gehst, manchmal dreidimensional und manchmal dampfförmig, je nachdem, wie ich mich in jenem Moment fühle, in dem du versuchst, an mir vorbeizukommen«, sagte sie. »Stell dir vor, du könntest mich nicht daran hindern hereinzukommen, stell dir vor, du könntest mich nicht rauswerfen, weil mir alle Schwellen gehörten. Als Zusatzbonus stell dir vor, ich hätte drei Gesichter. So jemanden schicken wir auf einen kleinen Plausch zu Matyas Füst.«

»Oh! Warum machst du nicht gleich damit auf, statt mir erst mit dem wohlwollenden Kram zu kommen? Aber hör mal, warte, Tyche, ist das nicht ein bisschen viel ...«

Sie war bereits gegangen.

Der Sommer ist wieder da, und es dauert nur noch eine Woche, bis Ched von seinem Militärdienst zurückkehrt. Ich schreibe dies auf einer Bank neben Cheds Wasserbrunnen vor dem Haus der Schlösser. Die Frau mit der Stimme, die er so gern mag, kam herein, während ich Boudicca fütterte, also ging ich.

Wie auch immer, hier sind die Ereignisse der vergangenen Monate, ohne Kommentar, denn wer bin ich schließlich, sie zu kommentieren?

– Am Tag nach Tyches und Aishas Treffen erschien eine schwarz umrandete Anzeige in einer überregionalen Zeitung:

Ruhe in Frieden, Matyas Füst,
Herzlichen Glückwunsch, Matyas Füst
Und viel Glück.
Deine Wiedergeburt wird keine leichte.

– Natürlich ergaben sich daraus viele Fragen, weil Matyas Füst noch lebte und es ihm, zu dieser Zeit, gut ging. Es erwies sich als unmöglich herauszufinden, wer diese Anzeige aufgegeben hatte.

– Am Tag nachdem die Anzeige erschienen war, rief Matyas Füst bei einer Nachmittagsradiosendung an, die bei Pendlern im ganzen Land beliebt war, und erklärte, dass er sich für seine Entschuldigung entschuldigen wollte, weil sie mehr vom Kopf als von Herzen gekommen war. Er bat außerdem seine Fans, das Opfer seines Angriffs nicht weiter zu beleidigen, schließlich hätte es »eine Menge durchgemacht« und keinen Penny Entschädigung gefordert, der über die ursprüngliche Transaktion hinausging. Die Moderatoren der Radiosendung mussten ihn mehrfach bitten, seine reumütigen Beteuerungen zu wiederholen, weil er durch sein Schluchzen nicht zu verstehen war.

– Gut eine Woche danach unterbrach Füst seinen Auftritt während der Liveübertragung einer Varietéshow, um zu erklären, dass ihm zugesetzt wurde und er um sein Leben bangte, dass »die« ihn mit Nadeln stachen und ihm die Hände in Türen einklemmten. Als jemand aus dem Publikum darauf hinwies, dass er unverletzt sei, wirkte er verwirrt und sagte, dass es nur »innen, wo es niemand sehen kann« passierte. Bevor die Übertragung aussetzte, konnte er noch sagen, dass er glaubte, er sei mit dem Angriff auf die Frau, die er auf der Straße getroffen hatte, nur dem schlechten Beispiel seines Vaters gefolgt, der regelmäßig vor seinen Augen seine Mutter geschlagen habe. Seine Eltern veröffentlichten ein gemeinsames Dementi, das im Grunde darauf hinauslief: *Wir haben keine Ahnung, warum er solche Dinge sagt, aber es macht uns traurig.* Füsts Verlobte zog wieder bei ihm aus und sprach davon, sich »auf ihre Karriere konzentrieren« zu wollen ... das war lustig, und eigentlich süß ... wenn jemand dafür geboren war, sich auf ihre Karriere zu konzentrieren, dann war es diese Primaballerina, aber ihr Statement legte nahe, dass sie glaubte, es wäre nicht offensichtlich. Was ihren Ex-Verlobten anging: Ein paar nahe Verwandte zogen bei ihm ein, um »nach ihm zu sehen«. Die nahen Verwandten schafften es nicht, ihn davon abzuhalten, sich in Radiosendungen einzuwählen und im Frühstücksfernsehen aufzutreten, um sich für seine vorherigen Entschuldigungen zu entschuldigen und sich erneut zu entschuldigen. Die meisten seiner Fernsehauftritte beendete er mit Überlegungen darüber, dass Qualität vermutlich besser war als Quantität und dass er sich Zeit nehmen würde, um herauszufinden, wie er seine Gedanken aufrichtig ausdrücken könne. Man hatte ihm gesagt, der Schlüssel zu einer echten Entschuldigung sei es, den wirklichen Fehler, den man gemacht hatte, zu identifizieren. Er hoffte, er würde dies bald tun können.

– Es wurde berichtet, dass medizinisch geschultes Personal zu den nahen Verwandten gestoßen war, die Füst in dessen Haus betreuten, aber er entwischte ihnen allen und galt sechs Monate lang als vermisst.

– Es stellte sich heraus, dass Füst den gesamten Winter im Freien verbracht hatte – es war ein harter Winter gewesen, deshalb war die Überraschung groß, dass er es überlebt hatte. Er gab einer angesehenen Chronik für paranormale Phänomene ein Interview. Ich glaube, er wollte durch das Interview die Gerüchte um seinen Geisteszustand zerstreuen, aber es hatte den gegenteiligen Effekt. Besonders als er über »die« sprach. »Die« forderten von ihm, sich zu entschuldigen, und nannten dann seine Entschuldigungen oberflächlich. Er sagte, dass es sich bei »denen« um drei Frauen handelte, und dass »die« doch irgendwie nur eine waren, und dass ihm die eine den Schmerz nahm, damit die anderen ihm wieder welchen zufügen konnten, und so ging es immer weiter. Er sagte, er hätte während des Winters sterben sollen, aber es gefiel »denen«, ihn am Leben zu lassen, damit er lernte, was er sagen oder tun könne, um sie von sich fernzuhalten. Für den Fall, dass es jemanden gab, der wusste, wie man diese Frau davon überzeugen konnte, dass es ihm leidtat, bat Matyas Füst denjenigen, ihm das Geheimnis, egal zu welchem Preis, zu verraten.

– Aisha hat zwar ihre Schwänze für immer aufgegeben, aber Büschelblumen blühen in ihrem Blumenkasten, sie arbeitet daran, den aphrodisierenden Effekt eines ansonsten sehr brauchbaren Kopfschmerzmittels zu reduzieren, und sie freut sich auf Matyas Füsts in Kürze erscheinendes Buch: *Die Entschuldigung eines Ausgestoßenen.* Sie vermutet, dass Füst dem Identifizieren seines Fehlers nähergekommen ist, und sagt, dass er nicht aufgeben soll.

IST DEIN BLUT AUCH SO ROT? (NEIN)

Du hast immer gesagt, Myrna Semyonova, dass wir nicht gut zueinander passen. Und mir wurde immer ganz bang ums Herz, wenn du das gesagt hast, aber meine Antwort war immer: Das stimmt nicht. Ich beweise es dir. Ich beweise es dir. Ich habe etwas, wofür andere Liebende eine Menge geben würden, um es zu besitzen: eine perfekte Erinnerung an das allererste Mal, an dem ich dich sah. Ich war fünfzehn, und mein schöner, lakonischer achtzehnjähriger Bruder leuchtete von allen meinen Helden am hellsten. Ich folgte ihm überallhin – na ja, manchmal schaffte er es, mir zu entkommen, aber meistens gab er sich nicht allzu viel Mühe. Das ist Arjuns Gabe: sich nicht zu viel Mühe zu geben, immer nur gerade so eben genug. Irgendwie wusste er, wie er mit den Leuten umzugehen hatte, wann Augenkontakt das Richtige war und wann er nachdenklich in die Ferne starren musste, oder wie er vorgab, dass er aufmerksam allem folgte, was man ihm erzählte. Nachdem Jyoti mit ihm Schluss gemacht hatte, verbesserte sich sein Sozialverhalten. Drei Jahre lang hatte Jyoti ihn immer wieder warnend auf seine Tendenz hingewiesen, ihr oder auch anderen nicht zuzuhören. *Meinst du nicht, dass du eines Tages etwas wirklich Wichtiges verpassen könntest, Arjun?*, fragte sie. *Etwas, das diese Person nur einmal sagen kann?* Er versuchte, sich zu konzentrieren. Also, er behauptete, dass er es versuchte, aber er schaltete immer noch ab. Wenn Jyoti sprach, starrte er sie bewundernd an, nahm aber kein Wort wahr, und bei jedem anderen war er einfach nur still und schob dann einen allgemeinen Kommentar in die Stille, die man ließ, damit er irgendetwas sagte. Weiß Gott, wo er immer mit den Gedanken war.

Eines Tages traf sich Jyoti mit ihm für ein alles entscheidendes Gespräch im Café um die Ecke. Sie wollte ihn um einen Gefallen bitten, sagte sie, und wenn er nicht wenigstens darüber nachdenken würde, gäbe es keinen Grund mehr, dass sie beide zusammenblieben. *Jyoti, du hast meine volle Aufmerksamkeit,* sagte er sofort. *Schieß los – ich hör zu.* Fünfzehn Minuten später sah sie auf die Uhr, küsste ihn auf die Wange und verließ strahlend das Café. Sie war schon etwas spät für das Treffen mit einer Freundin, aber er hatte zugestimmt, ihr den großen Gefallen zu tun, um den sie ihn gebeten hatte. Nur hatte er leider keine Ahnung, um welchen Gefallen es sich handelte. Er hatte nach vier Wörtern bereits den Faden verloren.

Er fragte eine Frau, die in der Nähe saß, ob sie etwas von der Unterhaltung mitbekommen hätte und ihm möglicherweise sagen könnte, um was man ihn gebeten hatte, aber die Frau war etwas älter und sagte: »Tut mir leid, mein Lieber, ich höre nicht mehr so gut.«

Ein Pärchen, das auf der anderen Seite saß, stritt kategorisch ab, irgendetwas gehört zu haben, selbst nachdem er ihnen sagte, dass die Zukunft seiner Beziehung davon abhinge – schließlich waren sie in England, wo es eine Zivilreligion ist, sich um seine eigenen Angelegenheiten zu kümmern. Alles, was er noch tun konnte, war, auf Jyotis wütenden ICH-KANN-ES-NICHT-GLAUBEN-Anruf zu warten und zu schwören, dass er ihre Liebe eines Tages, wenn aus ihm ein besserer Mensch geworden war, wieder zurückgewinnen würde. Ich konnte viel von Arjun lernen. Und ich musste noch eine Menge lernen. In jenen Tagen wurde ich zu einem nervösen Echo, wenn jemand mit mir sprach, ich kratzte die Wörter zusammen, die zu mir gesagt worden waren, und gab sie so schnell ich konnte wieder. Schuld daran mögen die Wachstumsschmerzen gewesen sein oder der Geist, mit dem ich mir das Zimmer teilte.

Myrna, bevor es dich gab, konnte ich eigentlich nur mit meinem Bruder und dem Geist richtig reden. Da war etwas Planloses an der Art, wie sie (der Geist) sprach, was sich auf mich übertrug. Außerdem hatte sie mich davor gewarnt, dass ich sie nicht mehr sehen könnte, sobald ich erwachsen war. »Woher soll ich wissen, wann ich erwachsen bin?« Wenn ich anfing, Wörter zu benutzen, deren Bedeutung ich nicht wirklich kannte, sagte sie. Ich sagte, dass ich das bereits tue, und sie sagte Ja, aber das würde mir Sorgen bereiten und Erwachsenen nicht. (Natürlich paraphrasiere ich sie. Wenn ich an ihre Syntax zurückdenke, ist es, als würde ich mir einen Song rückwärts anhören.) Da ist dann also diese Beklemmung, dass man sich mit einem Mal mitten in einer Unterhaltung befindet, die eine Erwachsene aus einem macht, eine Unterhaltung, die verhindert, dass man noch Dinge und Leute sehen kann, die tatsächlich da sind. Mein Bruder wusste von dem Geist, aber er beschrieb sie als schwarzseherisch und sagte, ich müsse mehr ausgehen und lud mich zur neunzehnten Geburtstagsfeier seines Freundes Tim ein. Die Party, auf der ich dich kennenlernte, Myrna.

»Wenn du magst, kannst du heute Abend mein Date sein«, sagte Arjun.

»Werden das die Leute nicht irgendwie gruselig finden?«, fragte ich.

»Nee … wenn überhaupt, dann stehen weibliche Wesen auf männliche Wesen, die nett zu ihren verbal herausgeforderten kleinen Schwestern sind«, sagte er. »Das erweckt den Eindruck, eine fürsorgliche Seite zu haben und so was.«

»Ich bin erleichtert! Es wäre mir höchst unangenehm, zwischen dir und den weiblichen Wesen zu stehen.«

»Mach dir darüber keine Sorgen, Radha. Das wird nie passieren.« (Und so weiter.)

Ich weiß, wie es ist, einen Bruder zu haben, mit dem die Leute gern reden, also nahm ich mir ein Buch mit für den Fall, dass ich Arjun an dem Abend aus den Augen verlieren würde. Aber er blieb bei mir, stellte mich dem Geburtstagskind vor, rief seine Freunde dazu auf, dabei zuzusehen, wie ich ihm seelenruhig Bier für Bier ebenbürtig war, benahm sich insgesamt so, dass ich das Gefühl hatte, mehr als ein stotterndes graues Mäuschen zu sein. Dann kam ein Junge auf uns – na ja, eigentlich auf Arjun – zu, ein unauffälliger Junge, muss ich überraschenderweise sagen, schließlich hatte er grüne Haare. Er sah aus, als würde er etwas üben, er probte still Sätze, die er vorbereitet hatte, und Arjun sagte leise zu mir: »Ich frage mich, was der wohl will.«

Der Junge, Joe, war Tims Cousin.

»Joe, der auf die Puppenspielerschule geht?«, fragte Arjun.

»Ja ...«

»Alles klar, Mann«, sagte Arjun. »Was geht?«

»Die Mädels stehn auf dich, ja?«, fragte Joe.

Arjun senkte die Augenlider und zuckte die Schultern. Hätte ich Ärmel getragen, hätte ich in einen von ihnen hineingelacht. Joe hielt eine Zwanzig-Pfund-Note, die er meinem Bruder sofort geben wollte, wenn Arjun zu einem bestimmten Mädchen gehen und mit ihr tanzen und reden und für ein paar Stunden so tun würde, als genieße er ihre Gesellschaft. Sobald mir klar wurde, worum er ihn bat, dachte ich: Selbst Arjun wird diesmal nicht wissen, was er sagen soll. Aber für meinen Bruder war diese Anfrage offenbar nichts Neues (sind Teenagerjungs wirklich so un-menschlich?), er fragte nämlich: »Ist sie echt so hässlich? Ich hab hier heute Abend noch kein Mädchen gesehen, dem ich nicht wenigstens eine Sieben geben würde. Ein guter Abend, würde ich sagen.«

Der Junge hatte immerhin so viel Anstand, rot zu werden. »Nein, sie ist nicht so hässlich. Sie ist ... nur nicht mein Typ.«

»Warum seid ihr dann überhaupt zusammen hier, wenn sie nicht dein Typ ist?«, fragte Arjun.

»Es war eine Mutprobe«, sagte Joe kläglich. »Ich mache so etwas normalerweise nicht – da kannst du Tim fragen – glaub mir einfach, wenn ich dir sagen, dass ich keine echte Wahl hatte. Ich hätte nicht gedacht, dass sie Ja sagt. Aber das hat sie.«

»Kumpel ... zahl anderen Leuten kein Geld, um mit ihr ab-zuhängen.«

»Ich weiß nicht, was ich sonst tun soll. Sie soll einen tollen Abend haben. Sie ist die Tochter von meinem Schulleiter. Ich glaube nicht, dass sie dafür sorgen würde, dass ich raus-fliege oder so – vielleicht sagt sie ihm auch gar nichts. Aber sie ist seine Tochter.«

»Lieber auf Nummer sicher gehen«, stimmte mein Bru-der zu. Myrna, zu dem Zeitpunkt sah ich mich bereits um, ob ich dich entdecken würde (welches Maß an Hässlichkeit zwingt Leute dazu, Geld zu bezahlen, um sich diese Person nicht mehr ansehen oder mit ihr sprechen zu müssen?), aber als Joe sagte, er hätte versucht, mit dir zu reden, und du hättest einfach nur dagesessen und ein Buch gelesen, suchte ich umso intensiver.

»Was für ein Mensch nimmt ein Buch mit auf eine Party«, sagte Arjun ausdruckslos, ohne mich anzusehen, aber er nickte leicht, was ich als Aufforderung verstand, das Mäd-chen ausfindig zu machen.

| 93

»Wie heißt sie?«, fragte ich. Joe sagte es mir. Ich fand dich tief in einem Sitzsack versunken, wo du so tatest, als würdest du dieses blöde Lehrbuch lesen, das einem den ganzen Spaß an der Puppenspielerei nimmt, das, worauf dein Vater schwört – Brambanis *Krieg zwischen den Fingern und dem Daumen.* Verflucht sei der miefige alte Brambani. Vielleicht sind seine Lektionen leichter zu verdauen, wenn sie durch starrsinnig unvergossene Tränen gefiltert werden. Du hattest dir eine Lichterkette um den Hals gewunden. Ich verstand gut, wie tröstend sie sein konnten, diese Lichter um deinen Hals. Manchmal träume ich, dass ich falle, und es ist weniger beängstigend als mühsam, ich falle und falle, bis ich es satthabe, aber dann hält mich eine Schlinge unvermittelt fest, und ich denke, tja, wenigstens falle ich nicht mehr. Ich war eindeutig keinen Moment zu früh in deinem Leben aufgetaucht. Du sahst mich an, und so sah ich dich das erste Mal: Deine Augen waren wie Pfeilspitzen, und dein Kinn widersetzte sich der Welt, und ich sah den Schwung deiner Lippen, der so wunderschön ist, dass er fast illusorisch wirkt – deine Augen lassen einen Menschen erstarren, aber dann lockt ihn das Flackern deines Mundes.

Zum Glück war Joe derart ungewohnt panisch und dumm an dem Abend. Ich stellte fest, dass ich mit dir in natürlichen, vollständigen Sätzen reden konnte. Es war ganz einfach. Wenn ich mit dir sprach, würdest du mich vielleicht küssen. Und ich musste von dir geküsst werden: Deine Lippen gesehen und nie geküsst zu haben wäre mein Untergang ...

Zum Thema, was du von mir gesehen hast – ich glaube, du sahst eine Göre in einem grauen Kleid, die dich anglotzte, als wärst du der Sinn des Lebens. Du fingst sofort an, mit mir zu sprechen, als wäre ich ein Kind, das auf deinem Schoß sitzt. Du erzähltest mir davon, wie dir Geschichten in Notzeiten zu Hilfe kommen. Du warst vor Kurzem auf einem Flug nach Prag, sagtest du mir, und das Flugzeug war durch eine entsetzlich lange Turbulenz in den Wolken geflogen. »Jeder im Flugzeug war am Durchdrehen, außer dem Mädchen neben mir«, sagtest du. »Sie las einfach ein Buch – vielleicht ein bisschen schneller als üblich, aber ansonsten gar nicht beunruhigt. Ich fragte sie: ›Hast du gemerkt, dass wir abstürzen könnten?‹ Und sie sagte: ›Ja, das hab ich tatsächlich gemerkt, weshalb es mir umso wichtiger ist zu wissen, wie das hier ausgeht.‹«

Ich überredete dich zum Tanzen, und ich brachte dich dazu, mir ein paar deiner Übungen für bessere Handbeweglichkeit zu zeigen, und ich schaffte es, dass du mir von deiner Schule erzähltest und den Klassenzimmern voller Schüler, die davon besessen waren, das Puppenspiel zu meistern. Mir gefiel, wie das klang. Deine Augen verengten sich vor Konzentration, als du von deinem Abschlussjahr sprachst: Die beiden besten Schüler durften sich zwei neue Schüler aussuchen und ihnen in ihrem ersten Jahr zur Seite stehen. Du hattest den Gedanken, eine wichtige Rolle in der Zukunft einer anderen Puppenspielerin zu spielen, so viel war klar. Du glaubtest an das, was Puppenspielen erreichen kann – du hattest es mit eigenen Augen gesehen. Bevor dein Vater angefangen hatte zu lehren, damals, als er noch selbst aufführte, hattest du miterlebt, wie eine seiner Stabpuppen vor einem Mädchen auf die Knie gegangen war, die ein wenig abseits des Publikums aus Schulkindern saß. Dieses Mädchen hatte durch ihre Haare, die ihr über das Gesicht hingen und nur teilweise eine grausame Narbe verdeckten, zugesehen. Ihre Augen blitzten vor Hass. Nicht unbedingt Hass auf deinen Vater oder auf die Puppen oder die anderen Kinder, aber Hass auf Illusion, die nicht heilte, sondern nur den Leuten etwas nützte, die sie nicht brauchten. Mann und langbärtige Puppe verließen die Bühne, gingen zu dem Mädchen und knieten – das Knien der Puppe war natürlich von der Hand deines Vaters gelenkt, und jedes Augenpaar im Publikum war auf das Gesicht deines Vaters gerichtet, aber sein verunsicherter Ausdruck überzeugte jeden Einzelnen, dass die Puppe mit einem Mal einen eigenen Willen ausdrückte. »Prinzessin, ich bin Merlin, Euer Merlin«, sagte der Puppenmann zu dem Mädchen. »Für immer Euch zu Diensten.«

»Mir?«, fragte das Mädchen misstrauisch, dem Zorn nahe – *du versuchst doch nur, mich zur Zielscheibe deines Spotts zu machen* – »Ich, eine Prinzessin? Du, mir zu Diensten?«

»Das ist kein Irrtum.« Die Hände der Puppe bewegten sich langsam und ehrfürchtig. Sie hielt den Atem an, obwohl sie keinen Atem hatte, den sie anhalten konnte. Das Mädchen erlaubte dieser hölzernen Hand, ihr zärtlich über die Wange zu streichen – wer zusah, war absolut davon überzeugt, dass keine Hand aus Fleisch und Blut so nah hätte kommen dürfen. »Durch dieses Zeichen erkennen wir Euch«, sagte die Puppe. »Aber wenn Ihr wünscht, dürft Ihr weiter getarnt bleiben.«

Und dein Vater und seine Puppe kehrten zur Bühne zurück, ohne dem Mädchen je die Rücken zuzukehren, so wie es Protokoll ist, wenn man sich von Mitgliedern des Königshauses entfernt. Der Lehrer des Mädchens weinte, aber das Mädchen sah aus, als würde sie nachdenken. Sie grübelte auch während des gesamten zweiten Akts des Puppenspiels, aber im dritten Akt klatschte und lachte sie so laut wie alle anderen. Ich weiß wirklich nicht, warum ich dachte, das Ende der Geschichte sei ein guter Zeitpunkt, um dich zu küssen. Ich war nicht vollkommen erstaunt darüber, dass es nicht funktionierte.

»Junge Dame, ich fühle mich geschmeichelt – und bin versucht –, aber ... wie alt bist du eigentlich?«, fragtest du. Dann sagtest du, ich sei zu jung. Zu jung, ich passe nicht zu dir, bla, bla, bla. Immer ist irgendwas.

Joe und Arjun tauchten mit unseren Mänteln auf, und du nahmst mein Buch aus meiner Manteltasche. »Was ist das?«

Schicksal, das war es. Ja, Schicksal, dass das Buch, das ich dabeihatte, ein Roman war, den mein Urgroßvater geschrieben hatte, ein Text, den du nicht lesen konntest, weil mein Urgroßvater verfügt hatte, die Übersetzung seiner Werke ins Englische, Russische und Französische dauerhaft zu verbieten. Er war felsenfest davon überzeugt, dass diese drei Sprachen jedem Werk, das in sie übersetzt wurde, sämtliche Knochen brachen. Da es immer Menschen gibt, die Verbote gern umgehen, schwirren diverse inoffizielle Übersetzungen der Bücher meines Urgroßvaters im Internet umher, aber sie alle scheinen nur seine Bedenken zu bestätigen.

»Dann erzähl mir einfach den Anfang«, sagtest du, und ich schlug das Buch auf, um es für dich zu übersetzen. Du mochtest den Anfang – eine Frau öffnet ihre Haustür und findet eine Leiche auf den Stufen, aber bevor die Leiche über die Schwelle ihres Hauses kippen kann, sagt sie: »Oh nein, das wirst du nicht«, stößt sie mit einem Besen weg und haut durch die Hintertür ab.

»Warte«, sagtest du, als ich Arm in Arm mit meinem Bruder davonging – »warte noch, Radha, ich muss wissen ...«

»Ich würde sagen, sie ist mindestens eine Acht«, sagte mein Bruder überrascht. (Du hast meine Erlaubnis, ihn bereuen zu lassen, dass er die äußere Erscheinung von Mädchen auf einer Skala bis zehn bewertet.) Als ich nach Hause kam, wusste der Geist sofort, dass etwas los war. Sie sagte, sie hätte sich schon gefragt, wann ich endlich jemanden kennenlernen würde.

»Wenn ich – keine Ahnung, wenn irgendein Wunder geschieht und ich Sex mit jemandem habe, werde ich dich danach nicht mehr sehen können?«

Der Geist blickte einen Moment ganz listig, lenkte dann ein und sagte Nein, ich hätte sie weiterhin am Hals. Und sie freute sich für mich, als du am nächsten Tag anriefst und mich batest, den nächsten Absatz aus dem Buch meines Urgroßvaters zu übersetzen. Du legtest auf, sobald ich ihn dir durchgegeben hatte, aber der Geist sagte, du würdest mehr haben wollen, und so war es. Du fingst an, nach jeder täglichen Übersetzung ein wenig mit mir zu reden, stelltest Fragen über mich und meinen Tag und die Musik, die gerade in meinem Zimmer lief, wenn du anriefst. »Freut mich, dass sie dir gefällt – ich weiß nicht, wie der Song heißt, aber er ist wahrscheinlich ein bisschen älter als wir. Ehrlich gesagt haben wir hier einen nostalgischen Geist als DJ«, sagte ich dann, und du lachtest, weil du es für einen Witz hieltest.

Dem Geist war aufgefallen, dass ich eines Tages mit meiner Übersetzung fertig sein würde.

»Ja, aber schau mal. Wir sind erst mitten im zweiten Kapitel. Und nach diesem Buch gibt es noch fünfzehn anderen vom selben Autor.«

Der Geist fragte, ob ich glaubte, dass mein Urgroßvater von diesem Gebrauch seiner harten Arbeit begeistert gewesen wäre.

»Oh, Geist – was hast du denn gegen die Liebe?«

Nichts, sagte der Geist und klang verletzt. Sie hätte überhaupt gar nichts gegen die Liebe. Sie meine ja nur.

Der Geist zeigte, dass sie auf meiner Seite war, als sie dich sagen hörte, dass du eine der beiden Schülerinnen im letzten Jahr wärst, die Anfängerinnen zur Betreuung aussuchen dürften. »Das wird lustig. Wir dürfen die Bewerberinnen über einen venezianischen Spiegel in einem schalldichten Raum beobachten, damit sie nicht hören, wie wir buhen oder jubeln.«

Das machte mir Angst, aber der Geist hauchte gegen das Fensterglas und schrieb WIE NICHTS RAN auf das beschlagene Glas.

»Wer ist der andere Schüler?«, fragte ich. »Doch nicht der grünhaarige Joe?«

»Haha, nein. Obwohl er ganz interessante Kasperletheateraufführungen macht. Dad sagt, dass er eines Tages sehr gut sein wird. Der andere Schüler ist ein Junge namens Gustav Grimaldi. Ich mag seine Aufführungen nicht, sie sind schlampig. Und ich würde sagen, dass seine Puppen einen nihilistischen Geist verbreiten, wenn du verstehst, was ich damit meine.«

»Nihilistisch, äh … klingt schlecht«, sagte ich und klemmte mir das Telefon mit der Schulter ans Ohr, während ich »nielistisch« googelte.

»Manchmal spielen seine Puppen auch gar nicht. Er lässt sie einfach dasitzen und uns beobachten. Dann lässt er sie sich gegenseitig ansehen, und dann wieder uns, bis man das Gefühl hat, sie wüssten etwas, irgendetwas ganz Schreckliches über jede Einzelne von uns, und man wünscht sich, sie würden beschließen, für immer den Mund zu halten. Daran ist gar nichts Unterhaltsames, und ich verstehe nicht, warum er sich für diese Art Aufführungen entscheidet, wenn er doch so viele andere Arten kennt. Man sollte ihn keine neuen Schüler auswählen lassen. Wenn irgendjemand mit Sicherheit unappetitliche Elemente in unsere Gruppe bringen wird, dann Grimaldi.«

»Wie gut, dass ich besonders bekömmlich bin. Muss man für die Bewerbung bereits Erfahrung mit Puppen haben?«, fragte ich, und als du sagtest, dass dein Vater sogar sehr gern Leute hatte, die neu auf dem Gebiet waren, fragte ich, ob fünfzehn zu alt war, um damit anzufangen.

»Nicht, wenn du es ernst meinst. Tust du das?«

»So ernst man es nur meinen kann. Ich bin mir nicht hundert Prozent sicher, nicht selbst eine Puppe zu sein«, sagte ich.

»Kein Wunder, dass ich dich mag«, sagtest du. Der Geist klatschte mich ab.

»Du brauchst eine Puppe«, fuhrst du fort. »Die Konkurrenz um die Plätze ist sehr hart – die Leute tun, was sie können, um aufzufallen. Manche Leute machen ihre eigenen Puppen. Das tat ich auch, aus Papier und Nadeln. Das Ding ist mitten in der Aufführung auseinandergefallen, aber das baute ich dann in die Geschichte ein.«

Mum und Dad würden von meinen neuen Berufsplänen nicht gerade begeistert sein. *Denk immer an deinen Onkel Majhi – Majhi den Mimen – und frage doch, ob wir wirklich mehr Leute wie* ihn *in unserer Familie gebrauchen können?* Meine Eltern arbeiteten viel – es gab also keinen Grund, sie mit etwas zu belästigen, aus dem vielleicht gar nichts werden würde. Was ich zu tun hatte, war, erst die Aufnahmeprüfung zu bestehen und sie dann zu überreden. Ich kaufte mir eine Handpuppe mit brauner Haut. Er befand sich in einem kleinen schwarzen Mäppchen, und sein Haar war exakt in der Mitte gescheitelt. Die Präzision dieses Scheitels bereitete mir Unbehagen. Irgendwie war er zu menschlich und offenbarte zur exakt gleichen Zeit seinen nicht menschlichen Zustand. Ich besorgte ihm einen Zylinder, damit ich nicht mehr über das Stoffhaar nachdenken musste, das sich auf der Mitte seines Stoffschädels teilte. Du halfst mir mit ein paar Grundlagen des Bauchredens, obwohl du absolut nicht helfen durftest – zu der Zeit fing ich an zu hoffen, dass du aufhören würdest zu sagen, ich passe nicht zu dir – und ich brachte meiner Puppe bei, mit gequältem und verzweifeltem Habitus Witze zu erzählen, in vollem Bewusstsein darüber, wie schlecht die Witze waren. Manchmal lachtest du, und dann weinte meine Handpuppe erbärmlich. Wenn du die Handpuppe nahmst, wechselte er zwischen kokett und lebensmüde, wild entschlossen, sich aus großer Höhe und aus Fenstern zu stürzen. Mir fiel auf, dass du keine Stimme oder eine Geschichte für die Puppe erfandst, du wurdest vielmehr zu seiner Stimme und seiner Geschichte. Ich hätte das gern bewundert, aber es kam mir vor, als beobachtete ich eine bedauerliche Form des Diebstahls, da die Puppe nichts tun konnte, als zu erleiden, dass sie wie eine Auster aufgebrochen wurde.

Wir beschlossen, dass es für meine Puppe besser wäre, die tägliche Übersetzung fortzuführen – das Buch meines Urgroßvaters, Zeile für Zeile, zuerst auf Hindi, dann auf Englisch – während du verzückt zuhörtest und dann die Zeile auf Russisch und Französisch wiederholtest. So wurden dem Buch die Knochen gebrochen. Es war erst eine Woche vor meinem Vorsprechen, als ich das letzte Kapitel des Buches, das ich noch nicht für dich übersetzt hatte, erneut las und die strahlenden Wörter wie Kometen durch meinen Kopf flogen. Aus den anderen Kapiteln jedoch war dieses Gefühl verschwunden. Irgendwie herausgesickert. Und ich erklärte meiner Handpuppe, dass er die letzten Wörter des Buches nicht sagen durfte.

Der Geist stimmte zu, aber sie war sich auch ziemlich sicher, dass du mich nicht auswählen würdest, wenn meine Handpuppe nicht die Worte sagen würde, die wir für sie geplant hatten, du und ich. Der Geist riet mir sogar, erst gar nicht hinzugehen. Selbstverständlich missachtete ich ihren Rat. Ein paar Tage später umhüllte mich der Warteraum deiner grandiosen alten Schule in marmoriertem Nebel, während ich anderen Hoffnungsträgern dabei zusah, wie sie mit ihren Puppen übten. Einige waren eher Schauspieler als Puppenspieler, aber andere handhabten ihre Marotten und Fingerpuppen und Bunraku-Puppen mit Leichtigkeit und einer Zuneigung, die zwischen meiner Handpuppe und mir nicht existierte. Ich glaube, die Seele ist schwer und geschmeidig, Myrna: Das schließe ich aus den beschwingten, ruckartigen Bewegungen der Puppen, denen die Seele fehlt. Das Mädchen neben mir war sehr hübsch – zerzauste Dreadlocks, Grübchen und nachtdunkle Haut, deren Glanz sich mit der Dunkelheit vereinte. Aber ich hielt mich für aufgenommen, und so fragte ich sie einfach, wo ihre Puppe sei. »Das ist sie.« Sie nahm eine kleine Schachtel aus ihrer Jackentasche, und aus der Schachtel nahm sie eine Schachfigur aus Porzellan. Eine pflaumenfarbene Königin, und ihre einzigen Merkmale waren die Krone und eine leichte Welle, die die Existenz von Hüfte und Busen andeutete.

»Hast du sie selbst gemacht?«

»Nein, ich hab sie gefunden. Ich weiß, sie sieht nicht aus wie eine Puppe, aber sie ist eine. Ich weiß es einfach, weil ich, als ich sie das erste Mal in die Hand nahm, etwas sagte, was ich noch nie zuvor gesagt hatte. Ich legte sie hin, und als ich sie dann wieder nahm, sagte ich es wieder, ohne es zu wollen, und wieder war es etwas, das ich zuvor noch nie gesagt hatte, obwohl die Worte dieselben waren.«

»Womit tritt sie auf?«

»Im Moment stellt sie nur diese eine Frage, aber ich hoffe, dass ich ihr beibringen kann, noch eine weitere zu stellen.«

»Wie lautet die Frage?«

Das Mädchen schien sich unbehaglich zu fühlen. Sie deutete auf ihr Namensschild. »Das bin übrigens ich.« Tyche Shaw. Mein Namensschild hatte sich in meinem Haar verloren, also schüttelte ich ihr die Hand und sagte: »Radha Chaudhry. Wie lautet die Frage deiner Puppe?«

Tyche murmelte etwas so leise, dass ich es nicht verstehen konnte. Ich hatte gerade beschlossen, nicht noch einmal nachzufragen – vielleicht hob sie es sich für das Vorsprechen auf – als sie es von sich aus wiederholte: »Ist dein Blut auch so rot?«

Eine Schachfigur, die eine persönliche Frage stellte, vielleicht eine der persönlichsten Fragen, die man stellen konnte. Ich wusste nicht, was ich darauf antworten sollte. Auf meine Anweisung hin schüttelte meine Handpuppe den Kopf, *Nein, dein Blut ist bestimmt roter.* Tyche drehte die violette Königin auf ihrer Handfläche herum und stellte die Frage erneut. Diesmal war der herausfordernde Ton aus ihrer Stimme gewichen, und die Frage klang possierlich. Als die Schachfigur das nächste Mal ihre Frage stellte, klang sie besorgt, suchte Vergleichsmöglichkeiten, um Normalität messen zu können. Als Nächstes kam Frustration. (Die Schachfigur war ja schließlich nicht einmal rot … so rot wie was also, verglichen womit?) Nach allem, was du über Gustav Grimaldis Puppen gesagt hattest, wusste ich, dass du die Frage, die Tyche Shaws Puppe stellte, vehement missbilligen würdest. Du würdest sie sogar hassen. Aber die Frage dieser winzigen Königin war riesig. Sie sprach, und man konnte an nichts anderes mehr denken als an ihre Frage und wie man sie beantworten sollte. Der schärfste Gegenstand, den ich dabeihatte, war eine Brosche – ich könnte mir mit der Brosche in den Finger stechen, und dann würden wir schon sehen.

»Du bist gut, Tyche«, sagte ich, und ich war nicht die Einzige, die raus an die frische Luft ging. Einige andere Bewerber, die den Mut verloren hatten, folgten mir und führten allerletzte Gespräche mit ihren Puppen.

»Ich werde diesen Job nicht für dich erledigen können«, sagte meine eigene Handpuppe zu mir.

»Pscht, ich werde nicht zulassen, dass du so tust, als wäre es dein Fehler«, sagte ich ihr. »Ich muss nur eine andere Möglichkeit finden, es Myrna zu zeigen.«

Ein gerahmtes Foto hing an der Wand vor mir, und als ich deinen Namen sagte, sah ich dich auf dem Bild. Na ja, ich sah deinen Rücken und deinen langen, hellen, flatternden Pferdeschwanz. Das Bild ist schwarz-weiß, und du rennst, und du wirfst mehrere Schatten, die sich wie ein Blumenstrauß um dich scharen. Eine Gestalt rennt ein Stück vor dir, und zunächst wirkt diese Gestalt auch wie ein Schatten, nur dass sie einen Blick zurückwirft, was eine vollkommen eigenständige Persönlichkeit herstellt. Die Gesichtszüge der Gestalt sind aus Holz, aber beweglich – eine Art Kobold bewegt sich darin, nicht sanft, sondern krampfartig. Eine Schönheit, die einen erschüttert, bis man weint, das war mein erster Eindruck von Rowan Wayland. Du und die Puppe – ich beschloss, dass es eine Puppe war – ihr sprangt durch ein aufrecht stehendes Rechteck in ein anderes. Eine offene Tür, die man durch eine offene Tür sah, und in der Ecke dieses entfernten Zimmers befand sich ein Schrank, der auf die Seite gefallen war. An der Schranktür war ein Schild befestigt (ich neigte den Kopf: Auf dem Schild stand SPIELZEUG).

Es ist ein Foto, auf dem Linien sich abrupt ausweichen und Decken und Böden in unterschiedliche Richtung abdrehen, aber trotzdem scheint die Welt, die abgebildet ist, nicht zu enden. Ihr ranntet beide auf der Stelle, du warst an den Rändern verschwommen, die Puppe hingegen kaum, und die Puppe sah nach hinten, nicht zu dir, sondern zu mir. Es wirkte, als würdet ihr beide um euer Leben rennen, aus Angst, ich könnte es euch nehmen. Oder vielleicht jagtet ihr euch auch zu dieser Schranktür, jagtet euch gegenseitig nach Hause. SPIELZEUG stand auf dem Schild, aber Schilder garantieren nichts. Wie auch immer, ich wollte euch folgen, und ich wünschte mir, die Puppe würde mir die Hand reichen oder mir zuwinken oder mehr tun, als meinen Blick merkwürdig duldsam zu erwidern.

Als mein Name aufgerufen wurde, betrat ich den Raum, in dem das Vorsprechen stattfand, und meine Handpuppe unternahm einen halbherzigen Versuch, einen Zuckerwürfel aus einer Schüssel zu essen, die noch auf einem Tisch stand, gab dann der Verzweiflung nach und beschloss zu schlafen. Nach einer Minute drang ein Knistern aus der Ecke des Raums, und ich hörte eine Stimme durch den Lautsprecher, Myrna, die versuchte, mir eine Chance zu geben.

»Miss Chaudhry, haben Sie nichts vorbereitet? Sie haben nur noch zehn Minuten, und wie Ihnen vielleicht schon im Warteraum aufgefallen ist, sehen wir uns heute doch einige Bewerber an.«

Diese Ermahnung ließ mich unberührt. Ich machte weiter wie zuvor, bis jemand an die Tür des Raums klopfte und dann hereinkam, einen Blick zunächst auf die Uhr und dann auf die verspiegelte Wand warf, hinter der, wie ich vermutete, du saßest. Es war ein Junge, der hereingekommen war – er hielt eine Hand hinter dem Rücken, und ich glaube, ich hätte dies als bedrohlich empfunden, hätte er nicht solche tief liegenden, riesengroßen Augen gehabt, aus denen Geduld sprach.

»Ich bin Gustav«, sagte er. »Gib mir deine Puppe, und du bekommst eine andere.«

»Was wirst du mit meiner machen?«

»Das liegt an ihm. Er kann schlafen, so viel er will, und Zucker essen, wie es ihm passt, neue Freundschaften schließen, vielleicht die Position seines Scheitels verändern, wenn er sich mutig genug dafür fühlt. Schnell, nimm sie.«

Ich reichte ihm meine Handpuppe und erhielt dafür eine Blechmarionette. »Ich habe sie aus der Requisitenkammer. Sie war schon eine ganze Weile nicht mehr draußen ... die meisten Leute können nicht mit ihr arbeiten. Sie ist verflucht«, sagte Gustav beim Herausgehen über die Schulter. Toll.

Die Bewegungen dieser neuen Puppe zu inszenieren erschien mir hoffnungslos. Ich hielt den Holzbalken, an dem ihre Fäden befestigt waren, richtig, und keiner der Fäden war verworren, aber das war Gustavs schnelles, flinkes Verdienst, nicht meins. Obwohl wir beide still standen, merkte ich, dass die Marionette auf mich zukam, und ohne mich zu bewegen, wich ich zurück.

»Fünf Minuten«, sagtest du über den Lautsprecher und gabst dir keine Mühe, deinen skeptischen Tonfall zu verbergen. Ich sprach mit der Puppe in dem verkehrten Englisch, das meine Geisterfreundin spricht. Ich fragte sie, ob sie verflucht war oder noch etwas Schlimmeres. Sie antwortete eifrig wie jemand, der sich im Ausland befindet und Hilfe braucht und auf jemanden trifft, der seine Sprache spricht: »Schlimmeres waset«, sagte sie. »Schlimmeres waset.« *Und wenn ich dir jetzt helfe, musst du mir später helfen.*

Du wirst aber nicht von mir verlangen, jemandem etwas zuleide zu tun?, fragte ich.

106 |

Niemals.

Dann akzeptiere ich.

Gut. Übersetze einfach, was ich sage. Ich werde sprechen. Sorge dich nicht um die Bedienung, ich werde mich deiner Körperhaltung anpassen, das sieht besser aus.

Sie sprach, wie meine Geisterfreundin sprach – es kann nicht sein, dass alle Geister gleich sprechen, das wusste ich da auch schon – und ich übersetzte. Es dauerte nicht lange:

Ich bin keine verfluchte Puppe, ich lebe, sagten wir. Mein Name ist Gepetta, und vor langer Zeit war ich Lehrling bei zwei Puppenspielern, deren Namen an diesem Ort gewürdigt werden. Ich kümmerte mich um die Puppen in ihrer Werkstatt – ich war für sie eine Art Krankenschwester, reparierte ihre Schäden und sorgte dafür, dass sie lange hielten. Ihre Meister wurden alt und starben, und ich blieb bei den Puppen. Sie waren nicht lebendig, aber immer kurz davor, ganz kurz davor. Sie wissen, wenn menschliches Leben in ihrer Nähe ist, und sie brauchen menschliches Leben in ihrer Nähe. Dadurch machen sie nichts … Falsches.

Ich unterrichtete andere darin, sich um Puppen zu kümmern. Zu meiner Zeit schien dieses Wissen auszusterben … Ich unterrichtete ein paar Jungen und Mädchen, die es lernen wollten, aber dann brach eine Seuche aus. Keine Seuche, die sich auf der Haut zeigte. Diese kroch durch die Luft. Meine Lehrlinge starben, und ich wäre wohl auch gestorben, aber meine Puppenschützlinge ließen es nicht zu.

Jede Puppe opferte etwas – ein Bein, einen Arm, Rumpf, Kopf und so weiter … Du wirst das alles ersetzen, wenn du so weit bist, sagten sie.

Sie setzten einen Körper zusammen, verbanden die Teile aber nicht.

Sieh dir deinen neuen Körper an. Du wirst ihn mögen, sagten sie.

Ich sagte, das würde ich nicht, aber es geschah, Stunde für Stunde. Ich nickte kurz ein, und als ich aufwachte, war ein weiterer Teil von mir ersetzt worden. Es fing an mit meiner linken Hand und endete mit dem rechten Fuß. Man stelle sich das vor: Da sieht man durch ein paar Blechaugen auf seinen menschlichen Fuß. Und dann wurde ich kleiner und zu einem Ganzen, so wie ich heute bin. Mein Name ist Gepetta. Ich habe dies schon lange erzählen wollen, aber niemand hat mir je geholfen, es zu sagen ...

So traf ich also meine Freundin Gepetta. Und wie du ja weißt, Myrna Semyonova, wurde ich drei Tage später wieder in deine Schule gebeten, unsere Schule, und dort erwartete mich Tyche Shaw. Und du warst da, und ebenso Gustav Grimaldi. Da wusste ich, dass man mich ausgewählt hatte, und ich ging zu dir. Du lächeltest und sagtest: »Gut gemacht«, aber es war Gustav, der mich an die Hand nahm und sagte: »Willkommen, Radha. Wir werden so großartige Dinge zusammen machen!«

Meine Geisterfreundin hatte recht gehabt. Ich hatte dir nicht gehorcht, und deshalb hattest du mich nicht ausgewählt. Aber weshalb hast du Tyche erwählt? Ich wusste sogar da schon, dass du dein Bestes geben würdest, um alles zu zerstören, was sie ausmachte.

»Warum erzählst du mir das alles schon wieder?«, sagst du ungeduldig, aber ein Mensch erholt sich nicht so leicht von der Trauer, die er empfindet, wenn er feststellen muss, dass es nicht immer Verbundenheit ist, die uns zusammenführt (nicht immer, nicht nur), sondern dass man auch berufen werden kann, die Taten eines anderen ungeschehen zu machen. Du bereitest mir eine Menge Arbeit – mein Blut gefriert, wenn ich an all das denke – aber wie du sieht, schöpfe ich Kraft aus der Erinnerung, dass du mit reinen Absichten begonnen hast.

IST DEIN BLUT AUCH SO ROT? (JA)

Radha und Gustav hatten einen schwierigen Start. Sie brachte mich zu ihrem ersten Treffen mit, und zu dritt spazierten wir über den Berkeley Square. »Hi, Gepetta«, sagte Gustav zu mir. Er begrüßte mich immer, obwohl ich nie antworte. Seine guten Manieren sind seine Sache. Radha warf den Tauben Brotkrumen zu. Gustav behielt seine Sonnenbrille die ganze Zeit auf und sprach ausführlich über die Arbeit einiger Filmemacher aus der Mitte des 20. Jahrhunderts, von denen Radha noch nie gehört hatte. Mir fiel auf, wie sich Radha dafür entschied, dass sie, wenn überhaupt, dann wohl nur durch Zufall etwas von Gustav lernen könnte, und mir fiel auf, wie sie sich anders entschied, als er sie seinen Puppen vorstellte. – »Du hast deine mitgebracht«, sagte er zu Radha und nickte in meine Richtung, »und ich habe meine mitgebracht.«

Vier hatten ihn zu diesem Treffen begleitet. Zwei spähten aus seinen Manteltaschen hervor. Sie waren samt und sonders gutmütige Fatalisten, niemals in Eile, und sie bevorzugten es, Taten aufzuschieben, bis sich die Dinge von selbst geregelt hatten, ohne dass jemand aus der Truppe auch nur einen Finger dafür krumm machen musste. Der Leitwolf war ein zerzauster Intellektueller namens Hamlet. Es war Hamlet, der zu Radhas Hauptberater außerhalb des Lehrplans wurde, zu ihrem Dozenten, Zwischenrufer, Cheerleader und Mitverschwörer. Wir vergaßen in solchen Momenten alle, wessen Stimme und Hände sich Hamlet und Kompanie bedienten, und am nächsten Tag erzählte

Radha Gustav von dem unerheblichen Stimmkontrolltrick, den sie nun beherrschte, als wäre er nicht mit uns im selben Raum gewesen. Zuerst schien es, als würde diese Form der Vergesslichkeit Gustav ernsthaft missfallen, aber als wir uns wohler mit ihm fühlten, merkte ich, dass Gustav, wenn Radha ihm etwas Merkwürdiges oder Amüsantes erzählte, das Hamlet oder eine seiner anderen Puppen gesagt oder getan hatten, eigentlich verhaltenes Interesse ausdrückte. Er beobachtete einen Prozess, in den wir noch nicht eingeweiht waren.

Ich begriff es lange vor Radha. Sie sprach auf eine Weise mit Gustavs Truppe, wie sie nie mit ihm direkt gesprochen hätte. Durch dieses Zutrauen wuchs auch die Zuneigung zwischen Radha und Gustavs Puppen, die es sich zur Aufgabe machten, sie zum Lachen zu bringen, und gemeinsam vor der Klassenzimmertür auftauchten und sie am Ende des Tages zum Bus brachten und riefen: »Macht Platz für die Chefin!« Gustav umgab sie mit ihren besonderen Lieblingen: Hamlet mit seinem Topfhaarschnitt, Chagatai, der sowohl Attentäter als auch Meerjungfrau war (er kann Seefahrer mit seinem sexy Falsett in den Tod locken!), Brunhild, die Schiffsbauerin, und ein Astronaut namens Petrushka, der jede Frage, die man ihm stellte, mit erschöpfender Gründlichkeit beantwortete. Auch anwesend war eine kleinkindgroße Springbohne, besser bekannt als Loco Dempsey. Ihr Meister ging hinter Radha und hatte die Arme erhoben, während er die Spielkreuze hoch oben über ihrem Kopf bediente. Unter Gustavs Kommando blieben alle Fäden getrennt. Das bewunderte Radha und schmiegte sich dicht an ihn, um nicht diejenige zu sein, die diese sauberen Fäden durcheinanderbrachte. Er schob ihr sanft ein paar der Spielkreuze in die Hände, senkte seine Arme so, dass er sie hielt – nicht zu fest, was man mit den Ellenbogen tun kann, ist schließlich begrenzt. Er pfiff eine flotte Polonaise, und ihre Gesten führten seine an, während sie mit Brunhild und Loco losmarschierte. Radha wirkte so glücklich, dass ich dachte, es würde später noch eine Beichte folgen, aber stattdessen wandte sie sich zu mir um und sagte: »Das kann nicht dieselbe Gang sein, von der mir Myrna erzählt hat.«

An dem Abend, als eine Wahrsagerin vor KFC Radha an beiden Händen nahm und ihr sagte, sie würde sich nach und nach in einen unsichtbaren Mann verlieben, war sie verwirrt und hielt mich bis zum Morgengrauen wach und fragte mich, wer um alles in der Welt das nur sein könnte ...

Ich war mir nicht sicher, ob man dem Grimaldi-Jungen gratulieren oder ihn bemitleiden oder beschimpfen sollte. Zugegeben, hier ergab sich die Möglichkeit einer heimlichen Liebschaft, aber es ließ sich nicht sagen, ob er wirklich etwas fühlte oder ob es für ihn nur eine routinemäßige Verführung war. Wenn man sich einmal in seine Lage versetzt: Da entstammt man Generationen von Menschen, die hauptsächlich durch Puppen sprechen und sprachen ... von daher ist man eine Art Meister im psychologischen Schwebezustand. Und dann mag man zufällig Mädchen mit leuchtenden Augen, die verborgene Dinge sehen, und dunklem Haar, aus dem sie gelegentlich vergessene Notizen an sich selbst hervorholen. Dann trifft man eine neue. Würde man da nicht einfach ausprobieren, wie nah man ihr kommen kann, ohne dass sie es merkt?

Radha fing an, ständig auf ihr Handy zu sehen, aber ohne klares Anliegen – die meisten Nachrichten kamen von Tyche Shaw, auf die sie eifersüchtig war und die sie gleichzeitig beschützen und mit der sie am liebsten gar nichts zu tun haben wollte. Tyche war mit Myrna und deren Vater auf

Orkney, und nicht nur, dass sie sich darauf verließ, von Radha über die neuesten Puppenspielschulaufgaben auf dem Laufenden gehalten zu werden, das Mädchen bestand auch noch darauf, freundlich zu sein, und erfragte persönliche Neuigkeiten. In der Überzeugung, dass es bei ihr keine gab, entschied sich Radha dafür, Bilder von sich selbst zu schicken, wie sie auf dem Bordstein vor ihrem Haus saß und selbst gemachte Smoothies mit ihrem Bruder trank. Ich war auch auf dem Foto, ich saß auf Arjuns Schulter. Ich sprach nie mit ihm, und deshalb betrachtete er mich als eine Art modisches Accessoire von Radha. Zu der Zeit hatte ich großen Spaß daran, mit ihm allein zu sein und sporadisch meinen Mund zu öffnen und zu schließen, wenn er blinzelte.

Ich, Gepetta und A. J. an der Ecke, wo wir den ganzen Tag dickflüssigen Saft trinken. Wie geht's mit dir und meiner Frau?

Das reichte Tyche als Einladung, um Radhas Posteingang mit Panik zu überschwemmen, die unbeabsichtigt von Radha noch verstärkt wurde, indem sie nur mit Emoticons antwortete.

Wo soll ich anfangen ... Also, alles, was ich mache, verärgert »deine Frau« gewaltig

Ich beantworte rhetorische Fragen & traue mich dann nicht, ihre nicht rhetorischen Fragen zu beantworten

Oh und ihre Spezialität scheint es zu sein, völlig wahnsinniges, furchtbares Zeug aus heiterem Himmel zu sagen

Die Art Dinge, die man vergessen muss, um weiterleben zu können, verstehst du?

Dieser eine Kommentar über meine Hände brachte mich dazu, sie abschneiden & einfach wegwerfen zu wollen. Hat jemals schon mal wer so mit dir gesprochen

Egal, ich vermeide es einfach, meine Hände anzusehen, hahaha schnief

Ich war nie gut mit Retourkutschen, also sammle ich einfach Steine und tu so, als würde ich ihr damit eins überbraten, wenn sie mir den Rücken zudreht

Wie läuft es eigentlich mit Gustav

Radha, was genau magst du an diesem FRAUENZIMMER?

Ihr Dad glaubt ernsthaft, sie sei menschlich …

Auf zehn Nachrichten von Tyche kamen vielleicht drei oder vier von Myrna (alle voll des Lobes für Tyche) und eine von Gustav. Eines Abends, als Radha schon im Bett lag, schickte er ein Foto von seiner Handpuppe Cheon Song Yi, die einen Lippenstift wie ein Schwert schwang. Begleitender Text: Jemand muss sie aufhalten. Was Gustav betraf, so konnte man von ihm nur die volle, geschwungene Unterlippe sehen, die von Song Yis Lippenstiftangriff orchideenpink beschmiert war. Er war hinter der Puppe positioniert, aber es war eines dieser Fotos, deren Hintergrund ganz langsam zum Vordergrund wird. Nach einem ersten Blick schnaubte Radha und rollte mit den Augen. Dann legte sie den Kopf schief, sah noch einmal hin, schlug langsam die Beine übereinander und wieder zurück. Während sie immer noch das Foto genau betrachtete, fuhr sie gedankenverloren über die Formen ihrer eigenen Lippen und saugte an der Spitze ihres Zeigefingers. Der Schlafzimmergeist und ich warfen uns einen Blick zu und kamen schweigend überein, den Raum zu verlassen.

Ich vermisste die Begierde. Und ich war froh, dass sich das Herz meiner Freundin mit einem Puzzle beschäftigen konnte, während es noch wegen Myrna Semyonova schmerzte. Selbst wenn es nötig werden würde, Gustav fallen zu lassen, hätte Radha andere Möglichkeiten, sich unterrichten zu lassen. Ihre Klassenkameraden waren ein freundlicher Haufen, ihnen fehlte der Kampfgeist, den ihre Lehrer gern gesehen hätten. Sie arbeiteten gemeinsam an ihren Ideen. Ihre Puppen tauschten Kostüme, Requisiten, Phrasen und manchmal sogar die Rollen. Diese Kameradschaft ließ die Ausgrenzung von Rowan Wayland nur umso deutlicher hervortreten.

Geschichte des Puppenspiels war die Wochenstunde, in der Radha und andere Spieler mit Papier spielten. Sie machten Puppen mit zusammengesteckten Gelenken und Händen und Füßen, die sich wie Windfähnchen drehten. Sie lernten Geschichten über Pulcinella, eine hakennasige Figur, die für nichts stand. Über Ort und Jahrhundert seiner Geburt streiten sich gelehrte Menschen in Tweedjacken, aber seit einigen Jahrhunderten ist er in Österreich zugegen, wo er Kasperle heißt und seine Schläue ablegte, um sich auf ununterbrochene Brutalität zu konzentrieren, bis jede andere Puppe in seiner Welt tot ist, und dann muss sein Meister dafür sorgen, dass er sich nicht auch noch auf sein Publikum stürzt. In Ungarn ist er der lapidare und sarkastische Vitéz László. In Frankreich kehrt das Zwinkern wieder in seine Augen zurück, und er wird zu Polichinelle, einem Dämon aus der heitersten Hölle. In England ist Punch ein sensibler Kerl; jeder Passant, der ihn auch nur schräg ansieht, wird auf der Stelle mit einer Würstchenschnur erwürgt. Seitdem er in der Türkei Fuß fasste, ist Karagöz zu faul, um allzu viel zu morden, verfügt aber über einen Vorrat an Beleidigungen, mit denen er jeden überschüttet, der sich zwischen ihn und seine Mahlzeit stellt. Wo man ihn auch antrifft, sieht er sich vor, seine Vergangenheit anzusprechen. Wonach man ihn auch fragt, er war es nicht und hat nicht die leiseste Idee, wer dafür verantwortlich sein könnte; eigentlich weiß er überhaupt nichts, er war nicht »dort«, er war die ganze Zeit »hier« ... was die Frage aufwirft, wo wart ihr eigentlich?

Als Radha und ich in den Klassenraum gingen, in dem Geschichte des Puppenspiels gelehrt wurde, fiel uns als Erstes der riesige leere Raum auf, der Rowan Wayland umgab, und vorsichtshalber entschieden wir uns für Sitzplätze, die seine Einsamkeit bewahrten. Wir beobachteten ihn, hatten aber Schwierigkeiten herauszufinden, ob es dumm oder klug war, auf Abstand zu bleiben; niemand sprach von ihm. Wayland selbst benahm sich, als wäre sein Ausgestoßenenstatus etwas vollkommen Natürliches und lief mit bis zu den Ohren hochgeklapptem Kragen und starrem Blick durch die Gegend. Radha merkte an, dass er ihr das seltsame Gefühl gab, Statistin auf einem Filmset zu sein. Es dauerte zwei Wochen, bis wir aus Neugier unsere Sitzplatzentscheidung änderten. »Vielleicht wird er einfach nur missverstanden«, sagte ich. Radha war bereit, das Risiko einzugehen.

Auf seinen Büchern lagen ein paar rote Stricknadeln und ein Wollknäuel, und er strickte, während er darauf wartete, dass der Lehrer kam. Viele Stricker umgibt eine sanfte Zuversicht, während sie ihre Muster fixieren. Rowans Stricken war nicht so. Er starrte mit einer Beharrlichkeit auf seine in Arbeit befindliche Socke, die keine Kompromisse zuließ, als hätte er gelernt, dass man nur auf diese Art dafür sorgen konnte, dass jeder Nadelstich blieb, wo er ihn setzte. Wir nahmen die Plätze neben ihm ein, Radha sagte Hallo und wiederholte es immer wieder, bis er sie mit einem Seitenblick begrüßte.

»Ich bin Radha«, sagte Radha, bevor er wieder wegsehen konnte.

»Okay«, sagte er. »Warum – ich meine, was willst du?«

»Nichts«, antwortete Radha mit der arglosen guten Stimmung, die ich so an ihr mochte. »Nur mal Hallo sagen. Das ist Gepetta.«

Er lächelte mich an und strickte weiter. Auf den ersten, zweiten oder sogar dritten Blick war es schwer festzustellen, warum er derart gemieden wurde. Rowans physischer Eindruck – gottgleiches Kinn, lange Wimpern, umbrabraune Haut, verwegene Tolle – ist der eines Blitzschlags. Im strahlenden Sonnenlicht zeigt sich seine wahre Haarfarbe, nämlich marineblau, und wenn er sich am Kopf kratzt, was er manchmal tut, wenn er nachdenkt, teilt sich sein Haar so, dass die zwei winzigen Korkenzieherknochen vorn am Schädel zu sehen sind. Ja, Hörner. Keine von der gruseligen Sorte – ich denke, sie waren als spielerisches Element gemeint. Das Problem mit Wayland besteht darin, dass es sich bei ihm um eine Puppe in menschlichem Maßstab handelt. Ohne Meister und vollständig lebendig. Ganz egal wie weich seine Haut auch wirkt, er ist ganz und gar aus Holz, und niemand weiß genau, was ihm Leben einhaucht – keine Uhr tickt in seiner Brust. Für mich ist Rowan männlich, weil er sich mit einer Anmut bewegt und spricht, die mich an die Jungen und Männer meiner venezianischen Jugend erinnert. Für Myrna ist er weiblich. Für Radha und Gustav ist Rowan sowohl männlich als auch weiblich. Vielleicht lesen wir das in ihn hinein, was uns anzieht. Vielleicht ist es wirklich so willkürlich. Er hebt nur die Schultern und sagt: »Sucht es euch aus. Ich bin allerdings vorwiegend Baum.« Seine Mitschüler mussten schon mit ihren ganzen eigenen verwirrenden Hormonfluten zurechtkommen. Deshalb hielten sich die meisten fern, obwohl ich mir sicher bin, dass sie alle von ihm, ihr, xiem, sim träumten, diesem Körper mit seinem verlockenden Überfluss an Konturen, diesem Rowan, der alles andere ist als vorwiegend Baum. Ich bin sicher, dass von Rowan Wayland ununterbrochen geträumt wurde.

Und er ist so ausweichend wie alle Pulcinellas, die ich je getroffen habe. Man stellt ihm eine Frage, und irgendwie bringt er einen dazu, sie für ihn zu beantworten. Rowan und Radha gingen nie wirklich weiter als das, was sie ihre »Augenweide- und Augenweidegenießer«-Beziehung nannten. Ich war diejenige, mit der sich die Augenweide anfreundete. Das überraschte mich. Ich weiß noch, wie mich Radha dem Geist in ihrem Schlafzimmer vorstellte und erwartete, dass wir uns kannten oder zumindest einander kennen wollten, weil wir dieselbe Sprache sprachen. Aber dieser Geist ist ein bisschen zu abgehoben, als es gut für sie ist.

Rowan Wayland hingegen nennt mich »Gepetta, Kaiserin des Monds«. Da wir beide keinen Schlaf brauchen, fahren wir mit den Nachtbussen, teilen uns die Kopfhörer und hören uns Strick-Podcasts an. Falls irgendjemandem im Bus etwas an uns auffällt, schiebt diese Person es darauf, dass sie betrunken ist. Ich versuche, die ganze Zeit herauszufinden, wie ich ihn dazu bringen kann, mir zu sagen, wie er entstanden ist. Im Geiste habe ich bereits meinen Zustand mit seinem verglichen und finde, dass sein Zustand zu bevorzugen ist. Er atmet, ich nicht. Nicht dass ich glauben würde, je meinen Körper zurückzubekommen – den, den ich einmal hatte, meine ich. Diejenigen, die mich in diese Form brachten, haben getan, was sie getan hatten, und das war's. Mit mir ging es zu Ende, und sie dachten, sie würden mir helfen. Stattdessen verwandelten sie Bewegung und verständliche Sprache in eine Währung, mit der man das Menschsein erwirbt.

Diese Gier nach Wertschätzung ist der einzig echte Unterschied zwischen meinem jugendlichen Ich und der uralten Gepetta von heute. Die Puppen, die mich machten, waren schockiert, als ich sie verkaufte. Schockiert, weil Puppen kein Geld brauchen, aber auch wegen der Sorgfalt, die ich an den Tag legte, um sie zu trennen – das konnten sie überhaupt nicht verstehen. Keine zwei von ihnen im selben Haus oder auch nur in benachbarten Städten. Ich studierte Landkarten und sorgte dafür, dass zwischen all diesen Puppen Wälder und Wüsten und breite Flüsse lagen. Eine Wiedervereinigung ist für sie, für uns, nahezu unmöglich. Ich frage mich, ob das ihre Verbindung zerstörte, aber eine Antwort auf diese Frage finden zu können würde bedeuten, dass mein Projekt gescheitert war. Sie so weit zu verstreuen, dass keine Nachrichten mehr ausgetauscht werden können – das ist mein Erfolg.

Am Ende der zweiten Woche von Tyches und Myrnas Abwesenheit war ein persönlicher Essay fällig. Der Titel lautete ungefähr: »Was kann eine Puppe tun?« Die Schülerschaft sollten ihre gegenwärtigen Ambitionen ausführen, und auch wenn die Stellungnahme benotet wurde, würde sie privat bleiben. In einem Umfeld, das sich so stark auf die öffentliche Zurschaustellung des eigenen Fortschritts stützte, handelte es sich hier um eine seltene Gelegenheit, aufrichtig zu sein, ohne sich gleichzeitig einer schwerwiegenden Benachteiligung auszusetzen. Aus diesem Grund verhängten die Lehrerinnen ein Wortlimit, damit die Sache nicht ausuferte. Rowan behauptete, das Thema würde ihm ein Blackout bescheren, also diktierte ich ihm Wort für Wort seinen Essay. Was kann eine Puppe tun? Wir hatten keine unzynische Antwort darauf, also schrieb ich ein paar Zeilen zusammen, an die ich mich aus den Vorlesungen erinnern konnte, die ich bei Brambani gehört hatte, als er gerade dabei war, *Krieg zwischen den Fingern und dem Daumen* zu schreiben. Die Rolle der Puppenspielerin ist es, während ihres gesamten Lebens kindliches Staunen zu bewahren und so weiter. Radhas Essay war so kurz, dass es nur die Hälfte der geforderten Wortanzahl enthielt. Deshalb kopierte sie den Absatz, den sie schon geschrieben hatte, und fügte am Anfang eine Zeile hinzu, um zu erklären, dass sie sich der Wiederholungstechnik bediente, um ihrem Punkt mehr Nachdruck zu verleihen. Ausdrucke waren gefordert, also mailte Tyche ihren Essay an Radha, die ihn einreichte, ohne ihn zu lesen, und dann Hand in Hand mit dem Grimaldi-Jungen davonrannte. Rowan Wayland fing Tyches Essay ab, bevor er auf Ms. Alfarsis Schreibtisch landete, und legte einen Finger über seine Lippen, als ich ihn fragte, was er da tat. Er las ihn zweimal, und dann las ich ihn, um herauszufinden, wonach er suchte.

Die letzte Nacht war mondlos, und wir fuhren mit einem Schiff auf das Scapa Flow hinaus. Über dem gesamten Himmel lag gebrochenes Licht, und Wolkensäulen drehten und wanden sich durch die Strahlen. Staub und Drachenfeuer. Professor Semyonov sagte: »Das ist die Milchstraße. Jedenfalls das, was wir davon sehen können.«

Sie war so schön, dass ich meinen Blick darauf gerichtet ließ, falls sie unvermittelt verschwand oder sich als gigantische Illusion erwies. Vielleicht lag es am Schaukeln des Schiffsdecks, vielleicht starrte ich auch zu lange, aber nach einer Weile kam es mir so vor, als würde sich alles auf mich zu bewegen, das Licht und die Wolken und die Dunkelheit, ungezählte Sterne und Planeten, die wie Pfeile auf uns zuflogen, abgeschossen von einem Bogen, der sich weit entfernt verbarg. Nicht dass wir drei auf dem Schiff das Ziel gewesen wären; dies war dem Zufall des Maßstabs geschuldet. Wir zertreten ständig Ameisen, wenn wir nur durch den Park gehen. Ich glaubte, es sei der beste Plan abzutreten, bevor der Himmel auf uns fiel, einfach ins Wasser zu springen und direkt zu ertrinken. Der zweitbeste

Plan war es, die Augen zu schließen, aber Myrna zwang mich, weiter nach oben zu sehen. Sie sagte, sie selbst hätte immer Angst davor gehabt, dass diese stecknadelkopfgroßen Lichter wuchsen und sie währenddessen schrumpfte. Sie ließ mich nach oben schauen, bis die Panik gewichen war. Alles, was ich mit Puppen machen konnte, alles, was ich bisher hatte machen wollen, war, verstörende Streiche zu spielen. Das reicht nicht mehr. Ich will widerspenstige kleine Aufführungen geben, Orte hier und dort finden, an denen wir zu sehen bekommen, wie wir wären, wenn wir tatsächlich über irgendetwas die Kontrolle hätten. Grausame Fantasien vielleicht, aber nicht schmerzhafter als der flüchtige Anblick einer Galaxie.

Tyche Shaw

»Meine Güte, diese Puppenspielerinnen heutzutage«, sagte ich, und gleichzeitig fragte mich Rowan, was ich glaubte, wie sehr Tyche Myrna auf einer Skala von eins bis zehn wohl nicht leiden konnte.

»Acht«, sagte ich. »Vielleicht achteinhalb. Obwohl ich mit Blick auf den Essay glaube, dass sie ihre Meinung langsam ändert.«

»Mit Blick auf den Essay, Gepetta, übersteigt ihre Abneigung zehn. Myrna weiß, wie sie Menschen dazu bringt, zu tun, was sie will, aber sie weiß nicht, wie sie beeinflussen kann, was sie wirklich denken. Und doch behauptet Tyche mit einem Mal, Myrnas Ziele seien ihre eigenen. Kannst du das Feuer in der Ferne denn nicht riechen? Es wäre auf eine Art sicherlich unterhaltsam, sich einfach zurückzulehnen und dabei zuzusehen, wie Myrna endlich einmal selbst manipuliert wird. Aber das kann ich nicht.«

»Warum nicht? Ich würde es tun.«

Rowan erzählte mir von einem Mädchen, das auf jede Stimulierung von außen reagierte, außer auf menschliche Berührung. Davon spürte sie überhaupt nichts, was auch der Grund war, warum andere Leute ihr von Kindesbeinen an Angst machten und immer furchteinflößender wurden, bis es ihr unmöglich war, mit ihnen zurechtzukommen. Sie konnte ihre Mitmenschen sehen und hören, aber Körperkontakt entsprach dem Versuch, nach dünner Luft zu greifen. Es war, als lebe sie mit Halluzinationen, die weder verschwanden noch sich materialisierten. Das Schlimmste war, dass sie so tun musste, als sei dieser Haufen Ghule kein Grund für Besorgnis. Sie lernte schnell, dass es kontraproduktiv war, sich aufzuregen, weil es dann zu Versuchen kam, sie mit Umarmungen und Ähnlichem zu trösten. Sie sagte, was sie sagen musste, und tat, was sie tun musste, um unnötigen Körperkontakt zu vermeiden, aber ihre Situation verkomplizierte sich durch die Wirkung, die ihre Berührung auf andere hatte. Sie war eine wandelnde Schmerzlinderung. Sie heilte nicht die Schmerzquelle oder nahm sie auf – es war vielmehr so, dass sie das Schmerzempfinden für ein paar Stunden oder auch bis zu einem halben Tag entschärfte, je nach Dauer des Hautkontakts. Es war egal, an welcher Krankheit die andere Person litt. Wenn das Mädchen seine oder ihre Hand hielt, verschwand der Schmerz, und alle anderen Eindrücke weiteten sich aus, um die Lücke zu füllen, die er hinterließ.

Dies vermochte ihre menschlichen Beziehungen mehr noch über jedes vorstellbare Maß zu strapazieren als ihre Gefühlstaubheit. Menschen aus ihrer direkten Umgebung spürten irgendwie, was sie für sie tun konnte, griffen nach ihr, ohne groß darüber nachzudenken, und klammerten sich dann an sie. Freunde, Verwandte und Fremde, sie alle benutzte sie, ohne wahrzunehmen, was sie da taten, sie klammerten sich so fest an sie, dass beinahe ihre Rippen brachen. Es schien, als hätte jeder ständig alle möglichen Schmerzen. Junge Männer mit zotteligen Haaren campierten mit ihren Gitarrenkoffern vor ihrer Tür, und der Vater des Mädchens ging dazu über, einen Teil jedes Abends von hinten angeleuchtet mit verschränkten Armen im Wohnzimmerfenster zu stehen, damit die Camper einen umfassenden Eindruck von seinen Holzfällermuskeln bekamen. Die unvereinbare Mischung aus weißem Haar, Bart und kräftigen Armen brachte die Jungs üblicherweise zu dem irren Glauben, der Weihnachtsmann sei böse auf sie, und sie stoben auseinander.

Um sich dem unfreiwilligen Geben entziehen zu können, versuchte das Mädchen, diejenigen zu identifizieren, die die größten Schmerzen hatten, und verbrachte ganze Abende im örtlichen Krankenhaus, wo sie einfach bei den Leuten saß und ihnen, solange sie konnte, die Hand hielt. Sie versuchte dasselbe in der Psychiatrie, aber dort waren die Sicherheitsbestimmungen höher. Wenn sie nach Hause kam, blieb sie bei ihrer Mutter, deren Abhängigkeit von Schmerzmitteln sie bereits dazu gebracht hatte, sich selbst zu verletzen, um stärkere Rezepte zu bekommen. Die Nerven der Frau quälten sie so sehr, dass nur starke Medikamente sie davon abhielten, laut zu jaulen und dadurch eine Quelle öffentlicher oder sogar häuslicher Erregung zu werden. Aus dem wenigen, das ihre Mutter ihr hatte erklären können, folgerte das Mädchen, dass die Frau seltsame Gedanken plagten, von denen sie niemandem erzählen konnte. Grausame Details erschienen auf dem Inneren ihrer Augenlider, eine winzige Manifestation von Röntgenbildern. Zwischen Mutter und Tochter herrschte Zuneigung, aber sie hatten den Versuch, diese auszudrücken, aufgegeben. Statt eine Zurschaustellung zu erzwingen, baten sie einander um ihre Gutwilligkeit. Und ganz egal, wie oft das Mädchen seine Hand anbot, ihre Mutter verweigerte sie. Es war der übliche Kampf zwischen der, die liebt, indem sie sich eine Bürde auferlegt, und der, die liebt, indem sie sich weigert, eine zu sein. Das Bedürfnis ihrer Mutter nach Pillen war in Wirklichkeit gar nicht von der Notwendigkeit motiviert, Schmerzen zu vermeiden, sondern von der Entschlossenheit, jede Art von Gefühl zu unterdrücken. Deshalb war es besser, Pillen zu schlucken, als die Hand des Kindes zu halten.

Der Vater des Mädchens war ein Puppenspieler, und eines Tages sollte er in Prag spielen. Eine Ehre, die er schlecht ablehnen konnte. Er hätte nicht im Traum daran gedacht, den Puppenspielern, die in dieser Stadt ihr Wesen trieben, aufzufallen oder gar von ihnen als Kollege anerkannt zu werden. Die Frau des Professors nahm dies als Zeichen dafür, dass sie sich entscheiden musste: nachgeben oder aufgeben. Sie sagte ihrem Ehemann, es wäre gut für ihn, ihre Tochter mit auf Reisen zu nehmen, und wies sich selbst in eine Klinik ein, als Reaktion auf die Ängste ihrer Familie davor, sie allein zu lassen. Das Mädchen fand sich bald darauf in Prag wieder. Rowan hat selbst kein Bild von Prag, aber ich kenne es ein wenig, und es war passend, dass jemand wie Myrna Semyonova in einer Stadt herumspringen konnte, deren Straßen sepiafarbene Regenbögen und Formen albtraumhafter Präzision vereinigte. Wenn ich die Straße, die Rowan nannte, richtig erinnere, dann lebten Myrna und ihr Vater in einem Gebäude, das wie eine Allee aus Betongalgen aussah, die mit Stahl zusammengeschweißt waren. Abgesehen davon, dass er auf ihren Schulbesuch bestand, überließ ihr Vater sie sich selbst. Sie durfte bei seinen Proben und Aufführungen zusehen oder ihre Graffiti-Fähigkeiten verbessern, Schwäne am Ufer der Moldau ärgern oder was sie sonst noch für eine gute Idee hielt. Myrna liebte es, ihrem Vater mit seinen Puppen zuzusehen – er zeigte ihr den Einfluss, den man aus kurzer Distanz haben konnte – und so verbrachte sie viel Zeit im Theater, das zu ihrem zweiten Zuhause wurde. Aber sie fing auch an, ihrer Mutter zu schreiben, was beiden Freude bereitete und zu der Erkenntnis führte, dass sowohl Strudel als auch Rosinenbrötchen noch nach der Lieferung durch einen Achtundvierzig-Stunden-Kurierdienst essbar blieben. Manchmal streiften sie das Thema Genesung, und Myrna bemerkte eine Veränderung in der Sprache, die ihre Mutter benutzte, um ihren Schmerz zu beschreiben – es waren Wörter, die darauf hindeuteten, wie klug es gewesen war nachzugeben.

Myrna hatte die Befehlsgewalt für zwei Jungs übernommen, die in der Wohnung über ihr lebten: Jindrich und Kirill, die Topol-Brüder. Myrna war die große Leidenschaft beider Brüder ... Sie nannten sie »London« und sehnten sich danach, sie aus einer Gefahr retten zu können. Manchmal drohte der eine Bruder ihr, sodass der andere sie verteidigen konnte, obwohl sie von Anfang an betonte, dass sie einzig von ihnen verlangte, für sie zu sterben, falls und wenn ein solches Unterfangen nötig wäre. Die Topol-Brüder waren noch dabei, ihr etwas Tschechisch beizubringen, weshalb Myrnas Anweisungen zumeist mimisch waren, aber die Brüder verstanden sie sofort. Der Tod kam ihnen häufig in den Sinn, und warum auch nicht, wo sich doch Myrna nun an ihren sonntagnachmittäglichen Wrestlingwettkämpfen auf dem Olšany-Friedhof beteiligte? Kirill war grausam und Jindrich leichtfüßig, aber Myrna war trotzdem flinker, und ihre Brutalität wurde von ihrem Verlangen, nicht zu betrügen, angefacht. Anstatt sich ihren Gegner zu greifen, lief sie

Achten, bis er erschöpft war, und ein hilfsbereiter Ast erlaubte ihr die sichere Höhe, um Jindrich oder Kirill mit beiden Füßen zu packen und auf den Boden zu werfen, mit dem zusätzlichen Vergehen, ihn so dazu zu zwingen, ihren eigenen Sturz abzumindern.

Mit seinen Zehntausenden Gräbern ist Prags Olšany-Friedhof ein großes Dorf, eine kleine Stadt für sich. Ich, Gepetta, war schon dort, und ich weiß, dass etwas an diesem Ort wandert, dass etwas zwischen den Bäumen herumschleicht. Ich kann nicht sagen, was das für ein Wanderer ist, weil wir uns nie begegnet sind, aber was ich sehen konnte, ist, dass sich auf einigen von Olšanys Lichtungen Blätter zusammenschließen und schattige Brücken von Ast zu Ast bilden, und die Rinde dieser verbundenen Bäume schält sich ab und schimmert in einer Farbe, in der sich Rohheit und Fäulnis, Baumsaft und alte Knochen vermischen. Die Topol-Brüder und Myrna folgten dieser Spur, wechselten ihre Wrestlingarenen ungefähr einen Monat lang, krabbelten durch Unterholzschneisen, führten gelegentliche Überraschungssprungtritte aus (ganz egal wie oft es schon passiert ist, es überrascht jedes Mal neu, wenn man von einem Busch angegriffen wird), bevor sie die kleine, hölzerne Teufelin entdeckten. Die hölzerne Teufelin hatte sie schon vor Wochen bemerkt. Sie war aus Ebereschenholz, und sie hielt an den Ansichten der Bäume fest: eine lautete, dass es besser war, nichts mit dem Menschenvolk zu tun zu haben. »Erstens fällen sie uns«, hatte Rowan gesagt. »Zweitens sind sie alle wahnsinnig, auch wenn ich fürchte, dass sie nichts dafürkönnen, schließlich entstammen sie dem Wasser und nicht der Erde.«

Die hölzerne Teufelin konnte allerdings herrlich über jeden lachen, der vorbeikam. Menschen waren so drollig, dass sie nicht einmal mehr Mitleid mit ihnen haben konnte. Sie versuchten krampfhaft, die Kontrolle über die Zeit zu behalten. Wann immer sie zusammen waren, konnten sie keine sechzig ihrer Minuten vergehen lassen, ohne sich gegenseitig zu fragen, wie spät es war. Als wäre die Zeit eine schwankende Währung, die sie entweder besaßen oder nicht besaßen, wo doch die Zeit in Wirklichkeit eher ein Nebel war, der sich unerbittlich über all ihre Wörter und Taten legte, sodass sie entweder vergessen oder falsch erinnert wurden. Die offizielle Aufgabe der hölzernen Teufelin war es, das Grab eines Alchemisten namens Rowan Wayland zu bewachen. Das Grab war leer. Eigentlich war es eins von sieben, die über den Kontinent verteilt waren, und die anderen sechs waren ebenfalls leer. Als Alchemist hatte Wayland die Andeutung gefallen, dass er in seiner Profession hervorragend gewesen war – das konnte nur funktionieren, wenn er absolut keinen Beweis seines Todes hinterließ. Sein Plan war aufgegangen. Sechs Jahrhunderte waren vergangen, und die Bewohner der Straßen, die den Friedhof umgaben, fanden immer noch, dass sie die Möglichkeit nicht ausschließen konnten, er hielte sich hier irgendwo in der Nähe auf. An jedem 14. Juli erhielt der Stadtrat ausnahmslos einen Sack voller altem Gold von einem anonymen Spender. Die symbolische Bezahlung für Waylands Grabstätte. Tatsächlich war es ziemlich unwahrscheinlich, dass diese Bezahlung von Wayland selbst kam. Schließlich hatte König Rudolf die Hinrichtung des Alchemisten hauptsächlich deshalb angeordnet, weil der Alchemist an seinem Versprechen gescheitert war, aus unedlem Metall Gold zu machen. Wayland hatte gute Freunde. Sie sorgten dafür, dass eine Holzpuppe an seiner statt beerdigt wurde. Der Mann selbst hatte böhmischen Boden fluchtartig verlassen und setzte seine Karriere an anderen Königshöfen fort.

Die hölzerne Teufelin hatte eine Menge durchgemacht, seitdem man herausgefunden hatte, dass sie die einzige Bewohnerin des Grabes war – man hatte sie gewachst und lackiert und an den Boden gedübelt, eingefroren, durchnässt und wieder getrocknet. Sie hatte sogar den geheimnisvollen Wanderer in den Bäumen gesehen: »Dreht sich wie ein Rad.« Das Leben in der hölzernen Teufelin war schwach und vage, nur ein klein wenig stärker als das, was leblose Puppen besaßen, aber es wurde durch den Umstand aufrechterhalten, dass sie als ersten Eindruck den von Menschlichkeit hinterließ. Friedhofsbesucher, die sich der hölzernen Teufelin von hinten näherten, machten üblicherweise den Fehler, sie für jemanden im damaligen Alter von Myrna Semyonova zu halten und fingen zuversichtlich ein Gespräch mit ihr an, waren aber entweder verlegen oder sonderbar abgestoßen, wenn sie ihren Fehler bemerkten. In jedem Fall kultivierte diese beharrliche Ansprache eine stille Antwort. Die hölzerne Teufelin hatte einen guten Überblick und fungierte als heimliches Publikum bei einigen Topol-Semyonova-Wrestlingwettkämpfen. Die Teufelin machte sich etwas Sorgen, dass Myrna und die Jungs sie belästigen würden, sobald sie sie entdeckt hatten. Aber es gab einen Baum, den die hölzerne Teufelin als ihre Mutter betrachtete, weil dieser Baum ihr beruhigend zugemurmelt hatte, als sie noch ein Setzling gewesen war. Dieser Baum wachte noch immer über sie und murmelte, was die älteren Bäume auf dem Olšany-Friedhof immer murmelten: »To pominulo; stejně může i tohle.« Jenes ging vorbei; so wird auch dieses.

Der Baum hatte recht. Diese Situation war nicht ungewöhnlich. Die Kinder würden höchstwahrscheinlich um ihr Leben rennen, wenn sie sie sahen.

Myrna sah die Teufelin vor den Topol-Brüdern, und sie ging auf sie zu, ohne auszurufen. Sie las den Namen auf dem Grabstein und strich der Teufelin etwas Flechte aus dem Haar. Ihre Sanftheit verblüffte die Teufelin. Es war höchst ungewöhnlich, dass jemand so neugierig darauf war, wie sie sich anfühlte, dass er sie freiwillig berührte. Und niemand schien jemals so erfreut darüber gewesen zu sein, sie zu finden.

Die Jungs übertrieben es mit ihrer Lässigkeit, indem sie die Schultern der Teufelin als Garderobenständer benutzten. Dem Mädchen fielen immer die Hausschlüssel aus der Tasche, deshalb legte sie sie der Teufelin in den Schoß, um sie dann unter dem Kinn zu tätscheln und zu sagen: »Danke, Rowan.« Eine Reihe aufwendiger Dehnübungen folgte, und dann waren Jindrich und Kirill zum Kampf bereit, Myrna war die Schiedsrichterin. Es war ein höchst ungewöhnlicher Nachmittag für die hölzerne Teufelin, die immer noch deutlich den Arm spürte, den ihr Myrna beiläufig um die Schultern gelegt hatte, so als wären sie Freundinnen, die zusammen hierhergekommen waren.

Etwa zur Abendessenszeit nahmen sich die Jungs ihre Jacken. Aber Myrna vergaß ihre Schlüssel und merkte es erst, als sie vor der Tür stand und die Hand in ihre Jeanstasche steckte.

Ihr Vater war noch im Theater, also nahmen die Topol-Brüder sie für den Abend auf. Nach dem Essen richtete Kirill das Lampenlicht so aus, dass es für ein Schattenspiel taugte, und Myrna gab eine kleine Vorstellung. Ihre provisorischen Schattenpuppen stritten miteinander, warfen die Hände in die Luft, was sollen wir tun, was sollen wir tun ... Eine löffelköpfige Kreatur erschien mit einem Mal in ihrer Mitte und freundete sich mit den kleinsten Jungen an. *Ich versprach ihm, er könne bei uns wohnen ...* Die Schattenmutter verbot es. *Keinesfalls! Schicke diesen Burschen wieder seines Weges, Sohn.* Der Junge stellte ein Zelt im Garten auf und bat die löffelköpfige Kreatur höflich einzutreten und sich wie zu Hause zu fühlen. Die löffelköpfige Kreatur bot an zu gehen, weil er niemandem zur Last fallen wollte, aber der Junge bestand darauf. Der Schattenvater bohrte gerade mit einer Gabel Löcher in das Zelt, als die Türklingel der Topols schrillte. Darauf folgte ein dringliches Klopfen, und darauf der Klang sehr schwerer Clogs, die, so eilig sie konnten, davonklapperten. Myrna und Mr. Topol liefen hinaus auf die Straße, aber alles, was sie dort vorfanden, waren gewöhnliche Bürger mit weichen Schuhen. Die Lichter in Myrnas Wohnung waren an. Sie klopfte und winkte Mr. Topol zum Abschied, aber als sich ihre Wohnungstür öffnete, scheinbar von selbst, wusste sie, dass ihr Vater nicht zu Hause war. Ihr Vater war kein Mann, der sich hinter einer Tür versteckte, während er sie öffnete.

Trotzdem rief sie »Dad?«, aber niemand antwortete. Sie fing erst richtig an zu zittern, als sie ihr Schlüsselbund auf dem Flurtischchen sah. Sie dachte kurz darüber nach, loszurennen und Jindrich oder Kirill oder beide zu holen, aber sie wollte dieser offenen Tür nicht den Rücken zudrehen, und abgesehen davon hatte sich Mrs. Topol schon den ganzen Abend über besonders schlimme Kopfschmerzen beschwert, und sie wusste nicht, wie oft sie noch die heimlichen Versuche der Frau, sie zu berühren, höflich abwehren konnte, bevor die Situation peinlich wurde. Also rief sie Jindrich Topol auf dem Telefon an, obwohl er nur ein Stockwerk entfernt war. Sie sprach über nichts Besonderes und sprach immer weiter über nichts Besonderes, während sie Zimmer für Zimmer durch die Wohnung ging. Überall war alles wie sonst auch, außer in ihrem Schlafzimmer, wo

Myrna, die mit Suchmethoden aus Horrorgeschichten bestens vertraut war, zuletzt unter ihrem Bett nachsah und Rowan Wayland flach auf dem Rücken liegend vorfand, voller Hass auf Schlüssel. Ein Schlüsselbund wird einem überantwortet, man weist jede Verantwortung von sich, und doch bringt man es nicht über sich, ihn wegzuwerfen. Man kann das Ding auch nicht einfach weggeben – wem könnte man mit gutem Gewissen ein Objekt wie einen Schlüssel überlassen? Immer waren diese Dinger auf irgendwas aus, sie fügten Pfade und Durchgänge zusammen, selbst wenn sie ganz still hielten. Die Macht, mit der sie sich einmischten, ließ sich nur erahnen. Die hölzerne Teufelin vermutete, dass Schlüssel mehr Probleme verursachten, als sie lösten, deshalb war sie Myrna mit dem einen Plan gefolgt: ihren Beitrag zu leisten, um die Ordnung wiederherzustellen. Myrnas Zuhause war ihr wie ein kluges – und zweifellos vorübergehendes – Versteck erschienen. Aber mit ihrer typischen Durchtriebenheit hatten die Schlüssel Rowan hineingeführt und waren dann keine Hilfe mehr, als es darum ging, herauszufinden.

All die Kuschelschaft, die Freunde, Familien und Liebende miteinander teilten – Myrna hatte viel davon gesehen und stolz jene verachtet, die solche Genüsse brauchten. Jetzt, da sie selbst davon gekostet und es ein wenig gemocht hatte – schüchtern griff Myrna wieder nach Rowan, berührte ihr hölzernes Handgelenk und spürte so etwas wie einen Puls hindurchflackern –, fürchtete sie, dass es schwer werden würde, ganz ohne weiterzuleben. Es dauerte eine Weile, bis Rowan und Myrna die Wörter der anderen verstanden. Sie mussten sich gegenseitig anfassen und klar denken, dann wussten sie es. Wer's findet, darf's behalten/*Zabaveno nálezcem* ... und Menschen lebten nur wenige Jahre, also

| 131

könnte Rowan hinterher wieder nach Hause gehen, zurück in den Halbschlaf und zu den Stimmen, die nichts von ihr verlangten. Sie und Myrna ließen sich Zeit, die Situation dem Professor und Mrs. Semyonov zu erklären. Sie warteten, bis die Familie wieder in London vereint war. Ihre größten Sorgen waren, dass Mrs. Semyonov einen Exorzisten herbeirufen könnte, und dass der Professor herausfinden wollen würde, wie man mehr lebendige Puppen machte, indem er Rowan auseinandernahm. Aber die Semyonovs waren nicht so. Es gab ein paar Zeilen von Neruda, die sie mochten:

Ich weiß nichts über das Licht,
woher es kommt, wohin es geht,
ich will nur, dass das Licht erstrahlt ...

Rowan verbeugte sich, um mir zu zeigen, dass er alles gesagt hatte, was er sagen wollte.

»Was wirst du tun?«, fragte ich.

Er seufzte. »Ich fürchte, Myrna wird ein schlechtes Ende finden. Sie scheint nun gelernt zu haben, wie man den Schmerz nimmt, ohne jemanden zu berühren.«

»Und das ist schlecht?«

»Wenn die Methode beinhaltet, dass man den Schmerz zunächst zufügt. Aber keine Sorge, ich werde mich um sie und auch um Tyche kümmern. Für dich ist jetzt das Wichtigste, dass dein Wunsch nach einer Veränderung deines Zustands nicht durch mich erfüllt werden kann, wenn es überhaupt möglich ist.«

Ich antwortete nicht, schließlich hatte er mir viel zum Nachdenken gegeben.

Wie viel davon erzähle ich Radha?

So viel, dass sich ihre Gefühle verändern.

Also nichts davon.

Rowan trug mich in seinem Rucksack nach Hause – zu Radhas Haus, nicht zu Myrnas. Gustav öffnete die Tür. Hinter ihm übte Radha eine Tanzchoreografie mit Petrushka und Loco Dempsey ein und sprang in verschiedene Schuhpaare hinein und wieder heraus.

»Es tut mir leid«, sagte Rowan, als er mich auf der Türschwelle absetzte.

»Was denn?«, fragte Gustav lachend, aber Rowan setzte sich nur seine Kopfhörer auf und schlenderte davon.

Tyche und Myrna kamen mit neuen zarten Sternbildern aus Schottland zurück, eins auf Tyches linken Arm tätowiert, und das andere auf Myrnas rechtem. Sie hatten sich für eine Anordnung aus vier strahlenden Sternen entschieden, die zusammengenommen Chamäleon genannt wurden. Rowan sah teilnahmslos zu, wie Myrna Notizen in Tyches Spind steckte, damit sie sie später las. Tyche flüsterte Myrna die Antworten ins Ohr, und Myrna lächelte auf eine Art, die den meisten Beobachtern wie eine Bestätigung erotischer Intimität erschien, was ich wegen allem, was ich über Myrnas Abneigung gegen Berührungen wusste, bezweifelte. Was Radha betraf, so gab sie den Kampf nie ganz auf – sie bewunderte die Tätowierungen, brachte Myrna weiterhin durcheinander, indem sie sie fröhlich ihre »Ehefrau« nannte, und lud Tyche und Myrna zum Puppeneinkaufen ein, auch wenn sie von diesen Ausflügen mit leeren Händen zurückkam. Musik war das Einzige, was ihre wahren Gefühle entlarvte. Sie fand, dass sie davon zu leicht zu Tränen gerührt wurde, und übersprang so viele Songs auf ihrer Playliste, dass ich die Geduld verlor und die Musik ganz ausschaltete. Dann arbeitete sie an ihrem Schreibtisch in einer Stille, für die sie dankbar wirkte. Manchmal stützte sie den

Kopf in die Hände und lachte leise und reumütig auf. Eines Abends entdeckte sie eine Benachrichtigung über einen verpassten Anruf von Gustav auf ihrem Handy und machte keine Anstalten, ihn zurückzurufen, blieb aber lange wach, sehr, sehr lange, falls er es noch einmal versuchte. (Was er nicht tat.) Also ehrlich, es war einfach nur nervig, wie kühn die beiden waren, wenn sie zusammen waren, und wie schüchtern, wenn nicht. Es war unter meiner Würde, ihre hübschen Köpfe aneinanderzuschlagen und zu rufen: »Was genau wollt ihr eigentlich voneinander?«, aber ich hatte die Hoffnung, dass Rowan es tun würde. Doch Rowan war mehr daran interessiert, einen Schneeflockenschal zu stricken, weshalb Radha weiter ungehindert für Gustavs Puppen schrieb. Sie schrieb an dem Text für ihren Beitrag zur Schuljahresendaufführung. Der Arbeitstitel lautete *Polixena die Petze,* und alles, was ich darüber wissen durfte, war, dass es zum größten Teil in einer Karaokebar für Gangster spielte.

Das Stück, das auf *Polixena die Petze* folgte, war von Tyche und Myrna, die eine Idee von Tyche mit dem Titel *Der Schock deines Lebens oder ein Stück Käse* ausarbeiteten. Wir, das Publikum, erhielten im Vorfeld Karten: Auf einer Version der Karte stand *Schock,* und unter dem Wort war die Anleitung, einen Namen aufzuschreiben (DARF NICHT DER EIGENE SEIN). Auf der anderen Kartenversion stand *Stück Käse,* und wieder war dort Platz, um einen Namen zu notieren, der nicht der eigene war. Diese Karten lösten euphorische Angstschauer aus, die sich immer weiter steigerten, je näher der Tag und dann die Stunde rückten. Die Karten nährten den Argwohn, von dem viele, deren Heimat die Bühne ist, niemals frei sein können: dass man die eigene Belanglosigkeit nur so lange zur Schau stellen kann, bis die Bestrafung fällig ist. Ein Datum ist festgesetzt worden, und an diesem Tag wird die große Keulung stattfinden ...

Wir marschierten in Reih und Glied und mit flatternden Nerven in das Schultheater. Die Lautstärke schwoll an, als man uns am Eingang Kugelschreiber gab und darüber informierte, dass eine mit Bleistift getroffene Auswahl nicht akzeptiert würde. Als wir uns hinsetzten, zog niemand den Mantel aus oder legte die Tasche ab. Alle waren bereit, jederzeit den Raum wieder zu verlassen. Arme Radha, armer Gustav ... ihre Aufführung war nur etwas, das ausgesessen wurde, während wir uns auf unsere Schocks und Käsestücke vorbereiteten.

Gustavs Puppentruppe war bereits auf der Bühne und saß auf Stühlen mit dem Rücken zu uns. Brunhild, die Schiffsbauerin, war die Größte, und ich konnte ihren Kopf sehen. Es lag etwas Merkwürdiges darin, wie ihr Kopf positioniert war. Ich verstehe, dass es nahezu bedeutungslos ist, so etwas über die Haltung einer Puppe zu sagen, die an sich schon auf allen Ebenen merkwürdig ist. Trotzdem. Ich wollte es Radha gegenüber erwähnen, aber Tyche und Rowan setzten sich neben uns, und ich überlegte es mir anders. Tyche fragte Radha, welche Karte sie bekommen hatte: *Schock* oder *Stück Käse*? Radha lächelte sehr süß und sagte: »Wart's einfach ab, du wirst schon sehen«, und Gustav betrat die Bühne zu TLCs »No Scrubs«. Währenddessen drehten sich die Stühle der Puppen, und dann geschah alles in Sekundenbruchteilen. Wir sahen, dass jeder einzelnen Puppe die Kehle durchgeschnitten worden war und weit offen klaffte, sodass die Fäden daraus hervorkamen. Es war so brutal auf sie eingehackt worden, dass sogar die inneren Fäden zerschnitten waren. Und als Gustav sie sah, verlor er das Bewusstsein. Er kollabierte nicht im eigentlichen Sinne – es war eher so, als wäre er aus großer Höhe herabgestürzt. Er fiel gerade auf die Bretter, ohne ein Geräusch, und dieses Fallen war für uns so irreal wie die glasigen Augen, mit denen die Puppen auf der Bühne ihre eigenen Innereien begutachteten. Ihr jeweiliger Gesichtsausdruck war einer, der sich ohne Einwirkung von außen nicht mehr ändern ließ: Jedes Lächeln, jeder finstere oder flehende Blick verschwand nach und nach. Lachen war die erste Reaktion, vielleicht die einzig natürliche Reaktion auf einen solchen Exzess. Es kam uns so vor, als sollten wir lachen. Puppen und Puppenspieler von unbekannter Hand getötet. Etwa dreißig Sekunden lang war die Szene so vollkommen, dass niemand es wagte zu stören. Dann fingen Gustavs Freunde an, nach ihm zu rufen, sie erinnerten ihn daran, dass sie schon immer gewusst hatten, er sei zu ernst für die Komödie, sie forderten die nächste Szene ein, sagten ihm, dass es an der Zeit war aufzustehen, dass sie wissen wollten, ob es ihm gut ginge. Von dort, wo wir saßen, schien er wohlig zu schlafen, und »No Scrubs« lief immer weiter, bis Radha auf die Bühne rannte, den Jungen in die Arme nahm, seinen Kopf zur Seite drehte und wir sahen, dass seine Augen offen waren. Da war es offiziell, dass Gustav nicht schlief. Diejenigen von uns, die in der ersten Reihe saßen, sahen seine Augen. Sie waren wie eine sichtbar gemachte Leerstelle. Professor Semyonov höchstselbst stieg auf die Bühne, überprüfte seinen Puls und forderte lauthals, jemand möge einen Krankenwagen rufen. Der Professor rief auch nach seiner Tochter, und sie kam mit einem Schwarm anderer Schüler auf die Bühne, die Wasserflaschen und Tigerbalsam und Schals anboten und fragten: »Atmet er? Atmet er?«

Tyche, Rowan und ich waren die Einzigen, die blieben, wo sie waren. Wahrscheinlich wirkten wir dadurch, als hätten wir uns einer Sache schuldig gemacht, aber hätten wir uns der Bühne genähert, hätte das unsere Konzentration unterbrochen. Myrna sagte etwas zu Radha, woraufhin sie Gustav losließ und ihre Aufmerksamkeit auf die entstellten

Puppen richtete. Sie sammelte die Körper nacheinander ein, fuhr mit den Fingern durch Hamlets Haar, klopfte gegen Petrushkas Helm, schloss nach und nach jedes Augenpaar. Währenddessen drückte Myrna Gustav an sich –

(»Wusstest du, dass sie ihn so sehr mag?«, hörte ich einen Jungen einen anderen fragen.)

– ihr gesamter Körper war an seinen Körper gedrückt. Er bewegte den Kopf, schien wieder zu sich zu kommen und stieß sie fort, seine Hand suchte nur die von Radha. Myrna trat zurück in die Menge und schien unter Schock zu stehen. Was hatte ihn ausgelöst – dass die Dosis ihm gereicht hatte? Oder wie sich Radha über ihn beugte und in diese traurigen Augen sah, die seit dem Tag, an dem er sie ausgewählt hatte, noch trauriger geworden waren? Meine Vermutung: Die größte Überraschung war, dass sie, indem sie sich auf diese Weise ansahen, Myrna wehtaten. Ein kleiner Schmerz – gerade genug, um ihren Atem zu beschleunigen. Tyche war schon halb aufgestanden und versuchte zu entscheiden, ob sie zu Myrna gehen sollte oder nicht, und Rowan versuchte, mit mir abzuklatschen, was ich ignorierte. »Wie erwartet«, sagte er und schaute sich mit erfüllter Miene um, aus der klar hervorging, dass er sich auf mehr als nur meine Abfuhr bezog.

ERTRÄNKUNGEN

Dies trug sich zu, und es trug sich nicht zu:

Ein Mann warf einen Schlüssel ins Feuer. Ja, es gibt Menschen, die so etwas tun. Dieser Mann versuchte, ein Fieber zu heilen. Wahrscheinlich hätte er es nicht getan, wäre er bei Verstand gewesen, aber es ist nicht so leicht, klar zu denken, wenn die Miete fällig und nicht genügend Geld vorhanden ist, um sie zu bezahlen, und dann wird jemand, der sich auf einen verlässt, krank, weil er dringend etwas zu essen braucht, aber man muss ihn allein lassen, um rauszugehen und nach Arbeit zu suchen. Und selbst wenn man dann welche gefunden hat, wird es immer noch nicht sowohl für Essen als auch für die Unterkunft reichen, und man kann nicht eine Sekunde lang aufhören, sich Sorgen zu machen. Irgendwie wäre es einfacher, zu demjenigen, der sich auf einen verlässt, nach Hause zu kommen und mit Wut oder sogar Enttäuschung empfangen zu werden. Aber zu jemandem zurückzukehren, der seine eigenen schwachen, aber spürbaren Versuche unternommen hat, die Wohnung ein wenig zu verschönern, während man fort war, jemand, der nur sagt »Ach, schon gut!« und von Morgen spricht, während er seinen vertrauensvollen Blick auf einen richtet ... das war wirklich zu viel, als ob er oder sonst jemand von uns die Zukunft beeinflussen könnte ...

Außerdem ist da noch dieses Problem mit dem Delirium: Man sieht es in den Augen einer anderen Person wüten, und dann erlischt es. Das ist der gefährlichste Moment. Es gibt sonst nichts, was einen so rasch und unvermittelt im

Ganzen verschluckt. Arkady hatte so viele Schulden, dass er schon gar nicht mehr nach dem Wer oder Warum fragte, wenn er von Fremden zusammengeschlagen wurde – er ging einfach davon aus, dass es etwas mit verspäteten Rückzahlungen zu tun hatte. Statt sich großartig zu wehren, konzentrierte er sich darauf, den Schaden an seinen inneren Organen zu begrenzen. Der Freund eines Freundes kannte eine Frau, die menschliche Organe kaufte, bevor man tot war. Diese Frau kaufte die Organe und bereitete einem dann einen relativ netten Tod, einen Unfall, wenn man ihn am wenigsten erwartete, eine Überraschungserlösung vom Leben. Sobald das erledigt war, zahlte sie die ausgehandelte Summe vollständig in bar einer Person aus, für die man sich entschieden hatte. Arkady spürte den ganzen Tag über sein Herz und die Lunge – sie schienen durchaus zäh zu sein, also hatte er einen Plan Z. Aber warum direkt Z aktivieren?

Den Schlüssel ins Feuer zu werfen war die erste Stufe des fiebergeborenen Plans dieses Mannes. Die zweite Stufe sah vor, eine junge Frau zu entführen, die er in der Gegend gesehen hatte. Er hatte gar nichts gegen diese junge Frau, und das war an sich ungewöhnlich, da ihn seine Verzweiflung dazu gebracht hatte, auf der Straße herumzulungern und jedem, den er sah, Pech zu wünschen. Diese Zofe, die aus dem Juwelierladen eilte – er wünschte ihr, sie würde ein für ihre Dame sehr wertvolles Stück verlieren, sodass er es finden und verkaufen könnte. Ja, die Zofe mochte jede Bestrafung für ihre Nachlässigkeit erleiden, er würde keinen weiteren Gedanken an sie verschwenden. Wenn er an dem prachtvollen Café am Hauptboulevard seiner Stadt vorbeikam, wünschte er sich, dass ein eleganter Kellner, der ein Frühstückstablett trug, stolperte und stürzte, sodass er die zerdrückten Brötchen für sich bergen konnte. Und was, wenn der Kellner dieses Mal das eine Mal zu oft stolperte und stürzte und deshalb entlassen würde? *Noch besser – dann kann ich ihn ersetzen.*

Die junge Frau, die er entführen wollte, war zufällig die Tochter eines Tyrannen. Kaum jemand hatte etwas gegen sie. Sie war groß und vage ... außerordentlich vage. Ihre Tendenz, sich distanziert zu geben, führte zu Unterhaltungen, die damit endeten, dass beide Parteien hinterher dachten: *Nun, das lief nicht besonders gut.* Erwähnte man ihr gegenüber, dass man nicht gerade den besten Tag hatte, konnte es passieren, dass sie einem von bestimmten Bäumen erzählte, die aus Wolken tranken, wenn sie nicht genügend Feuchtigkeit im Boden vorfanden. Man kannte sie als Eirini die Zweite oder Eirini die Gerechte, weil sie ein Gespür für die umsichtige Aufteilung von Kuchen, Lob, Schuld und anderen Streitherden hatte. Ihre Gesichtszüge ähnelten niemandem in ihrer Familie so recht. Tatsächlich ähnelte sie einem Mann, den ihre Mutter heimlich jahrelang geliebt hatte, einem Mann, mit dem ihre Mutter nie auch nur ein Wort gewechselt hatte, bis zu dem Tag, an dem der Tyrann beschloss, seine Frau, Eirini die Erste, wegen Ehebruchs steinigen zu lassen. Allerdings gab er ihr eine Chance, eine einzige Chance. Er verlangte von ihr, ihm zu erklären, warum ihm seine Augen stets sagten, dass seine Tochter eigentlich das Kind eines anderen Mannes sei, aber die Frau antwortete nur, dass es dafür keine Erklärung gäbe.

Der Mann, den Eirini die Erste liebte, hörte von der Ähnlichkeit zwischen ihm und dem Kind und kam zum Palast, um die Hinrichtung zu verhindern. Er schwor dem Tyrannen, dass er und Eirini die Erste so gut wie Fremde waren, aber der Tyrann winkte ihn fort und gab den Henkern ein Zeichen, sich bereit zu machen, woraufhin der Mann, dem Eirini die Gerechte ähnelte, in die Mitte des Amphitheaters rannte, wo Eirini die Erste ganz allein stand, die Arme zu einem dürftigen Schild vor Gesicht und Brust gehoben. Der Mann, dem Eirini die Gerechte ähnelte, stand vor Eirini der Ersten, den Rücken den Henkern und dem Tyrannen zugewandt, und sagte ihr, sie solle ihn ansehen, ihn einfach nur ansehen, und dass alles gut werden würde. Es schien, als wollte er sie so lange vor den Steinen beschützen, bis er nicht mehr konnte. Das war dem Tyrannen unerträglich. Er konnte nicht zulassen, dass diese beiden gemeinsam abtraten. Außerdem kam es ihm vor, als hätte er gerade die ersten Worte miterlebt, die die beiden je miteinander gesprochen hatten. Der Tyrann fürchtete einen Mann, der keinerlei Skrupel hatte, sich in eine Angelegenheit wie diese einzumischen. Also blies er die Hinrichtung ab und ließ seine Frau zurück in den Palast bringen.

Was den Mann, dem Eirini ähnelte, betraf: Er bat darum, das Kind wenigstens einmal sehen zu dürfen – auf niemanden sei er je im Leben neugieriger gewesen, sagte er – aber seiner Bitte wurde nicht entsprochen, und der Tyrann ließ ihn ertränken, so wie all die anderen Feinde des Tyrannenstaats. Es reichte schon aus, wenn ein Bürger sagte »Der letzte König war besser«, und Eirinis Vater kam dies irgendwie zu Ohren, und schon wurde man in den grauen Mooren tief im Herzen des Landes ertränkt, weitab noch von dem entlegensten Bauernhof. Die Luft roch giftig, wo die Ertrunkenen lagen. Das Wasser nahm ihre Knochen und ihr Muskelgewebe, aber Hautblasen stiegen aus den Tiefen auf, keine von ihnen morsch, einige flugbereite, dreiste Lederballons. Im ganzen Land standen Häuser leer, weil der Tyrann ihre Bewohner beseitigt hatte. In den Sumpf aus Knochen und Plasma und Gewichten, mit denen man sie beschwert hatte, mischten sich Hausschlüssel, da viele in voller Montur zusammen mit dem Inhalt ihrer Taschen ertränkt worden waren. Eirini die Gerechte wusste um diese Schlüssel. Sie besuchte die Moorlandschaft, sooft sie es wagte, überquerte schmale Steinbrücken mit einer Laterne in der Hand. Sie ging dorthin, um dem Mann, dem sie ähnelte, dafür zu danken, was er getan hatte, aber er ließ sich nicht von den anderen Ertränkten trennen. Eirini die Gerechte schwang die Laterne im Kreis herum, und wenn ihre Tränen das Wasser berührten, flüsterten sie ihre eigenen Geschichten, während sie von Augenhöhle zu Augenhöhle flossen.

Unter denjenigen, die der Tyrann noch nicht hatte ertränken lassen, herrschte ein großes Bestreben, ihn loszuwerden, und Arkady wusste, dass er nicht ohne Unterstützung dastehen würde, wenn sein Plan, die Tochter des Tyrannen zu entführen, aufging. Der Tyrann war anfangs ein normaler König gewesen, nicht besser oder schlechter als jeder andere, bis ihm eingefallen war, dass er das Ausmaß seiner Macht einmal austesten könnte. Und sobald er herausgefunden hatte, wie viel Macht er wirklich besaß, ergriff er entsprechende Maßnahmen, um sie aufrechtzuerhalten. Er führte ein Rationssystem ein, nicht etwa weil die Ressourcen knapp waren oder weil es notwendig war, sparsam mit ihnen umzugehen, sondern weil der Tyrann heimlich den Schwarzmarkt beobachten wollte, um zu sehen, zu welchen Tauschgeschäften die Menschen willens und bereit waren. Nicht nur Waren, sondern auch Zeit ... wie viel Zeit konnten seine Untertanen aufbringen, um für Butter anzustehen? Wie sah es bei Medikamenten aus? Diese Dinge machten das Leben für seine Untertanen schwerer, als das Leben für Bürger benachbarter Länder war.

Eirini die Gerechte wusste, dass ihr Vater verachtet wurde. Er war ein Mann, der nur lachte, wenn er dabei war, einen Befehl zu geben, der allgemeine Panik auslösen würde. Sie zweifelte nicht daran, dass jemand ihr etwas antun würde, um ihren Vater zu verärgern, wenn sich die Gelegenheit dazu ergab. Aber sie wurde gut bewacht, und es entging ihrer Aufmerksamkeit, dass sie äußerst genau beobachtet wurde – von einer Person, die einen Schlüssel schmelzen würde.

Der Tyrann hatte ihn zum Waisen gemacht, er hatte Arkadys Mutter und Vater mitten in der Nacht ertränkt, sodass der Junge in einem leeren Haus erwachte und sich wunderte, warum niemand mehr da war, der ihm Frühstück brachte. Der junge Arkady machte sich an diesem Tag selbst sein Frühstück und tat es weiterhin, bis kein Essen mehr da war, und dann ging er hinaus auf die Straße und blieb dort, ließ die Haustür offen stehen für den Fall, dass jemand etwas mit seinem Elternhaus anfangen könnte.

Zwei Gefährten kreuzten seinen Weg – der erste war Giacomo, derjenige, der bald von ihm abhängig sein würde. Arkady hatte zufällig mitbekommen, wie ein Händler versuchte, von Giacomo das Dreifache des Üblichen für ein Stück Seife zu bekommen. »Ich weiß, diese Seife sieht aus wie jede andere, aber sie macht dich wirklich dreimal so sauber ...« Giacomo kratzte schon fröhlich seine Münzen zusammen, als Arkady eingriff und sich erkundigte, ob es dem Händler gefalle, sich wie ein Stück Dreck zu benehmen, und ob dies eine Lebensweise sei, die er ihm empfehlen könne. Giacomo war kein Mensch, der wusste, was eine Lüge war oder warum jemand lügen sollte. Seine Gedanken arbeiteten in einem anderen Tempo als üblich. Nicht unbedingt langsamer, aber er brauchte sehr lange, um etwas zu lernen, besonders die praktischen Dinge, die sich auf Menschen bezogen. Für Giacomo fühlte sich Licht an, als würde er frei in der Luft schweben, und Dunkelheit wie Verdammnis. Wie er so lange hatte überleben können, ohne von dem einen oder dem anderen zerfetzt worden zu sein? Er sorgte oft für Ärger, nahm sich Sachen, für die eigentlich bezahlt werden musste, und bezahlte für Sachen, die nichts hätten kosten sollen. Er lehrte Arkady Geduld, sah ihn mit Erstaunen an und sagte: »Arkady ist gut.« Dabei war Giacomo der Gute. Seine Fähigkeit, im Zweifel zugunsten der Menschen zu entscheiden, ließ niemals nach. Die Schwindler meinten es nicht so, die Spötter meinten es nicht so und auch diejenigen nicht, die einem Mädchen auf die Hand traten, damit sie den Geldschein losließ, den man ihr gegeben hatte. All diese Leute meinten es nicht so.

Ihr anderer Gefährte war ein Welpe, ein tiefgoldener ungarischer Vorstehhund, der Arkady und Giacomo eines Tages folgte und sich nicht verscheuchen ließ, ganz egal wie grimmig Arkady ihn auch ansah. Da Giacomos Art zu buchstabieren und zu zählen sich einzig ihm selbst erschloss, erhielt er selten eine lohnende Anstellung, weshalb der Hund nur ein weiteres Maul war, das Arkady zu stopfen hatte. Aber die Beharrlichkeit und das Schwanzwedeln leisteten dem Hund gute Dienste, wie auch die Art, sich zu benehmen, als wäre er einst ein vornehmer Herr gewesen und würde bald schon wieder diesen Status erreichen. Der Hund wartete darauf, dass sich Giacomo und Arkady ihre Essensportionen von was auch immer sie bekommen konnten nahmen, bevor er seinen Anteil fraß, auch wenn Giacomo den Hund manchmal drängte anzufangen. Dann schnappte er sich die kleinste Portion und keinen Bissen mehr. Giacomo nannte ihn Leporello. Wenn ihm danach war, machte Leporello Rückwärtssaltos und erhielt Münzen von Passanten. Aber er ließ sich nie überreden, auf Kommando sein Kunststück zu vollführen. Nein, er warf Arkady dann Blicke zu, die ihn aufforderten, den Unterschied zwischen Künstler und reinem Unterhalter anzuerkennen.

Die drei ließen sich in einem Gebäude am Stadtrand nieder. Der Blick aus den Fenstern war unerwartet hübsch, meilenweit Marschland, und die Massen an ertränktem Fleisch sahen aus wie Wasser, einfach nur trübes Wasser, und auch wenn es nicht ganz rein war, so wurde es doch schließlich dazu auf seinem Weg in den Ozean.

Eines Tages, als Arkady einem seiner drei Jobs nachging, kam Giacomo nach einem langen Spaziergang nach Hause, blieb im falschen Stockwerk des Gebäudes stehen und öffnete aus Versehen die Tür zu einer Wohnung, die nicht diejenige war, in der er mit Arkady und Leporello wohnte. Der Mieter war nicht zu Hause, also konnte sich Giacomo alles ansehen und nehmen, was er wollte. Aber ihn interessierte nur die Aussicht aus einem neuen Fenster, das war alles, was er sich nahm. Zehn Minuten, um auf das Meer zu schauen. Und bald fand er heraus, dass ein und derselbe Schlüssel jede Tür im Gebäude öffnete. Ihr Vermieter verließ sich darauf, dass es keinem seiner Mieter einfiel, andere Türen als die eigene auszuprobieren. Als Giacomo Arkady von seiner Entdeckung erzählte, wollte dieser unbedingt ihr Schloss austauschen. Jemand könnte sie in ihren Betten ermorden! Jemand könnte sie jederzeit ausrauben! Es war schlimm genug, unter der Herrschaft eines Tyrannen zu leben, der langsam, aber sicher jedem Einzelnen das Leben zur Hölle machte, aber jetzt konnten ihnen auch die Nachbarn auf den Leib rücken ...

Giacomo lachte nur und zog Arkady in eine der Wohnungen, die ein Stockwerk über ihnen leer standen. Leporello folgte ihnen und bellte das Mondlicht an, das sich auf ihre Gesichter legte. Die anderen Mieter identifizierten weiterhin sorgfältig ihre Flure und waren zu beschäftigt und zu müde, um woandershin zu gehen als nach Hause.

Nachdem ihm Giacomo versichert hatte, dass er sehr, sehr vorsichtig bei seinen Hausfriedensbrüchen sein würde, und Leporello, dass er Giacomo dabei helfen würde, sich an sein Versprechen zu halten, legten sich Arkadys Sorgen vorübergehend ein wenig. Einer seiner Jobs war es, der Ärztin des Tyrannen zu assistieren, die nicht wollte, dass man ihren echten Namen kannte – oder vielleicht hatte sie ihn selbst auch noch nicht herausgefunden – und sich Loukoumi nannte. Wie das Konfekt hinterließ sie Spuren von sich um jeden herum, mit dem sie in Kontakt kam – Süße, Duft. »Ah, du warst also bei ihr ...«

Loukoumi sorgte für die perfekte Gesundheit des Tyrannen und auch für den perfekten Liebeskummer. Wie die Frau des Tyrannen hatte Loukoumi keine Liebhaber: Jeder, der in Verdacht stand, ihre Gunst gewinnen zu können, wurde sofort ertränkt. Arkady fegte und wischte Loukoumis Räume, und er holte und schleppte zugedeckte Körbe für sie, und er war auch ihr Testobjekt – das war sein Lieblingsjob, weil er dafür nur auf einem Hocker sitzen und verschiedenfarbige Stückchen Konfekt essen musste, die die Ärztin mit unterschiedlichen Tinkturen behandelt hatte. Er musste im Detail beschreiben, was er in seinem Körper ein paar Minuten nach dem Verzehr jedes Würfels verspürte, und einige der Stückchen brachen seine Zellen weit auf und machten es ihm fast unmöglich, Worte zu finden und auszusprechen, aber meistens fiel es ihm nicht schwer, eine angemessene Beschreibung zu liefern, und die Sache war einträglicher als seine beiden anderen deutlich banaleren Jobs.

»Öffnen Sie den Mund«, sagte sie jedes Mal und legte ihm dann einen duftenden Würfel auf die Zunge. Er hatte sich selbst ermahnt, sich nicht wie alle anderen aufzuführen, die auf drei Meter an sie herankamen, aber einmal hörte er sich, während das Konfekt zerschmolz, murmeln: *Ich erinnere mich an eine Dämmerung, als mein Herz sich in einer Locke deines Haars verfing.* Ihre übliche Reaktion war strikte Abwehr – sie deutete dann in Richtung Tür und sagte: »Bitte bekommen Sie Ihre Gefühle dort drüben in den Griff.« Aber diesmal nahm sie das Ende ihres Schals und wickelte ihn um seinen Hals, zog ihn immer näher an sich heran, bis ihr Gesicht vor ihm vollkommen verschwamm. »Hören Sie. Hören Sie«, sagte sie. »Es sind schon Leute für sehr viel weniger ertränkt worden.«

Darauf konnte Arkady nichts erwidern. Sie sagte einfach nur die Wahrheit. Er dachte, dass die Sache damit vergessen wäre, aber als er ging, sagte sie ihm, er dürfe niemals wiederkommen. Sie sagte, Eifersucht verleihe den Menschen ein verblüffendes Vermögen, Dingen auf die Spur zu kommen, und dass es besser sei, sich dem Zugriff des Tyrannen möglichst zu entziehen, wenn er weiterleben wolle. Er protestierte – ohne den Lohn, den sie ihm zahlte, konnten er, Giacomo und Leporello sich kaum über Wasser halten – aber sie schüttelte den Kopf und bedeutete ihm, still zu sein, formte mit den Lippen ein *Nur zu Ihrem Besten,* ließ ein Tablett mit Konfekt zu Boden fallen, rief so laut »Mir reicht es jetzt mit Ihrer ungeschickten Art«, dass es die Wachen direkt vor der Tür hören konnten, und schickte ihn fort, ja warf ihm das Tablett sogar hinterher, um die Entlassungsszene zu vervollkommnen.

Natürlich gefiel ihm nicht, dass Loukoumi es auf sich nahm zu entscheiden, was zu seinem Besten war. Wenn er es wollte, könnte er sich doch wohl ertränken lassen. In den Wochen, die folgten, ertrank er ohnehin in dem nicht zu füllenden Loch seiner Finanzen – unbezahlte Rechnungen

| 147

und niemand, der ihn anstellen wollte, ohne erst mit Loukoumi zu sprechen, die sich weigerte, ihm einen Gefallen zu tun. Giacomo und Leporello wurden wortkarg und starrten oft aus dem Fenster. Arkady wusste, dass sie nicht genug zu essen bekamen, aber Giacomo war niemand, der sich beschwerte, und Leporello traute sich nicht. Giacomos Fieber setzte erst ein, nachdem Arkady dreimal hintereinander die Miete nicht gezahlt hatte und das Trio das Gebäude, dessen Aussicht Giacomo so sehr mochte, zwangsweise verlassen musste. Arkady fand ein Zimmer für sie, ein kleines mit einem kleinen Feuerrost zum Kochen. Es war ein Kellerraum, und Giacomo schien wie erdrückt von den Stockwerken über ihnen. Er wollte nicht rausgehen. Er fragte, wo die Tür sei, und suchte die Wände mit den Händen ab. Leporello führte ihn zur Tür des Zimmers, aber er sagte »Das ist sie nicht« und blieb in der Ecke hocken, die Hände ehrfürchtig um ein Relikt geklammert – den Schlüssel zu ihrer vorherigen Wohnung: »Der Schlüssel zu wo wir wirklich wohnen, Arkady ...« Wie sehr es Arkady hasste, wenn er so redete.

Giacomo und Leporello hatten den Schlüssel gemeinsam gestohlen. Leporello hatte eine komplette Showeinlage zum Besten gegeben und sich dann auf die Hinterbeine gestellt, um dem Vermieter vornehm die Pfote hinzuhalten, während Giacomo mit dem Schlüssel verschwand. In Giacomos Kopf schoben sich all die verschiedenen Aussichten übereinander. Manchmal versuchte er, Arkady zu beschreiben, was er sah, aber sein Fieber machte nur Blödsinn daraus. Arkady nahm Giacomo den Schlüssel ab, damit sein irres Geschwätz aufhörte, und er warf den Schlüssel ins Feuer, um der Sehnsucht, die in seinem Körper wütete und sein Hirn quälte, ein Ende zu bereiten. »Hier ist es, wo wir wirklich wohnen, Giacomo, in einem Keller, mit einer Tür, von der du sagst, dass du sie nicht finden kannst.«

Dann wandte Arkady Leporellos Knurren und Giacomos Schluchzen den Rücken zu, während er versuchte, den Schlüssel wieder aus der Feuerstelle zu holen. Er schlief mit dem Plan ein, Eirini die Gerechte am nächsten Morgen zu entführen. Die Losungsworte des Palastes waren nicht geändert worden, das hatte er überprüft. Er würde geschickt und flink und resolut vorgehen, und die junge Frau wäre ihm ausgeliefert, noch bevor sie oder jemand anders die Situation erfasst hätte. Er würde von dem Tyrannen verlangen, seine Hand von der Gurgel der Nation zu nehmen und sie atmen zu lassen. Er würde auch Geld verlangen, und zwar eine Menge. Genug für Medikamente und gesunde Fleischbrühe und ein anständiges Bett und so viel Meeresbrise, wie sich seine Freunde nur wünschen konnten.

Er träumte davon, wie sich der Schlüssel im Feuer kräuselte, und er träumte von Gesichtern inmitten der Flammen, die Rauch aushusteten, und jedes Gesicht öffnete sich zu einem anderen wie die Blütenblätter einer mehrschichtigen Sonnenblume, und er wurde von Polizisten geweckt. Sie leuchteten ihm in die Augen und schlugen ihn und wiesen ihn an zu gestehen, am besten jetzt, solange sie noch nett zu ihm waren. Was gestehen? Die Polizisten lachten über seine Verwirrung. Er fragte, was er gestehen solle, wenn doch das Gebäude, das er hatte räumen müssen, über Nacht abgebrannt war und er das Feuer gelegt hatte? Fast die Hälfte der Bewohner war nicht im Haus gewesen, weil sie in der Nachtschicht gearbeitet hatte, aber alle anderen waren in ihren Wohnungen gewesen, und neun hatten es nicht rechtzeitig geschafft, den Flammen zu entkommen. Er hatte also neun Tode zu verantworten. Arkady blieb dabei, dass er kein Feuer gelegt, dass er niemanden getötet hatte, aber er musste sich eingestehen, dass er noch immer vor Groll fast platzte, und er dachte an den brennenden Schlüssel und war sich nicht sicher ... er glaubte, sich daran erinnern zu müssen, wäre er an den Stadtrand gegangen, und doch war er sich nicht sicher ... er fragte nach, wer ihn dabei gesehen hatte, wie er das Feuer legte, aber das wollte ihm niemand sagen. Giacomo und Leporello waren so still, dass Arkady schon das Schlimmste befürchtete, aber als er einen Blick auf sie werfen konnte, sah er, dass einer der Polizisten Leporello eine Art Maulkorb und eine Leine verpasst hatte und mit Gesten zu verstehen gab, dass alles gut war, solange Giacomo blieb, wo er war. Während Arkady die Tat noch mehrfach abstritt, wurden seine Freunde aus dem Zimmer gebracht. Giacomo fragte nach dem Grund, und ihm wurde gesagt, dass sein Freund Menschen umgebracht hätte und es nicht zugeben wolle, weshalb man so lange mit ihm reden würde, bis er es tat. Daraufhin drehte sich Giacomo zu Arkady um und fragte: »Aber wie könnte Arkady so etwas tun, wo er doch so gut ist?« Arkady dachte nicht daran, dass man ihm seine Worte als Geständnis auslegen könnte, und bat seinen Freund zu verstehen, dass er es nicht gewollt habe. *Ich wollte das nicht. Ich wusste nicht* – Giacomo nickte angesichts dieser Worte und sagte: »Ja, ich verstehe.« Zufrieden mit Arkadys Selbstbezichtigungen, erlaubte der Polizist, der Leporello an der Leine hielt, dass sich der Hund auf die Hinterbeine stellte, um Arkadys Wange zu tätscheln und dann sein eigenes Gesicht. Er wiederholte es ein paar Mal, wie um Arkady zu verstehen zu geben, dass er nicht von Giacomos Seite weichen würde, bis die Wahrheit ans Licht gekommen ist. Leporello schien davon überzeugt, dass die Wahrheit sehr bald schon ans Licht kommen würde, und Arkady musste daran denken, wie er damals versucht hatte, den Welpen zu verscheuchen, und war froh, dass es ihm nicht gelungen war.

Obwohl Arkady zusammenbrach und gestand, nachdem man ihm Fotos von den fünf Männern und vier Frauen gezeigt hatte, die im Feuer gestorben waren, war sein Geständnis doch nie vollkommen befriedigend. Er machte Fehler beim Nennen der Zeitabläufe und des genauen Ortes, an dem er das Feuer gelegt hatte, und seine Aussage musste mit Informationen von seinem früheren Vermieter ergänzt werden, der ihn vor den Geschworenen als Übeltäter identifizierte und auf Arkady zeigte, während der die Kleidung beschrieb, die er an dem Morgen getragen hatte, als die Polizei ihn festgenommen hatte. Die Unstimmigkeiten in Arkadys Schilderung nervten die Behörden so sehr, dass sie ihn in eine Zelle steckten, die für die »verrücktesten Mistkerle« reserviert war, also diejenigen, die keinen Schimmer hatten, zu welchen Taten sie fähig sein könnten, bis sie sie unvermittelt begingen.

Arkady wurden Mahlzeiten gebracht, und seine Zelle hatte einen angrenzenden Waschraum, den er selbst sauber hielt. Er musste jetzt keine langen Rechenreihen mehr im Geiste aufführen und dabei an den Zahlen vom Essensgeld herumkratzen – nach ein paar Tagen hatte er den Kopf frei, er hörte auf, sich vorzustellen, dass Giacomo und Leporello traurig aus der Nachbarzelle herüberstarrten, und er hätte glücklich sein können, wäre da nicht die Gefängnisstrafe, die ihn erwartete, für Todesfälle, von denen er sich mit ganzem Herzen wünschte, er könnte sicher sein, sie nicht verursacht zu haben. Seine Zelle war uneinnehmbar, umgeben von einem komplexen Sicherheitssystem mit Auslösern und Alarmanlagen. Nur wenn das Hauptschloss mit dem dazugehörigen Schlüssel geöffnet würde, könnte er die Zelle lebend verlassen.

Der Tyrann verwahrte den Schlüssel zu Arkadys Zelle, und es gefiel ihm, ihn dort zu besuchen und mit Wettervorhersagen zu verspotten. Die Taten der anderen verrückten Mistkerle, die zuvor diese Zelle bewohnt hatten, waren für ihn nicht halb so interessant gewesen, weshalb sie ertränkt worden waren. Aber als jemand, der nach eigener Aussage Leute abgemurkst und sich hinterher schlafen gelegt hatte, war Arkady der einzige Mensch in Reichweite, zu dem der Tyrann meinte, eine bedeutsame Verbindung zu haben. Arkady ging kaum auf seine Fragen ein, erlangte aber unabsichtlich die Zuneigung der Wärter, weil er jedes Mal, wenn der Tyrann sich für den Tag verabschiedete, eine Variante der Frage stellte: »Sollten Sie nicht hier bei mir in der Zelle bleiben, Sie Stück Scheiße?« Die Wachen verweigerten Arkady ,wie vom Tyrannen befohlen, zur Strafe für seine Respektlosigkeit die Mahlzeiten, ließen ihn aber nicht so lange hungern, wie sie es hätten tun können. Eines Nachts hörte Arkady sogar einen der Wärter Zweifel an seiner Schuld äußern. Der Wärter sprach über Gebäude mit Türen, die alle mit demselben Schlüssel geöffnet werden könnten. Er hatte etwas über diese Schlüssel gehört, sagte er, aber der andere Wärter ließ ihn nicht ausreden. »Wann hörst du endlich damit auf, frage ich dich, diese Ammenmärchen zu erzählen? Kein Vermieter würde so etwas machen.«

Loukoumi willigte ein, den Tyrannen zu heiraten, unter der Bedingung, dass es keine Ertränkungen mehr geben würde, und er schickte Eirini die Erste und Eirini die Gerechte über die Grenze in ein benachbartes Land, damit er sein neues Leben ohne ihre störende Anwesenheit beginnen konnte. Nach langer Abwesenheit ließ sich der Tyrann wieder bei

Arkady blicken, um ihm diese Neuigkeit mitzuteilen und ihn darüber zu informieren, dass er den Schlüssel zu Arkadys Zelle verloren hatte. Der Schlüssel ließ sich auch nicht mehr nachmachen, weil er den einzigen Mann mit der erforderlichen Sachkenntnis bereits vor Jahren hatte ertränken lassen. Loukoumi hatte recht damit, dass die Ertränkungen kontraproduktiv waren, sinnierte der Tyrann. »Tut mir leid«, sagte er. »Vielleicht taucht er ja irgendwann wieder auf. Aber ehrlich gesagt wärst du ohnehin lebenslänglich hier drin.«

»Kein Problem«, sagte Arkady. Und weil es so aussah, als wäre dies der letzte Besuch des Tyrannen, fügte er beiläufig hinzu: »Grüßen Sie Loukoumi von mir.«

Der Tyrann wandte sich an seine Gefängniswärter, um herauszufinden, ob sie gesehen und gehört hatten, was er gerade gesehen und gehört hatte. »Hat er sich gerade die Lippen geleckt?«, fragte er schockiert. Die Wärter behaupteten, sie könnten dies nicht bestätigen, weil sie die Umgebung auf mögliche Bedrohungen überprüft hätten.

»Hmmm ... sprengt das Schloss, damit die Zelle ihn tötet«, befahl der Tyrann, als er ging. Die Wärter beschlossen einstimmig, diese Anweisung zu überschlafen. Es kam durchaus vor, dass der Tyrann seine Entscheidungen überdachte. Am nächsten Tag hatte der Tyrann sich immer noch nicht gemeldet, sodass die Wärter beschlossen, eine weitere Nacht darüber zu schlafen, und noch eine, bis sie sich selbst und gegenseitig eingestehen konnten, dass sie diesmal einfach dem Befehl nicht nachkommen würden. Es war ihr erster Schritt in Richtung Rebellion: herauszufinden, dass Ungehorsam nicht auf der Stelle das Ende der Welt bedeutete ... Die Gefängniswärter traten vorsichtig in einen Dialog mit ihren Kollegen im Palast und an Grenzübergängen, und ein leiser, stetiger Exodus begann.

Die Nachbarstaaten begrüßten die Entflohenen und mit ihnen die Gelegenheit, die Macht des Tyrannen zu schwächen und ihm zur selben Zeit einen Streich zu spielen, indem sie dabei halfen, sein Land zu leeren. Wenn dem Tyrannen auffiel, dass die Straßen ruhiger als üblich waren, sagte er sich einfach: »Ach, ich vermute, ich habe wirklich eine Menge Leute ertränken lassen, nicht wahr ...« Er hätte vermutlich ohnehin nicht bemerkt, dass sich das Sumpfgebiet immer weiter ausdehnte und Häuser und Kinos, Lebensmittelläden, Restaurants und Konzertsäle langsam ins Moor hinab zog, während die lebenden Menschen das Land verließen. Wenn man in die Sümpfe blickte (was er niemals tat), konnte man sehen, wie dort Menschen ihre Glieder und Haare entwirrten, sich höflich gegenseitig Körperteile und Schlüssel reichten, wieder ihre Häuser bewohnten, darüber nachdachten, was sie anbauen und welche Energiequellen sie erschließen könnten.

Währenddessen klopfte sich der Tyrann dafür auf die Schulter, wie er mit Arkady verfahren war. Es hatte ihm missfallen, wie Loukoumi um Arkadys Leben gebettelt hatte, und es interessierte ihn noch weniger, wie sie reagierte, als er ihr sagte, dass ihr Bitten zu spät kam. Er glaubte nicht, dass die beiden eine Liebesbeziehung hatten (dieser schlaksige Pyromane konnte doch nur davon träumen, dass ihm Loukoumi ihre Aufmerksamkeit schenkte), aber Loukoumis Verhalten erinnerte ihn zu sehr an das des Mannes, den Eirini die Erste liebte. Was stimmte nicht mit diesen Leuten?

Der Tyrann zündete Loukoumi an ihrem Hochzeitstag an. Dank Arkady war Feuer an die Spitze seiner Liste mit Eliminierungsmethoden gerückt. Er zwang sie, bis ans Ende der längsten Brücke zu gehen, die die Moore überspannte, und er tränkte sie mit Benzin und zündete ein Streichholz an. Er hatte nicht wirklich an seine eigene Entflammbarkeit gedacht, weshalb man sich auf diesen Vorfall als versuchten erweiterten Selbstmord bezog. »Versucht«, weil ihm die brennende Frau nachlief, als er abhauen wollte, und rief, sie hätte gerade erst etwas sehr Interessantes herausgefunden. Er könne sie nicht töten, er könne sie niemals töten ... Sie nahm ihn in die Arme und übergab ihn dem Feuer, das er selbst entflammt hatte. Es war immer noch einiges von ihm übrig, als er in den Sumpf sprang, aber die Ertränkten hegten Groll gegen ihn und hoben ihn zurück an Land, wo er zu Tode brutzelte, während seine Braut zurück in die Stadt spazierte und dabei verbrannte Stücke ihres Hochzeitskleids abpellte. Sie zog sich um und brachte etwas zu essen in das Gefängnis, in dem Arkady allein einsaß und nachdenklich den riesigen Haufen fragwürdiger Publikationen betrachtete, die ihm die Wärter vor ihrem Weggang dagelassen hatten. Bevor sich Arkady bei Loukoumi für das Essen (und, wie er hoffte, ihre Gesellschaft) bedanken konnte, sagte sie:»Warten Sie einen Moment«, und lief wieder fort, um eine Stunde später mit seinen beiden Freunden zurückzukehren. Leporello schüttelte Arkady die Hand, und Giacomo leckte ihm übers Gesicht. Diesen Spaß hatten sie sich für ihre nächste Begegnung mit Arkady ausgedacht, und sie fanden ihn ziemlich gut. Arkady rief Loukoumi zu, wie dankbar er war, aber sie hatte auch diesmal nicht vor zu bleiben.»Wir müssen Sie hier herausbekommen«, sagte sie und ging wieder fort.

»Es ist Herbst, oder?«, fragte Arkady Giacomo. Er hatte bemerkt, dass Giacomos Schuhe und Leporellos Pfoten klatschnass waren, wollte aber erst aufessen, bevor er danach fragte.

»Ja! Woher weißt du das?«

»Keine Ahnung. Könnt ihr mir ein paar Blätter bringen? Nur eine Handvoll ...«

Giacomo brachte einen Haufen mehrfarbiger Blätter, und Leporello raste wie ein Wirbelsturm durch sie hindurch, sodass die sattesten Rot- und Brauntöne durch das Gefängnisgitter flogen.

»Giacomo?«

»Ja, Arkady?«

»Ist es richtig, wenn ich von diesem Ort fliehe? Diese Menschen, wo wir vorher gewohnt haben ...«

»Es hat gebrannt, und sie konnten nicht raus. Sie wären rausgekommen, wenn sie gekonnt hätten, aber sie konnten nicht, und das hat sie getötet. Wenn du fliehen kannst, solltest du es tun.«

»Aber trage ich nicht die Schuld?«

Giacomo sagte weder Ja noch Nein, versuchte aber, ein Blatt auf Leporellos Nasenspitze zu balancieren.

Was war mit Eirini der Gerechten? Seit Monaten lebte sie recht glücklich in einer großen Stadt, in der die meisten Menschen, auf die sie traf, ebenso vage waren wie sie, wenn nicht sogar noch vager. Sie betrieb eine kleine und gemütliche Bar und verbrachte ihre Tage damit, wenig bekannte Tatsachen mit ihren Gästen auszutauschen, wenn sie sich nicht gerade den Feinheiten der Unternehmensführung widmete. Ihre Mutter war kurz nach ihrer Ankunft in der neuen Stadt ertrunken. Es könnte ein Unfall gewesen sein, aber daran glaubte Eirini nicht. Die Donau floss durch ihren neuen Wohnort, und ihre Mutter hatte oft gesagt, wenn sie in einem Fluss auf dieser Welt ertrinken müsste, würde sie sich die Donau wünschen, eine flüssige Straße, die ihre Leiche zu den Karpaten und noch weiter bringen würde, bis sie im Balkangebirge auf den Iskar traf, sie würde sie so lange waschen, bis jeder Geruch von dem Leben, das sie gelebt hatte, von ihr gewichen war. Dann konnte der Iskar sie nehmen und auf ein Bett aus winzigen weißen Blumen in uralten Lichtungen hoch oben auf den Berghängen legen. Oder wenn sie in der Donau blieb, könnte diese sie meilenweit durch die Schifffahrtskanäle ziehen, um Tannennadeln im Schwarzwald zu sammeln. So viele, wie ihr Schoß aufnehmen konnte ...

Eirini die Gerechte dachte an die Worte ihrer Mutter und fuhr den Fluss hinauf, um ihm ihre Asche anzuvertrauen. Ankömmlinge aus dem Land ihres Vaters besuchten ihre Bar und verfluchten ungehindert den Namen des Tyrannen, während sie Geschichten erzählten, die Eirini die Gerechte neugierig machten. Wenn das, was diese Leute sagten, stimmte, dann hatte der Tyrann mit dem Ertränken aufgehört. Es hieß, dass das Land ihres Vaters nun zum größten Teil überflutet war, dass es keinen König, keine Flagge und keine Soldaten gab, nur Städte mit Ertränkten, die aussahen, als ginge es ihnen dort unten gut. Eirini die Gerechte hörte, dass sich auf einer der wenigen Landflächen, die noch nicht überschwemmt waren, ein riesiges Gefängnis befand. Der Mann, der Eirini davon erzählte, hielt einen Moment inne, bevor er sie fragte, ob er ihr einen Drink ausgeben dürfe, und sie hielt sogar noch länger inne, bevor sie die Einladung annahm. Er sah gut aus, aber der Geruch seines Eau de Cologne ließ sie stark an Kredithaie denken. Und wenn schon, können Kredithaie nicht auch liebevolle Freunde sein oder zumindest gut im Bett?

»Hi, Entschuldigung, tut mir leid, dass ich unterbreche«, sagte eine glamouröse Neuerscheinung, während sie sich auf einen Barhocker neben den mutmaßlichen Kredithai setzte. »Könnten wir mal unter vier Augen reden?«

Loukoumi wollte nur wissen, was Eirini die Gerechte aus dem Palast mitgenommen hatte, als sie gegangen war. Eirini hatte weder Zeit noch Lust, der Gespielin ihres Vaters eine Liste der Gegenstände auszuhändigen. Aber Loukoumi formulierte die Frage neu: ob Eirini irgendetwas von den Sachen ihres Vaters beim Verlassen des Palastes mitgenommen hatte, und da erinnerte sich Eirini an den Schlüssel. Nur ein metallisches Gebilde auf seinem Frisiertisch, größer als die meisten Schlüssel, die sie kannte, aber noch klein genug, um ihn einzustecken, während sie sich von ihrem Vater verabschiedete und darauf hoffte, ihm damit ein letztes Mal Schwierigkeiten zu bereiten.

Kurz bevor sie und Loukoumi die Gefängnistore erreichten, spähte Eirini die Gerechte über den Bootsrand und sah, dass ihre Mutter den Weg zu der Stadt der Ertränkten gefunden hatte, die mittlerweile das Gebäude umgab. Sie war nicht allein: Ein Mann war bei ihr, der, den Eirini die Gerechte nie kennengelernt hatte, aber kennenlernen wollte. Beide winkten, und Eirini die Erste hob einen Finger und schaukelte dann sehnsüchtig ein unsichtbares Baby. Bewegungen, die sich leicht als Bitte um Enkelkinder interpretieren ließen. »Entzückend«, murmelte Eirini die Gerechte, duckte sich schnell zurück ins Boot und tat so, als hätte sie den letzten Teil nicht mehr gesehen.

Jill Akkermans Ehemann wollte sich schon seit Wochen mit ihr unterhalten, und sie war sich zu zweihundert Prozent sicher, dass es nicht angenehm werden würde. Die Zeichen waren subtil, aber sie war Psychologin. So wie er. Man hatte sie gewarnt, dass dies vermutlich ihre schwierigste Ehe werden würde. In den Monaten vor ihrem Sommerurlaub war er so beschäftigt, dass sie ihn zu Hause kaum zu Gesicht bekam, und wenn er da war, nutzte sie die unausgesprochene Gebietsaufteilung ihres Haushalts, um die Unterhaltung aufzuschieben. Weder im Bett noch in der Küche durften harsche Worte gesagt werden. Keiner der beiden hatte diese Regeln festgelegt, aber da sie mittlerweile zu ihrem Verhaltenskodex gehörten, trugen Jill und Jacob ihren Anteil dazu bei, Mahlzeiten und Träume nicht zu trüben. Die Unterhaltungen in Schlafzimmer und Küche tendierten zu heiteren Themen, weshalb sie sich so oft wie möglich in diesen Räumen aufhielt, wenn sie nicht arbeitete. Jacob hatte das Haus nach ihren Wünschen renovieren lassen. Es waren nicht viele Änderungen, nur ein paar zusätzliche Türen. Sie bevorzugte Räume mit mindestens zwei Durchgängen, damit man Wahlmöglichkeiten hatte. Man musste nicht denselben Weg hinausgehen, den man hereingekommen war. Im Schlafzimmer zog sie vom Bett auf den Boden und wieder zurück, zusammen mit ihren Büchern und Gadgets. Sex kam nicht infrage. Er sprach sie nicht einmal darauf an, sondern betrachtete sie nur mit amüsiert funkelndem Blick. In der Küche putzte sie fleißig und schliff Messer, bis die Klingen zerbrachen. Jacob kaufte neue und präsentierte sie ihr mit witzigen Bemerkungen, die sie nur am Rande wahrnahm, weil sich in ihr die Angst breitmachte, dass er hinzufügen könnte: »Kann ich dich einen Moment im Wohnzimmer sprechen?«

Einmal erwischte er sie im Wohnzimmer, aber sie rannte so schnell zur nächsten Tür heraus, dass sie einen bemalten Krug, den sie auf ihrer Hochzeitsreise zusammen ausgesucht hatten, umstieß und er zerbrach.

Jill hätte nichts dagegen, Ratschläge von anderen anzunehmen, entschied sich aber schlussendlich dafür, niemandem außerhalb ihrer Ehe von ihrer Situation zu erzählen. Nicht ihrem eigenen Therapeuten und sicherlich nicht Lena oder Sam. Jacob wollte sie verlassen. Sie wollte das nicht, aber es war ihre dritte Ehe und seine zweite. Sie wusste, wie so etwas lief. Sie hatte Jacobs neue Kollegin bei einem Abendessen kennengelernt, und die Kollegin, Viviane, hatte eine rauchige Stimme, war gut gekleidet und ganz allgemein eine entzückende Person, die sich mit vielen Themen auskannte und auf zahlreiche weitere neugierig war. Jill hatte sich dabei ertappt, dass sie sie, genau wie Jacob, »Vi« nannte, und als Vi für ein paar Minuten vom Tisch aufstand, um zu telefonieren, flüsterte Jill: »Du weißt schon, dass sie in dich verknallt ist?«

Jacob lachte und beugte sich mit einem Knutschmund zu ihr herüber, aber sie schob seinen Kopf mit einem Grissino zurück. »Hast du gehört, was ich gerade gesagt habe?«

Er beugte sich erneut vor. Diesmal nicht nahe genug für einen Kuss, aber nahe genug, dass sich seine Iriden fast vollständig mit ihrem Spiegelbild füllten. Porträt einer verärgerten Zweiundvierzigjährigen mit, hey, eigentlich richtig guten Titten. »Ja, du hast gesagt, dass du glaubst, Vi wäre in mich verknallt.«

»Ich bin mir zu zweihundert Prozent sicher.«

»Zweihundert Prozent? Oh. Selbst, wenn du recht hast, wird es vorbeigehen, J.«

J. Vi. Und er nannte seine erste Frau immer noch Dee.

»Warum machst du nicht das Beste daraus? Brenn mit ihr durch und werde die Hälfte eines wunderschönen, schwarzen intellektuellen Paars, so wie du es immer wolltest.«

Ehemänner eins und zwei, Max und Sam, waren weiß – Sam war ein paar Jahre jünger als Jill, aber sowohl er als auch Max neigten dazu, alt auszusehen, wenn sie neben ihr standen. Nun, nicht ältlich. Nur eben älter als sie. Während sie und Jacob, stellte man sie nebeneinander, ungefähr gleich alt aussahen. Welches Alter war das? Wenn man die beiden nicht kannte, würde man nicht einmal eine grobe Schätzung abgeben können. Jacob nahm sich ein eigenes Grissino, knabberte die Hälfte davon, pikste ihr mit der anderen Hälfte in den Arm und fragte: »Meinst du wirklich, dass du das ausgerechnet hier machen solltest?«

Er besänftigte sie selten. Sie wusste nicht, wie sie das finden sollte, da er sich bei fast all seinen anderen Freunden, Angehörigen, Klienten stets um deren Wohl bemühte. Wenn er mit Jill zusammen war, musste sie sich fragen, ob man ihn ihr geschickt hatte, um sie zu zerstören. Zum Beispiel, als sie ihn eingeladen hatte, die ersten brauchbaren Teeblätter aus dem Gewächshaus zu verkosten, an dem sie Anteile besaß. Chun Mee, mit einem Geschmack nach süßem Frühlingsgras. Er war unerklärlicherweise in einem Jeanshemd zur Jeans herumgeschlendert, nahm die Tasse entgegen und trank einen Schluck Tee. »Und inwiefern ist der besser als eine schöne Tasse Tetley?«

Die Kombination aus barbarischen Geschmacksnerven und Jeansstoff auf Jeansstoff hatte Jill dazu gebracht, die Zähne so fest aufeinanderzubeißen, dass sich ihre Kiefer für ein paar Minuten ineinander verkanteten. Das gab ihm ausreichend Zeit, sie so lange anzustarren, bis sie wegsah und er unermahnt davonkommen konnte. Er wusste, was er da tat, er wusste es! Sie für ihren Teil hatte bereits irgendwann in ihren späten Teenagerjahren aufgegeben, sich dagegen zu wehren, in ihn verliebt zu sein, als sie bemerkte, dass Jacob Wallace, ohne absichtlich einen bestimmten Duft zu kultivieren, genau wie eine gerade ausgeblasene Kerze roch. Aber wenn seine Gefühle nicht mehr vorhanden waren, dann war es das Beste für ihn, wenn er ging. Er zahlte dreimal so viel auf ihr gemeinsames Konto ein wie sie, aber sie würde problemlos auf handgewebte Teppiche zu Hause und Boutiquehotels im Ausland verzichten können. Hingegen ohne Jacob auszukommen würde sie für sehr lange Zeit ein bisschen wahnsinnig machen, also nein, sie würde es ihm nicht leicht machen, seinen Text aufzusagen und dann zu verschwinden.

Eine Woche vor ihrem Sommerurlaub überfiel Jacob sie fast schon hinterrücks in einer U-Bahn-Station. Sie lud ihre Oyster Card um eine weitere Monatsnutzung auf, als sich ein Arm um ihren Nacken legte und ihr Ehemann murmelte: »Jill, Jill ... Du kannst dich nicht länger drücken. Ich muss dich etwas fragen ...«

Sie hätte noch ein paar Minuten länger Angst vortäuschen oder ihm den Ellenbogen in den Unterleib stoßen können, aber stattdessen wandte sie den Kopf und zischte: »Wessen Idee war es denn zu heiraten, na? Frag doch mal rum und komm dann wieder.«

Sie würde ihn nicht einfach so davonkommen lassen, aber er sollte sich auch nicht darauf verlassen können, dass sie sich an ihn klammerte! Wenn sie keine Lust hatte, allein zu leben, konnte sie sich einfach einen neuen Ehemann zulegen.

(Jill war Max zufällig letztens vor der Bäckerei ihrer gemeinsamen Freundin Mary begegnet, und er hatte sie auf Armeslänge entfernt gehalten, sie bewundernd gemustert und gesagt: »Mein Gott, du alterst aber wirklich schlecht. Da hatte ich ja Glück, dass ich mich davongemacht habe, solange alles noch in Butter war, was?« Sein Blick widersprach der Bemerkung. Nicht dass sie jemals wieder zurück zu Max gehen würde, mit dem es einfach kein Eheglück gegeben hatte. Es hatte sie nervös gemacht, dass fast alle ihre neu angeheirateten Verwandten Schweizer Banker waren, und Max und sie hatten sich immer wieder nächtelang fürchterlich gestritten. Wenn sie Max' schamlosem Revisionismus widersprochen und sich dabei auf etwas bezogen hatte, das er selbst erst am Vortag so gesagt hatte, zeigte er sich über ihre negative Einstellung »besorgt« oder knallte ihr einen bissigen Kommentar hin, den angeblich jemand ihm gegenüber bezüglich ihres Verhaltens gemacht hätte – es war ihr nicht klar, ob er sich diese Kommentare ausdachte oder sie schlicht sammelte. Sie hatte nie aufgehört, Max zu mögen, wurde aber bei dem Gedanken an ihn ganz müde.)

Jill ging zu dem blauen Zeitungskasten, in dem der *Evening Standard* aufgestapelt war, aber Jacob reicht ihr seine Ausgabe.

»Ich weiß, wessen Idee es war zu heiraten«, sagte er. »Ich muss niemanden fragen – ich war dabei. Und du auch, nur eine Klassefrau unter den vielen, vielen Klassefrauen von London, betrunken auf dem Sofa mit einem deiner besten Freunde …«

»Entschuldige mal … der beste Freund war vielleicht total besoffen, aber da ich die Heldin des Königreichs Alkohol bin, war ich nur leicht angetrunken. Und vergiss nicht zu erwähnen, dass dieser beste Freund ein durchschnittlich attraktiver Mann war, der in den ganzen achtundzwanzig Jahren, die wir uns schon kannten, nicht einmal auch nur die Andeutung eines Annäherungsversuchs unternommen hatte ...«

»Vielleicht dachte er ja, es sei zu offensichtlich. Ich meine, Jack und Jill? Hänsel und Gretel? Jedenfalls wart ihr beide neununddreißig Jahre alt, standet mitten im Leben, hattet außerdem noch Geld, also fasste sich der Mann ein Herz und sagte ... Warte, was hab ich noch mal gesagt?«

Glaubst du, dass wir jemanden vielleicht dann am besten lieben können, wenn diese Person nicht weiß, was wir empfinden? Das hatte Jacob gesagt, und sie hatte ihn angesehen und gefragt, ob er vorhabe, etwas Seltsames zu ihr zu sagen. Es wäre ihr lieber, wenn er das nicht täte. Dass man ihr seltsame Dinge sagte, machte einen großen Teil ihres Arbeitsalltags aus, und jetzt hätte sie lieber etwas Freizeit. Jacob antwortete, dass er tatsächlich etwas Seltsames habe sagen wollen, aber nur ein winziges bisschen, und vielleicht käme das, was er habe sagen wollen, ja auch gar nicht so falsch rüber, wie sie sich das jetzt dachten. Vielleicht würde es ganz normal klingen.

Lass uns heiraten und wundervolle afroasiatische Babys bekommen, bevor es zu spät ist, war es aus Jacob herausgeplatzt, nachdem sie ihm zugenickt hatte, er möge fortfahren. Jill streckte den Arm aus und füllte ihre Schnapsgläser auf. Es war bereits zu spät für Babys. Sie hatte immer eine Art todernsten Dauerwitz mit ihren beiden vorherigen Ehemännern am Laufen gehabt, dass das Kinderkriegen warten müsse, »bis der Krieg vorüber ist«. Aber keiner der andauernden Kriege schien jemals enden zu wollen, und sie konnte es sich nicht mehr vorstellen, jemals doch noch ein

Kind auszutragen. Nicht physisch und auch nicht mental. Vielleicht war das schon immer der Fall gewesen.

»Ich werde dich nicht heiraten, Kumpel.«

»Oh. Das ist ... na ja, ich meine, warum denn nicht? Weil ich afroasiatisch gesagt habe? Weil wir uns noch nicht lange genug kennen?«

Im Kopf hatte sie geantwortet: *Weil ich nicht ständig heiraten kann, und weil ich außerdem stinksauer auf dich bin, weil ich zwei eigene Ehen durchhalten musste und eine von dir, bevor dir eingefallen ist, dass wir es vielleicht doch mal hätten probieren sollen.*

Laut sagte sie, dass sie zu alt waren, und fügte hinzu, dass sie nicht unbedingt heiraten mussten. Sie sagte, sie könnten doch einfach so zusammen sein, wenn er das wollte. Sie riet ihm, eine Nacht darüber zu schlafen. Wahrscheinlich würde er morgen aufwachen und merken, dass er nur heiraten wollte, wenn er eine Menge Soju getrunken hatte.

»Aber das reichte dem abgewiesenen Verehrer nicht«, fuhr Jacob fort und setzte sich in der U-Bahn auf den Platz neben ihr. »Er hatte diese Frau schon seit Ewigkeiten heiraten wollen, lange vor der erwachsenen Einsicht, dass eine Ehe nicht ganz so notwendig ist ... Also machte er am nächsten Abend erneut einen Antrag. Das mit den Babys muss nicht sein, sagte er, und dann sang er das schmalzigste koreanische Lied, das er ausfindig machen konnte ...«

Wollte Jacob »Was stimmt nicht mit meinem Alter« gleich dort in der U-Bahn singen, während all diese Jungen und Mädchen und Männer und Frauen zusahen? Sie schauten ohnehin schon, weil er sich nicht die Mühe gemacht hatte, leise zu sprechen.

Trotzdem setzte sie sich für »Was stimmt nicht mit meinem Alter« ein. »Das ist kein schmalziges Lied! Es wird erst durch deinen Gesang schmalzig. Ich mag dieses Lied sehr.«

»Ich auch. Aber ich fürchte, es ist von Grund auf Schmalz, J.«

Jacob wandte sich zu Jill, breitete die Arme aus und sang auf Koreanisch davon, in den Spiegel zu schauen und sich zu wünschen, die Zeit würde stillstehen. Der Liedtext sprang ihr beim Zuhören auf die Lippen, und als er von ihr forderte zu leugnen, dass sein Alter das perfekte Alter für die Liebe war, lächelte sie ihm die Worte direkt zurück.

Während er sang, wurde ihr etwas klar. Es ging ihm gar nicht darum, sie zu verlassen. Was auch immer er sie hatte fragen wollen, es ging um etwas vollkommen anderes. Sie legte ihm einen Finger auf die Lippen: »Und als sie heirateten, standen ihre Eltern und all ihre Freunde in den Kirchenreihen auf und sangen: Endlich ...«, aber Jacob versuchte halbherzig, sie zu beißen, und sagte dann: »Hey! Hey, Jill. Denkst du darüber nach, mich zu verlassen?«

Sie antwortete nicht. Sie hatte schon früh gelernt, dass er einen eingebauten und nahezu unfehlbaren Lügendetektor besaß, und mit einem Mal war sie sich nicht mehr sicher, ob sie nicht in den vergangenen Wochen ihren eigenen Wunsch, wieder Single zu sein, geschickt auf ihn übertragen hatte. Möglicherweise hatte es ihr ganzes Verlassen und Verlassenwerden Jill mittlerweile unmöglich gemacht, bei jemandem zu bleiben.

Die meiste Zeit ihres Lebens hatten sie und Jacob vor derselben Sache Angst gehabt: dass sie es nicht wert sein könnten, ein eigenes Zuhause mit einer eigenen Familie zu haben. Beide waren sie Pflegekinder. Niemand würde einem je sagen, dass man es nicht wert sei, jedenfalls nicht direkt, aber es gab Gerede von Erwachsenen und Kindern, sie würden »nicht recht zueinander passen«. Die Erwachsenen waren diejenigen, die das entschieden. Wenn es also ums »Passen« ging, waren damit eigentlich die Kinder gemeint.

Dadurch waren Jacob, Jill und Lena (Jills einzige Pflege-schwester während einer idyllischen, aber kurzen Wind-stille) stets bereit, ein Zuhause wieder verlassen zu müssen oder verlassen zu werden. Jacob wurde extrem tüchtig, ein Vermittler, jemand, den man um sich haben wollte, weil er einem den Weg ebnete – ob nun durch seine Mehrsprachig-keit oder seine allgemeine »Ich mach das schon«-Mentali-tät. Lena war recht ungezügelt. Sie trug die Sonnenbrille auf dem Hinterkopf und ein Abzeichen, auf dem HÖLLE stand, auf das sie immer dann zeigte, wenn sie von jemandem ge-fragt wurde, woher sie »eigentlich« komme. Sie war so ein-deutig jemand, dem man sein Leben anvertrauen konnte, dass Besserung bei ihr stets möglich schien. Jill kultivierte ein vollkommen falsches Bild von sich und gab sich gehor-sam und hilfsbedürftig. *Oh, ich bin nur ein kleines Vögelchen, das den Winter nicht überleben wird, es sei denn, ich schlüpfe unter deine schützenden Flügel.* Nicht sehr originell, aber es funktionierte.

Sie gingen zum Abendessen in ihr Lieblingsrestaurant – das hatte einen doppelten Vorteil: köstlich gegrillten Brokkoli, und sie konnten Jacobs Frage besprechen, ohne sie mit ins Haus bringen zu müssen. Jacob schlug vor, ihren Sommer-urlaub für eins seiner Projekte zu opfern, für eine Idee, die er im Rahmen seiner Arbeit als Trauerbegleiter entwickelt hatte. Das war sie also, die Frage, die er seit Wochen hatte stellen wollen. Macht es dir was aus, den Urlaub ausfallen zu lassen, um mein Projekt zu testen? Es war ihr peinlich, ihm das Gefühl gegeben zu haben, für diese Frage Mut auf-bringen zu müssen. Es war eine Frage, die sich bei einem selbstlosen Partner leicht gestellt und ebenso leicht geklärt hätte. Was ihn betraf, war ihre Unterstützung tatsächlich bedingungslos, und bis zu diesem Tag hatte sie geglaubt, dies auch angemessen ausgedrückt zu haben. Sie versuchte, die Enttäuschung über sich selbst zu überwinden, während sie ihn ausreden ließ. Sein Projekt drehte sich um eine bestimmte Erfahrung, die eine Vielzahl seiner Klienten ihren eigenen Aussagen nach durchlebt hatte. »Stark vereinfacht gesagt, stellt sich diese Erfahrung als ... eine Implosion der Erinnerung dar. Und während die Zielpersonen zwischen den entstehenden Trümmern treiben, entwickeln sie ganz in Ruhe die Überzeugung, dass sie dabei manchmal nicht allein sind. Diese Präsenzen werden nicht als geisterhaft beschrieben, sondern als lebendig ... Es sind Minuten, manchmal Stunden, in denen sich die Trauernden so fühlen, als wären sie an einen Tag zurückgekehrt, an dem der Verstorbene noch am Leben war, oder der Verstorbene hätte ihre Gegenwart erreicht ... Und was an diesen Aussetzern, die diese Menschen durchleben, so interessant ist: meistens treten sie unter recht ähnlichen körperlichen Bedingungen ein.«

»Du hast also eine Art Programm zusammengestellt, das das Gefühl einer ... Präsenz hervorruft?«

»Na ja, darauf zielt es ab. Natürlich wäre das nur was für Trauernde, die manchmal dieses Gefühl brauchen und es nicht selbst herstellen können. Wir nennen es ›Präsenz‹. Und jetzt haben wir eine Finanzierung ...«

»Du cleveres Stück.«

»Eigentlich hat Vi die Finanzierung auf die Beine gestellt. Was das angeht, ist sie ein totaler Crack. Viele internationale Kontakte.«

»Ich bin davon überzeugt, dass es sich dabei nur um die Spitze von Vis Eisberg handelt.« Sie versuchte, im Kopf zu überfliegen, in welchem Ausmaß die neuen Informationen bezüglich der Beziehung zwischen Vi und Jacob sie erschüttern könnten. Sam hatte Affären gehabt, und Jill hatte sich mit sich selbst darauf verständigt, dass sie eine Form der Grenzsetzung gewesen waren, Handlungen gegen die Angst, dass eine einzelne Person »alles« über einen wissen könnte oder tatsächlich wusste. Jill war am anstrengendsten, wenn sie damit beschäftigt war, sich mit sich selbst auf etwas zu verständigen, und doch würden ihre Rationalisierungen diesmal vielleicht kein so großes Problem sein, da sie merkte, dass der Gedanke an diverse tiefe, süße Geheimnisse zwischen Jacob und Vi eine Art mechanische Wirkung auf sie hatte. Atemluft entwich ihr, und sehr wenig kam zurück – sie atmete, als wäre ihr Hals abgeschnürt, saß einfach nur reglos da, um tentakelartiges Verhalten zu unterdrücken, wie etwa wild um sich zu schlagen oder sich festzuklammern. Je mehr Jacob ihr über den Testlauf seines Programms erzählte, desto mehr fragte sie sich, ob ihre ersten Zweifel vielleicht doch nicht richtig gewesen waren. Er war wirklich bereit, sich als Versuchskaninchen für seinen eigenen Prototyp zur Verfügung zu stellen, das war offensichtlich, aber vielleicht handelte es sich dabei auch um Jill Verlassen, Phase 1: Übung.

»Okay, ich helfe dir. Aber da ich sonst niemanden kenne, der mich fragen würde, zwei Wochen so zu tun, als wäre er nicht mehr länger auf der Welt, sag mir erst noch eins: Denkst du wirklich nicht darüber nach, mich zu verlassen?«, fragte sie.

Wieder dieser amüsierte Blick. »Merk dir das endlich, Jill Akkerman: Ich werde dich nicht verlassen. Und du – willst du mich verlassen?«

»Ich werde dich nicht verlassen, Jacob Wallace.«

Sie sah ihm dabei zu, wie er ihren Gesichtsausdruck, ihre Haltung und ihr Ausdrucksweise durch seinen Lügendetektor laufen ließ. Sie bestand. Sein Blick verlor an Intensität.

»Erinnerst du dich noch an den Psychologen, der sagte, unsere Abhängigkeit voneinander sei ungesund?«, fragte der Junge, der zusammen mit Jill und dem Paar, von dem sie schließlich adoptiert wurde, Koreanisch gelernt hatte. Ihre Eltern hatten sich eine neue Familiensprache gewünscht, und Jacob hatte mitgelernt, um Teil dieser Familie sein zu können. Er war nun schon seit mehr als der Hälfte seines Lebens ein Akkerman ehrenhalber.

»Ja ... wir verdanken ihm unsere Karrieren, glaube ich. Wegen ihm wollten wir wissen, wie sein Job wohl wäre, wenn ihn jemand richtig machte.«

»Vielleicht hatte er ja recht«, sagte Jacob.

»Aha?«

»Ich meine nur ... wäre sie gesund, wäre es leichter aufzugeben.«

Sie schenkte ihm Wein nach, und sie hoben ihre Gläser auf ungesunde Abhängigkeiten. Dann schilderte er ihr die Einzelheiten des Präsenztests. Sie brauchten zwei Stützpunkte. Jacob würde in ihrem Haus in Holland Park mit der Projektion von Jills Präsenz bleiben, und Jill müsste in ihrem Apartment in Catford wohnen, einem Abschiedsgeschenk von Max, das sie abgelehnt hätte, wenn sie nicht gewusst hätte, dass daraus ein weiterer Streit mit ihm entstanden wäre. Jills derzeitige Mieterinnen waren bis zum Herbst in Prag, und als sie sie anrief, um zu fragen, ob es ihnen passen würde, wenn sie sich zwei Wochen in der Wohnung aufhielte, waren sie einverstanden. »Machen Sie nur nichts kaputt ...«, sagte Radha. Es kamen Arbeiter in die Wohnung, um die Stromkabel neu zu verlegen und den Inhalt von etwas, das nach Gasflaschen aussah, in die Wände einzulassen. Jacob gab ihr eine vollständige Liste mit den Substanzen, die sie einzuatmen hätte. Zwar ließen sich alle Substanzen in unveränderter Form ebenso in der Tierwelt

170 |

finden, sie zu mischen musste aber eine ganz andere Sache sein.

»Im Grunde wird es so etwas wie ein zweiwöchiger LSD-Trip sein, oder?«

Jacob sagte nur: »Nicht ganz. Du wirst schon sehen.«

Nachdem die notwendigen Veränderungen an beiden Wohnorten vorgenommen worden waren, nahmen Jill und Jacob drei Unterhaltungen auf – Ziel war es, den Trauernden mitten in einen ihm bekannten Gedankenaustausch zu katapultieren, die Sorte, die wir ständig mit Freunden und Familie führen, wenn wir uns wiederholen und wiederholen, noch einmal durchkauen, was wir voneinander wissen, um zu beweisen, dass wir diese Dinge immer noch wissen und nicht vergessen werden oder können. Vi stellte eine Kamera in Jacobs Büro auf und filmte Jacobs Gesicht, während er und Jill die Unterhaltung wiederholten, die sie in der U-Bahn darüber geführt hatten, wessen Idee es gewesen war zu heiraten. Sie sprachen auch über ihre frühesten Eindrücke voneinander, und als die dritte Filmaufnahme anstand, fiel ihnen nichts mehr ein, also hielten sie es kurz. Sex hielt wieder Einzug im Akkerman-Wallace-Schlafzimmer – in jedem Zimmer des Hauses, genauer gesagt, ihr Schweiß vermischte sich in der Sommerhitze.

Am nächsten Tag händigte ihnen Vi Mitschriften dessen aus, was sie in den Unterhaltungen gesagt hatten, die in Jacobs Büro gefilmt worden waren, und Jill ärgerte sich darüber (war das Vis Art, ihnen auszurichten, sie sollten besser sichergehen, dass sich ihre Ansprüche mit dem, was sie wirklich fühlten, deckten?), bis ihr einfiel, dass sie alle drei Unterhaltungen noch einmal in ihrem eigenen Büro filmen würden, diesmal mit der Kamera auf Jills Gesicht. Sie mussten darauf achten, dass die Unterhaltungen übereinstimmten. Wenn sie oder Jacob an ihren jeweiligen Standorten den anderen nicht »erreichen« konnten, sollten sie Kopfhörer aufsetzen und in die Unterhaltung einsteigen, auf das Gesagte des anderen reagieren, ihren eigenen Text aufsagen, wie sie sich an ihn erinnerten.

Jacob rief sie an, als er und Vi am Gefängnis ankamen, in dem sie arbeitete. Das Timing kam ihr ungelegen, weil Jill gerade versehentlich Blickkontakt mit dem Gefängnisleiter gehabt und dann getan hatte, was sie üblicherweise tat, wenn das geschah – sie war um die nächste Ecke gebogen, um sich zu verstecken. Sie wusste, dass der Leiter sie für nutzlos hielt. Nicht notwendigerweise Jill persönlich, aber ihre Rolle innerhalb des Gefängnissystems. »Junge Straftäter eine halbe Stunde pro Woche fuchsienfarbige Landschaften auf einer chromatischen Schreibmaschine tippen zu lassen hilft auch nicht wirklich dabei, aus ihnen bessere Mitbürger zu machen, oder?« Keine faire Zusammenfassung ihrer Arbeit, aber einfach weiter ihre Arbeit zu erledigen war Jills einzige Antwort. Sie war die Freundlichkeit in Person, bis irgendeine bürokratische Straßensperre auftauchte. Und sobald sich diese Sache geklärt hatte, war sie wieder ein netter Mensch, sogar netter als zuvor. Sie und Jacob wiederholten ihre drei Unterhaltungen für die Kamera, und dann machte sie sich wieder an die Arbeit.

Jill wusste bei allen Jungs, was sie getan hatten, oder zumindest das, was sie zugaben. Alle erhielten eine Therapie. Sie konnten mit ihr reden, solange sie versuchten, das zu sagen, was sie für die Wahrheit hielten. Alles, was sie sagten, wurde aufgezeichnet, und ihre Bürotür blieb offen, wenn ein Junge mit ihr darin war. Auch stand ein Wärter an der Tür, für alle Fälle, aber es kam nur selten zu Problemen zwischen ihr und den Jungs. Viele von ihnen nannten sie durchaus liebevoll »Miss« – *Sagen Sie mir, wenn jemand gemein zu Ihnen ist, Miss. Sagen Sie mir einfach, wie er heißt, ja?* – als wäre sie ihre Lieblingslehrerin in der Schule. Sie setze viele Hoffnung in die Jungs, obwohl sie von den Dingen, die sie ihr erzählten, zitterte wie Espenlaub, sobald sie einen Moment im Büro allein war.

Die beiden Jungs, über deren Fortschritte sie am häufigsten nachdachte, hießen Ben und Solomon, und sie kamen an jenem Nachmittag zu ihr, einer nach dem anderen. Ben war extrem introvertiert, kam relativ gut mit seiner Inhaftierung klar und schien harmlos zu sein – wenn sie ihn doch nur dazu bringen könnte, ihr gegenüber irgendeine Emotion auszudrücken, sodass sie die Eindrücke, er käme klar oder wäre harmlos, bestätigen oder korrigieren könnte. Er konnte sich ausdrücken und alles verstehen, was man zu ihm sagte, aber er war so schrecklich introvertiert, dass er oft wirkte, als wüsste er nicht mehr, ob er etwas laut gesagt hatte oder nicht. Er war verärgert, wenn sie ihn zu einer Antwort auf ihre Fragen drängte: *Ich habe doch schon geantwortet, Miss ...*

Kürzlich wurde ein Handy in Bens Zelle gefunden. Es waren keine ein- oder ausgehenden Anrufe oder Nachrichten darauf gespeichert. Niemand konnte erklären, wie Ben zu dem Handy gekommen war, aber es ließ sich leicht feststellen, wie lange er es schon besaß, weil das Fotoalbum voller Selfies war, die er von sich gemacht hatte. Auf jedem Bild posierte er auf die exakt gleiche Weise, die Finger zum Peace-Zeichen erhoben. Nur die Hintergründe waren unterschiedlich. Er bevorzugte leere Räume und gelegentlich zwei oder mehrere seiner Mitinsassen als Kulisse, die ihr Bestes gaben, sich gegenseitig den Schädel einzuschlagen.

Solomon war sehr viel kommunikativer, aber das bedeutete nicht, dass sie ihn besser verstand. Seine Akte war insofern ein Rätsel, als er erst vor relativ kurzer Zeit angefangen hatte, kriminell zu werden. Die ersten fünfzehn Jahre seines Lebens war die Akte blütenweiß, und dann eines Tages nahm er Kontakt zu einer Gang auf, deren Mitglieder ihn immer mal wieder gequält hatten, trat ihr bei und wurde ihr Anführer. Seine Erklärung für den Wandel, den er vollzogen hatte: »Es war an der Zeit.«

Jill wusste, dass Solomons jüngerer Bruder seit Jahren mit einer schweren Krankheit kämpfte und dass sich der Hirntumor des Bruders zurückentwickelt hatte, als Solomon dreizehn war. Solomons gewaltsame Verbrecherkarriere begann zufällig – wenn man wirklich von Zufall reden wollte – zu dem Zeitpunkt, als die Ärzte eine Rückkehr der Krebszellen im Gehirn seines Bruders entdeckten. Jill fürchtete daher um Solomon, und sie fürchtete sich auch vor ihm. Er hatte zugegeben, dass er seinem Bruder helfen wollte, aber mehr war dazu nicht aus ihm herauszubekommen. Er war wie ein Junge in einem Märchen. Er musste den Stufen einer Treppe folgen, ohne irgendwelche Zugeständnisse daran, wie andere seine Taten beurteilten. Und dann am Ende würde es eine Belohnung geben. Solomon hatte gerade erst von seiner Familie gehört – der Krebs seines Bruders hatte sich wieder zurückgebildet. Aber der junge Mann zeigte keine Erleichterung. Die Nachricht vertiefte nur den Ausdruck von Konzentration auf seinem Gesicht. Das war es, was Jill sah, als sie versuchte, das Leben durch Solomons Augen zu sehen: Dein Bruder wurde zufällig ausgewählt und mit Schmerzen bestraft, also erhältst du Linderung für deinen Bruder, indem du andere zufällig auswählst und ihnen Schmerzen zufügst. Wenn dem so wäre, würde sich Solomon früher oder später genötigt sehen, eine weitere Person zufällig auszuwählen und zu töten, damit sein Bruder leben konnte. Vieles von dem, was sie zu ihm sagte, war reine Ablenkung, ihr Versuch, das Logikgebäude, das er sich aufgebaut hatte, einzureißen. Manchmal glaubte sie, dass es funktionierte. Manchmal weinte er, wenn sie ihn dazu brachte, wenigstens ein Stück weit einzusehen, was er da tat. Er war keiner, der schniefte, weshalb die Bänder seine Reue nicht einfingen. Und als sie sich fragte, ob sie seiner vorzeitigen Entlassung in einem Jahr zustimmen würde, zweifelte sie doch sehr daran. Eine Weile würde er seine falsche Freundin Doktor Akkerman hassen, sich hineinsteigern, eine Obsession entwickeln und möglicherweise beschließen, dass das Leben, das er seinem Bruder zuliebe nehmen wollte, ihres sein würde. Sie war sich dieser Dinge nur zu hundert Prozent sicher und hatte keine klare Vorstellung davon, wie weit das Bestreben des Jungen reichen würde, bevor er aufgehalten werden konnte, oder welche Schäden er dabei davontragen würde. Vielleicht keine, vielleicht keine ...

Trotzdem war es Jills Pflicht, diese Möglichkeit zu erwähnen, und das würde sie in ihren Berichten zeitnah tun.

»Schönen Urlaub, Doktor Akkerman«, sagte Solomon am Ende ihrer Sitzung. Er war der einzige Junge, der zur Kenntnis nahm, dass sie sich die nächsten zwei Wochen nicht sehen würden.

Jill nahm ihren Koffer mit in die Wohnung in Catford und übernachtete dort bereits einen Tag bevor *Präsenz* anfangen sollte. Jacob war für sie noch nicht tot, also taten sie am Telefon so, als führten sie eine Fernbeziehung. Jill hatte Radhas und Myrnas Erlaubnis, alle Fotos abzunehmen, die Jacobs Präsenz überlagern könnten, deshalb ging sie durch die Wohnung, während sie mit ihrem Mann telefonierte, und warf Fotos von dem entsetzlich fotogenen Paar und ihren Marionetten- und menschlichen Freunden (schwer zu sagen, wer wer war) in eine Schmuckschatulle. Sie hörte kein Echo von Max' Gegeifere oder ihrem eigenen wilden Gekreische, und als sie in das Schlafzimmer ging, in dem sie geschlafen hatte, um nicht in Versuchung zu geraten, Max während der Nacht zu verletzen, fand sie es voller kleiner Bühnen. Einige aus Pappe, einige aus Holz und Stoff, und es gab auch seidige Vorhänge, durch die Schatten geworfen wurden. »Es sieht so aus, als wären hier drin jetzt nur noch spielerische Kämpfe erlaubt«, sagte Jill zu Jacob, und dann, als sie den Kühlschrank öffnete und feststellte, dass er mit Flaschen vollgestopft war, in denen sich etwas befand, das sich KOFOLA nannte: »Ich musste gerade denken – wird es für dich nicht leichter sein, meine Präsenz da drüben einzufangen, als es hier für mich mit deiner werden wird? Du warst noch nie hier.«

»Das würde mich auch interessieren«, sagte Jacob. »Die Personen, die am Ende *Präsenz* einsetzen, müssen vielleicht damit reisen, sie in einem neuen Haus anwenden, und so weiter ...«

Zwei Minuten bis Mitternacht. Sie betrachtete die hellblauen Wände, sah dann aus dem Fenster in den Gemeinschaftsgarten. Eine nächtliche Brise wehte, und die Blumen waren hellwach.

»Muss ich einen Knopf drücken, um ... es zu aktivieren?«

»Vi wird es per Fernsteuerung starten.«

»Für uns beide?«

»Ja ... Gute Nacht, J.«

»Gute Nacht.«

Sie zog die Vorhänge zu, schaltete die Lichter aus und wurde von einer Welle aus Dunkelheit, die so undurchdringlich war, dass sich ihre Augen nicht darauf einstellen konnten, aufs Bett geworfen. Es war, als würde sie ohnmächtig ... Das mochte sie am Ohnmächtigwerden, die erholsame Dunkelheit, die die Augenlider umspülte. Nach einer gefühlten Stunde (oder zwei?) hielt sie sich ihr Handy vors Gesicht, um auf die Uhr zu sehen, konnte aber noch immer nichts sehen, und beschloss, sie könne auch einfach schlafen.

Sie wachte fröstelnd auf. Ihre Füße schauten unter der Decke hervor. Ein Kopf hatte auf dem Kissen neben ihrem geruht – man konnte noch die Vertiefungen sehen. Sie nahm ihr Notizbuch und schrieb es auf. Obwohl sie die Abdrücke selbst hinterlassen hatte, gaben sie ihr doch das Gefühl, nicht allein geschlafen zu haben. Es war 12:30 Uhr, schon lange war sie nicht mehr so spät aufgewacht, und die Raumtemperatur war ungewöhnlich für einen frühen Julinachmittag. Sie überprüfte das Thermometer und notierte die Temperatur. Durchaus niedrig, aber sie fühlte sich noch niedriger an. Sie zog zwei Pullover über, machte sich Tee, setzte Kopfhörer auf und rief die erste aufgezeichnete Unterhaltung auf ihrem Computer ab. Da war Jacob, der sie anlächelte, während er sprach. Sehr viel leiser hörte sie ihre Stimme ihm antworten. »... Es wird durch deinen Gesang schmalzig. Ich liebe dieses Lied ...« Es gab Wortreihungen, an deren korrekte Reihenfolge sie sich erinnerte, und sie versuchte, sie auszusprechen, bevor es ihre aufgenommene Stimme tat, aber die Kälte brachte sie aus dem Tritt, und so blieb ihr nichts anderes übrig, als zuzuhören und zuzusehen, statt mitzumachen. Sie fügte diese Beobachtung den anderen in ihrem Notizbuch hinzu.

Ein Besuch in ihrem Gewächshaus in Sevenoaks lieferte eine Entdeckung: Sie war nicht um 12:30 Uhr aufgewacht. 12:30 Uhr war erst in zwei Stunden. Als sie im Zug auf ihrem Handy die Uhrzeit nachsah, änderte sich diese, und sie fragte bei fünf anderen oberirdisch Reisenden nach, bei sechs ...

ja, ja, es ist wirklich halb elf. Sam und Lena waren im Gewächshaus und kümmerten sich um die Teepflanzen unter den Schwenklampen. Sie trugen korrespondierende geblümte Gummistiefel, und Sam nahm ihren Spott vorweg: »Ja, ich weiß, wir haben einander verdient.«

Jill zögerte, bevor sie ihnen von *Präsenz* erzählte. Was, wenn sie fragten: »Jacob? Wer ist Jacob?« oder sie mitleidsvoll daran erinnerten, dass Jacob seit Monaten schon »fort« war? Sie konnte sich dessen, was sie zu ihnen sagte, nicht sicher sein, wenn sie gerade erst aus einem Eisfach in einen sonnigen Julitag getreten war und die Zeit draußen nicht dieselbe war wie die in ihrer Wohnung. Aber sie waren ihre Freunde. Wenn überhaupt, dann hatten Freunde das Recht, darüber informiert zu sein, wenn man dabei war, komplett durchzudrehen. Sie schien allerdings immer noch bei Verstand zu sein. Lena und Sam stellten viele Fragen, Lena überprüfte immer wieder ihre Pupillen, und beide wollten sie vorbeikommen und ihr Erlebnis nachprüfen. Lena war am meisten von den Wanduhren fasziniert –

(»Auf allen war es halb ein? Hast du sie ticken hören?«

»Wenn du mich so fragst, nein – kein Ticken.«)

– und Sam machte sich Gedanken wegen der Kälte.

»Sprecht mal mit Jacob … vielleicht führt er die nächste Testphase mit euch beiden durch …« Sie sagten, das würde ihnen gefallen. Sie fand nicht, dass sie ihnen irgendetwas erzählt hätte, das *Präsenz* wie ein Vergnügen erscheinen ließ, daher war es am wahrscheinlichsten, dass sie sie einfach unterstützen wollten. Sam gab ihr ein Beutelchen mit Assamblättern. »Sag mir, wie du sie findest …« Auf dem Heimweg ging sie in einen Supermarkt und kaufte Winterlebensmittel. Lemsip, heiße Schokolade, Zutaten für Suppe und Grog. Sie ging damit zur Selbstbedienungskasse, um keinen Small Talk über Sommergrippe führen zu müssen.

Dann fragte sie sich, wie es Jacob wohl ging, überprüfte ihr gemeinsames Konto und sah, dass er vor einer Stunde bei Waitrose eine Kartenzahlung ungefähr in derselben Höhe wie sie gerade getätigt hatte. Das würde sie nicht in ihren Notizen erwähnen. Sie hatte geschummelt. Sie dürfte nicht erraten können, ob ihm ebenfalls kalt war oder nicht.

Sie hatte vergessen, die Wohnungstür abzuschließen. So etwas war ihr jahrelang nicht mehr passiert, genau wie erst um 12:30 Uhr aufzuwachen. Die Leute erzählten sich schreckliche Geschichten über Catford, aber sie würde sich größere Sorgen darüber machen, ob sie reingehen sollte, wenn es die Haustür in Holland Park gewesen wäre, die sie vergessen hatte abzuschließen. Dort stand mehr auf dem Spiel. Sie warf ihre Einkaufstüten in die Küche und ging zurück zur Wohnungstür, um sie mit übertriebener Sorgfalt abzuschließen. Jacob kam aus dem Raum mit den Puppenbühnen und sah sich um, nickte. »Nicht schlecht«, sagte er. Der Uhr direkt über seinem Kopf nach war es immer noch 12:30 Uhr. Er trat einen Schritt auf sie zu, und sie ging einen Schritt zurück.

»Was tust du hier?«

»Warum zitterst du?«, fragte er zurück.

»Äh, weil es hier schweinekalt ist?«

Er streckte seine Hand aus, damit sie sie berühren konnte. Sie war warm, und sie umschloss sie mit beiden Händen. Er zuckte zusammen, zog seine Hand zurück und brachte ihr zwei Pullover. Ohne dass sie sagen musste, wo die Pullover zu finden waren. Sie ging zurück in die Küche, öffnete ihr Notizbuch und schrieb es auf. Dann setzte sie Wasser auf, und Jacob fragte, ob er die Heizung anmachen sollte.

»Ja, bitte.« Sie gab Tee in eine Kanne, räumte die Einkäufe in die Schränke. Der Tee zog, und dann setzten sie und Jacob sich ins Wohnzimmer. Er nippte an seinem Tee und sagte: »Und inwiefern ist der besser als eine schöne Tasse Tetley?«

Sie konnte den Tee nicht wirklich schmecken. Sie schwitzte, Jacob nicht. Er war ganz entspannt, fühlte sich wie zu Hause. Sie zog einen Pullover aus, um auszuprobieren, ob sie dann weniger frieren würde. Die Pullover anzuziehen und die Heizung hochzudrehen schien die Kälte nur noch verstärkt zu haben. Als sie Jacob von der Seite ansah, konnte sie erkennen, dass er gar nicht ihr Ehemann war. Er warf keinen Schatten, und er roch nicht wie ihr Ehemann – er roch nach gar nichts – er war warm, und er konnte Tee trinken und abfällig über Tee reden, und vielleicht wäre sie eher bereit, ihn um sich herum zu haben, wenn er zwar keinen Schatten werfen, aber richtig riechen würde. Aber alles in allem war ihr zu sehr bewusst, dass diese Person nicht wirklich Jacob war.

»Tut mir leid, aber ich denke, es ist besser, wenn du jetzt gehst«, sagte sie und sah aus irgendeinem Grund auf ihre Armbanduhr. *Es ist 12:30 Uhr, Zeit für dich zu gehen.*

Er stellte seine Tasse auf den Couchtisch. »Okay. Aber wenn du mir sagst, dass ich gehen soll, werde ich nicht zurückkommen.«

Sie tätschelte sein Knie. »Schon gut. Danke für dein Verständnis.«

Er stand auf, und sie ebenso. »Ich gehe, aber alles, was zwischen uns ist, wird bleiben.«

Sie musste darüber lachen. »Du bist so schnulzig, Jacob.«

Er lachte auch, aber dann brach sein Lachen abrupt ab. »Ich meinte das gar nicht schnulzig.«

»Äh ... okay ... bye ...«

»Es war schön, dich zu sehen«, sagte er und verließ das Zimmer. Sie blieb Hunderte Herzschläge und Tausende

Schauder lang still, hörte aber nicht, dass sich die Wohnungstür öffnete oder schloss. Um 12:30 Uhr stand sie auf und versicherte sich, dass er weg war, dann trug sie die gesamte Begegnung in ihr Notizheft ein und verstieß gegen eine Regel des Tests, indem sie Jacob anrief. *Wenn du mir sagst, dass ich gehen soll, werde ich nicht zurückkommen* – als sie jetzt darüber nachdachte, gefiel ihr gar nicht, wie das klang. Jacob brauchte lange, um ans Telefon zu kommen. Fast hätte sie aufgelegt, als sich seine Stimme meldete: »J?«

»Jacob! Geht es dir gut?«

»Ja ... dir?«

»Schon, nur ... hast du mich schon zu Hause gesehen?«

»Nein, noch nicht«, sagte er. Etwas anderes sei geschehen. Er war ein wenig draußen gewesen, und als er zurückkam, war die Haustür offen (sie biss sich auf die Lippen, um ihn nicht zu unterbrechen), und im Flur stand ein Eindringling. Irgendein alter Schwarzer, der Portugiesisch mit ihm sprach und um Vergebung bat oder etwas Ähnliches.

»Hast du die Polizei gerufen?«

Jacob schwieg.

»Du hast nicht die Polizei gerufen, Jacob?«

Er hatte geglaubt, der Eindringling sei vielleicht sein Vater. »Du weißt schon, mein biologischer Vater. Ich brachte ihn dazu, sich zu beruhigen, und er schien darüber zu reden, wie sehr ich sein Gewissen belaste.«

»Interessant. Ist er immer noch bei dir?«

»Nein ... sobald mir klar war, wer er war oder sein könnte, sagte ich ihm, er möge sich verpissen. Und rate, was er darauf gesagt hat ...«

»Er sagte: ›Okay, aber wenn du mir sagst, dass ich gehen soll, werde ich nicht zurückkommen‹?«

»Und ich sagte, tja, besser ist das!«

»Und dann sagte er: ›Ich gehe, aber alles, was zwischen uns ist, wird bleiben‹?«

»Nein, das hat er nicht gesagt. Und warte mal, woher ...«

Jacobs Stimme brach und schwankte, dann brach sie ganz ab und wurde von einer weicheren, fröhlicheren Version ersetzt. Der Audiomitschnitt der zweiten Unterhaltung.

Lass mich ehrlich sein, Jill. Ich glaubte nicht daran, dass man dich adoptieren würde. Du hast zu viele Psychospielchen gespielt mit den Leuten, die sich um dich bemühten ... wenn du mit ihnen unter Leuten warst, hast du ganz auf eingeschüchtert gemacht und schnell alles getan, was sie wollten, als ob sie dich zu Hause schlagen würden. Und zu Hause hast du nichts gegessen, oder?«

»Nein! Ich hab mich in der Schule vollgefressen, damit es so aussieht, als würden sie mir nichts geben. Rückblickend war ich ein fürchterliches Kind«, sagte Jill synchron über die Aufnahme ihrer eigenen Stimme.

»Aber die Akkermans sagten dir einfach immer wieder, dass sie dich wirklich mochten, und sogar, wenn du solche Nummern abgezogen hast, sagte Sabine: ›Nein, tut mir leid, und Gott steh uns bei, aber wir mögen dich wirklich immer noch‹, und sie und Karel haben erst gegessen, wenn du gegessen hast ...«

»Und dann hatte ich Angst, dass ich sie an den Rand des Nervenzusammenbruchs getrieben hatte und fütterte sie löffelweise mit Reis, zwei Löffel für jeden von ihnen und dann einen für mich ... es ist wichtig, bei Kräften zu bleiben, wenn man seine Eltern füttern muss ...«

Es blieb keine Zeit zu fragen, was geschehen war. Jacob war am anderen Ende der Leitung gewesen, aber jetzt war er fort, und das schon seit einer Woche. Die blaue Wand vor ihr war beruhigender als der Himmel, ihre Farbe gleichmäßiger. Eiszapfen wuchsen aus ihren Nasenlöchern. Sie waren lang, dünn und perlgrau ... *wie verzauberte Spindeln*, dachte Jill, aber es war nur Schleim, deshalb nahm sie sich ein Taschentuch. Sie und Jacob sprachen gerade über die Wallaces. Jill war sich immer sicher gewesen, dass Jacob adoptiert werden würde. Er musste nur mit Erwachsenen zusammentreffen, die nicht versuchen würden, ihm etwas vorzumachen: selbst die kleinste Notlüge ließ ihn sich aufführen, und dann wurde wieder festgestellt, dass er nicht »passte«. Aber dann kamen Greg und Petra Wallace, und es war herzerwärmend seltsam, dass sich ein Paar vollkommen weißer konservativer Politiker so sehr in Jacob verliebte, wie sie es taten. Ihr Pflegesohn brauchte sehr lange, um keine hinterhältigen Motive mehr bei ihnen zu vermuten. Jacob hatte sich davor gefürchtet, von seinen Eltern in die Öffentlichkeit gezerrt zu werden, vor einer väterlichen Hand, die sich auf seine Schulter legte, während Journalisten Äußerungen notierten wie: »Dieser hart arbeitende junge Mann zum Beispiel ... ein weitaus besseres Vorbild für unsere benachteiligte Jugend als so mancher Sozialhilfeschnorrer ...« Nichts in der Art trat je ein, und die Wallaces hatten so unerschütterlich und begeistert alles, was Jacob ausmachte, unterstützt, dass er (und Jill) schließlich hatten klein beigeben müssen.

Vor Greg und Petra hatte niemand von den Leuten, die Jacob aufgefordert hatten, sich »wie zu Hause zu fühlen«, es auch wirklich so gemeint ... Es nur so meinen zu wollen zählte nicht. Die Wallaces gaben Jacob einen Schlüssel für die Haustür, und eines Tages hatte Jill ihn vorübergehend konfisziert, nur um zu sehen, wie niedergeschlagen Jacob bei der Aussicht sein würde, später nach Hause zu kommen. Sie hatte herausgefunden, dass Jacob Nunes, ein Junge, der normalerweise für noch einen weiteren Dreibeinlauf, noch einen weiteren Klingelstreich, noch eine weitere Runde WWE

SmackDown zu haben war, jetzt tatsächlich vollkommen aufgelöst war, weil er noch ein weiteres Irgendwas ertragen musste, bevor er nach Hause durfte. Und die Wallaces waren so heiter, dass es unhöflich erschien, sie nicht ebenfalls zu mögen. Jacobs Mitgliedschaft bei der Labour Party machte seine Eltern vermutlich trauriger, als sie in Worte fassen konnten, aber man kann nun mal nicht alles haben ...

Um 12:30 Uhr ging Jill ins Bad, fand ein Shampoo und wusch sich den Schweiß aus ihrem Pony. Sie benutzte den Heißwasserhahn und sah, wie das Wasser dampfte, aber ihre Haut wurde davon blau und nicht rot. Egal, sie konnte ohnehin nichts spüren. Sie war auch etwas hungrig. *Gewürzgurken.* Sie hatte ein Glas im Schrank gesehen, als sie ihre Einkäufe verstaute. Sie holte es sich, bewegte sich dabei vorsichtig, um nicht in dem Wasser, das von ihr tropfte, auszurutschen. »Jaaaa, Gurken!« Aber sie konnte das Glas nicht öffnen. Sie hörte eine Stimme im Zimmer nebenan (wieder die von Jacob, nachdem sie ihm gesagt hatte, er solle gehen?) und ging hin, um nachzusehen. Es war nur der Fernseher. Sie zappte sich durch die Kanäle, da er nun schon lief. »Weißt du noch, als fast alle im Fernsehen älter waren als wir, Jacob?«

Sie schrieb all das in ihr Notizbuch, beeilte sich damit, weil es fast schon 12:30 Uhr war, Schlafenszeit, Dunkelheit, sofortig und vollkommen, ein anderer Kopf auf dem Kissen neben ihr. Vielleicht wuchs ihr nachts ein zweiter, und deshalb war ihr nächtlicher Schlaf so tief – es war ein passendes Schlafpaar.

Ein Nachbar pochte heftig an die Tür und weckte sie auf, um sich über das Jaulen zu beschweren, das aus ihrer Wohnung drang. Der Nachbar war ein brauner Mann mittleren Alters und trug einen ungewöhnlich eng geschnittenen Morgenmantel, und sie musste ihn nicht einmal davor warnen einzutreten – er stand weit genug von der Tür entfernt. Er spürte die Kälte. Sein Bart sah gut aus. Es war offensichtlich, dass er ihn gut pflegte.

»Haben Sie irgendeine Weltmusik laufen lassen, oder brauchen Sie einen Krankenwagen oder ...?«

»Oder«, sagte sie ihm. »Oder.« Und sie entschuldigte sich und versprach, dass der Lärm aufhören würde, obwohl sie sich dessen eigentlich nicht sicher war. Er musste aber aufgehört haben, der Nachbar meldete sich nicht mehr.

Um 12:30 Uhr stand sie wieder auf, um auf die Toilette zu gehen. Der Fernseher war wieder (oder immer noch?) an, also schaltete sie ihn aus. Sie ging an der Küche vorbei und dann zurück und sah auf der Küchentheke nach. Das Glas Gurken stand da, wo sie es hingestellt hatte. Aber jetzt war der Deckel offen. Gut! Sie aß die Gurken und überprüfte die Zimmertemperatur, die sogar noch weiter gesunken war. Sie hatte vergessen, sich zu erkundigen, ob *Präsenz* potenziell lebensbedrohlich war. Draußen sah es nett aus. Sie würde bald rausgehen. Vielleicht um 12:30 Uhr. Regen fiel durch das Sonnenlicht. Sabine Akkerman hatte so etwas Fuchsregen genannt. Vor ihrem geistigen Auge schüttelte Jills Mutter schillernde Regentropfen von ihrem Schirm und sagte: »Heute laden die Wölfe zum Hochzeitsmahl, und Hexen kämmen ihr Haar.«

Präsenz erreichte sicherlich sein Ziel, aber vielleicht war das Ziel an sich fehlerhaft und benötigte eine Korrektur. Jill schrieb das in ihr Notizbuch.

Als sie das nächste Mal in die Küche kam, saß ein Junge am Tisch und aß ein Stück Toast. Zwölf Jahre alt, vielleicht

| 185

zwölfeinhalb. Er sah aus wie Jacob, und er sah aus wie Jill, und er hatte eine wirre, verrückte Frisur, die aussah wie seine eigene Erfindung. Sie musste dringend zurück ins fünfzehnte Jahrhundert, um ein Wort dafür zu finden, wie schön er war. Der Junge war holdig. Von Kopf bis Fuß konnte nichts und niemand an ihn heranreichen, der Sohn, den sie und Jacob aus Zeitgründen nicht hatten bekommen können, ihr Nachkriegsbaby. Ein eigenes Kind zu haben, ja, sie verstand jetzt die ganze Aufregung. »Danke, dass du mir das Gurkenglas aufgemacht hast, mein starker Mann«, sagte sie und nahm sich sein anderes Stück Toast. Er konnte mehr machen. Er spannte seinen mickrigen Bizeps an und sagte: »Gern geschehen.«

Er war so neu, dass noch überall an seiner Kleidung Preisschildchen hingen. Sie sahen sie sich der Reihe nach an: »Oh mein Gott, wie viel? Diebe und Banditen! Das passt dir doch schon in fünf Minuten nicht mehr.« Ihr Sohn rieb ihr die Hände, bis sie wärmer waren. Das gefiel ihr, es war egal, dass er gerade nur abwartete, bis er sie um etwas bitten konnte. Er wollte ein Skateboard und war schon dabei, eine Liste mit Gründen herunterzurattern, warum sie es ihm kaufen sollte, aber sie sagte nur: »Ja. Warte hier.« Sie hatte einen Fünfzig-Pfund-Schein in ihrem Geldbeutel, und sie ging, um ihn zu holen. Als sie zurückkam, war er immer noch da, jetzt aber etwas älter, ungefähr fünfzehneinhalb, und er wollte kein Skateboard mehr, er wollte irgendeine Spielekonsole. Sie gab ihm ihr gesamtes Bargeld und sagte, er solle sich den Rest von seinem Dad holen.

Umarmungen, Küsse: ah gut, sie hatten ihn dazu erzogen, Nähe zuzulassen. »Du bist die Beste, Mum.«

»Ja, ja ...«

Er trocknete ihre plötzlichen Tränen. »Nicht weinen, während ich weg bin, Mum.«

186 |

»Kommst du wirklich zurück?«

»Ja, aber wenn du mich wegschickst, dann nicht.«

»Ich werde dich verdammt noch mal ganz sicher nicht wegschicken.«

»Super. Also dann, bis gleich.« Er warf seinen Teller in die Spüle – oder eher auf die Spüle, nein, er warf den Teller tatsächlich wie eine Frisbeescheibe. Aber er landete in der Spüle. Reines Glück.

»Warte mal ... Wie heißt du?«

»Alex, oder.«

»Hast du Freunde? Wer sind deine Freunde?«

Er verdrehte die Augen, zeigte ihr ein paar Fotos auf seinem Handy, scrollte in Blitzgeschwindigkeit an anderen Fotos vorbei. »Mum, es ist fast 12:30 Uhr, also ... bis später, ja?«

Sie wartete erst gar nicht auf das Geräusch der Wohnungstür. Sie wollte sofort etwas über ihren Sohn zu ihrem Ehemann sagen. Sie schaltete ihren Laptop ein und entwarf eine E-Mail an Jacob mit dem Betreff *Hast du gesehen, was wir erschaffen haben???* und setzte sich die Kopfhörer auf, anstatt die Mail abzuschicken. Sie spielte das dritte Gespräch ab, das sie aufgenommen hatten. Eine Frage und eine Antwort.

Was ist die wärmste Zeit des Tages?

Die Antwort kannten nur sie beide und Hunderttausende Anhänger einer gewissen K-Pop-Band: 14 Uhr.

Auf dem Bildschirm wartete Jacob auf ihre Frage.

»Hey, Jacob, was ist die wärmste Zeit des Tages?«

Seine Antwort: »Die wärmste Zeit des Tages ist 14 Uhr.« Das machte ihr zu schaffen. Jill runzelte die Stirn. Eigentlich waren es zwei Dinge, sie sie störten – dass er gesagt hatte »Die wärmste Zeit des Tages ist 14 Uhr«, wenn die gängige Antwort schlicht »14 Uhr« lautete, und dann, dass Vis Hand in der Einstellung auftauchte. Sie war nur für einen kurzen Moment zu sehen, bevor sie sie mit einem kaum hörbaren »Ups« vor der Linse wegzog, aber Jill konnte jetzt erkennen, dass die winkende Hand wahrscheinlich der Grund war, weshalb Jacob ein wenig lachte, während er sich zum Kern der Antwort hinredete (vielleicht hatte er kurz die Frage vergessen): »Die wärmste Zeit des Tages ist 14 Uhr.«

Alex kam zurück, bevor sie sich das dritte Gespräch noch einmal ansehen konnte. Er war jetzt Anfang zwanzig, und er trug Stoppeln am Kinn und rote Chinos. Er murrte nicht so sehr, wie sie erwartet hatte, als sie ihn fragte, ob sie zusammen ein wenig fernsehen könnten. Vergnügt willigte er ein, legte seinen Arm auf die Rückenlehne des Sofas und hielt sie so warm. Sie hatte nicht die geringste Ahnung, was sie sich ansahen, aber sie nutzte die Zeit, um jedes Detail seines Gesichts aufzusaugen, damit der Mann, der wie sie und Jacob aussah, später, wenn er wieder fort und es 12:30 Uhr in der Nacht wäre, die Dunkelheit überlagerte.

Am Morgen kam Alex mit Ende dreißig und Fotos von seiner Frau Amina und Jills Enkeltochter zurück. Jill ging in den Laden an der Ecke, um sich auf die Ankunft ihres Sohns in ihrer eigenen Lebensdekade vorzubereiten. Sie hatte nicht in den Spiegel gesehen, bevor sie die Wohnung verlassen hatte – Darren vom Laden an der Ecke war schockiert und fragte sie, ob es ihr gut ginge. Sie sagte ihm, alles sei in Ordnung, und erkundigte sich nach Datum und Uhrzeit. Es war 16 Uhr in der Außenwelt, und eine Woche und fünf Tage waren vergangen, seitdem sie angefangen hatte *Präsenz* zu testen. Fuchsregen fiel (immer noch?), und Jill sagte: »Die Zeit rast, die Zeit rast.« Darren fragte sie wieder, ob es ihr gut ginge, und diesmal fragte sie ihn, wie es ihm ginge. Darren ging es ebenfalls gut, jedenfalls behauptete er das.

Kann mich nicht beschweren ... Sie kaufte einen Lippenpflegestift und ging nach Hause.

Sie hatte Alex' Vierziger verpasst. »Ich bin jetzt in meinen Fünfzigern, Mum ...« Das sah man ihm gar nicht an ... vielleicht log er, vielleicht ist einem das eigene Kind immer Kind. Aber sie fühlte sich einfach nicht in der Lage, mit ihrem Sohn, der nun älter war als sie, zu Hause zu bleiben. Sie könnte eine Menge über ihn erfahren, das wusste sie, aber dazu müsste sie in dieser Wohnung bleiben, in der die Temperatur nun so tief unter Null gesunken war, dass Zahlen an Bedeutung verloren hatten. Sie schaffte es auch nicht, Alex wegzuschicken. Sie wusch sich. Diesmal nicht nur ihr Pony, sondern alles. Und sie nahm ein anderes Outfit aus ihrem Koffer und zog es an. Sie verabschiedete sich nicht von Alex, sie ließ ihn auf der Matratze weiterschlafen, die sie in das zweite Schlafzimmer zwischen die Puppenbühnen gelegt hatten. Er war immer noch holdig, obwohl seine Präsenz um 12:30 Uhr vollständig verklingen würde. Jill schloss die Wohnungstür hinter sich ab und suchte zwei Orte auf: einmal die Arbeit, um sich nach ihren Jungs zu erkundigen, nach denjenigen, für die sie noch Hoffnung hatte. Die Wärterin am Eingang drehte ihr den Rücken zu und führte mit leiser Stimme ein paar Telefonate, sagte ihr dann, es ginge ihnen gut, nichts Außergewöhnliches sei geschehen, und hatte sie nicht erst morgen wiederkommen wollen?

»Gut, ja, das stimmt ... Bis morgen dann.«

Jills zweites Ziel war ihr Zuhause in Holland Park. Im Zug dorthin dachte sie darüber nach, wie wahrscheinlich es sein würde, dass Vi bei Jacob war. Sie war in der Kameraeinstellung mit Jill und Jacob aufgetaucht, wenn auch nur ganz kurz. Seine Antwort hatte er trotzdem an sie gerichtet, und als sie nach Hause kam, war die Haustür unverschlossen, und das Haus war so dunkel und kalt wie die Wohnung, die sie vorhin verlassen hatte. Es war 12:30 Uhr, und Jacob saß vornübergebeugt am Küchentisch und trug Kopfhörer. Sie nahm sie ihm ab und fragte wieder: »Was ist die wärmste Zeit des Tages?«

Die Antwort kam diesmal ohne verbale Totlast: »14 Uhr ...«

Er legte seine Arme um sie, und sie ihre um ihn, ein Gewirr, das sie nur mit geschlossenen Augen lösen würden. »Du bist so warm.«

»Was *Präsenz* angeht«, sagte sie. »Schmeiß es weg. Tu das niemandem sonst an.«

»Einverstanden.«

Jacob erwähnte Alex nur einmal, als sie ihre Notizen verglichen. »Ich wünschte, wir hätten wenigstens ein Bild«, sagte er, und Jill wusste, was und wen er meinte. Sie war nicht seiner Meinung, aber sie widersprach diesem Wunsch auch nicht. Es war schließlich seiner.

EINE KURZE GESCHICHTE DER GESELLSCHAFT HÄSSLICHER FRAUENZIMMER

Von: Willa Reid <stonecoldwilla@hotmail.com>
An: Dayang Sharif <okinamaro1993@gmail.com>
Datum: 12. November 2012, 18:25
Betreff: SCHLIESS DICH UNS AN

Liebe Dayang,

unter den vielen Clubs, Verbänden, akademischen Foren, Interessengruppen, aktivistischen Zellen und Verbänden der Cambridge University gibt es eine Schwesternschaft, die in direkter Opposition zu einer Bruderschaft entstand. Was dieser Schwesternschaft zahlenmäßig fehlt, macht sie durch Tapferkeit[1] mehr als wett: die Gesellschaft Hässlicher Frauenzimmer. Von den Hässlichen Frauenzimmern kann nicht die Rede sein, ohne zunächst darauf hinzuweisen, dass es die Bettencourt Society war, die die Existenz eben genau dieser Art organisierter und gelegentlich streitlustiger weiblicher Präsenz an der Universität notwendig machte.

Die Bettencourt Society gibt es seit 1875. Die Bettencourter sind auch bekannt als die »Franziskaner«, weil ein Mann aufgrund seines hinreichenden Charismas, mit dem er – genau wie Franz von Assisi – sowohl Vögel als auch Wildtiere zähmen kann, in diese Gesellschaft gewählt wird. Jedes Jahr

---

1 | Das ist Grainnes Selbstwahrnehmung. Wenn man es schafft, über ihren Narzissmus hinwegzusehen, kann man sie vielleicht sogar eines Tages gernhaben. M. A.
Sagst du gerade, dass du mich gernhast, Marie? G. M.

veranstaltet die Gesellschaft am Ende des zweiten Trimesters ein Dinner in ihrem Hauptsitz, einem Palast im Taschenformat abseits der Magdalene Street, den Sir Hugh Bettencourt der Universität unter der Bedingung hinterlassen hatte, dass er ausschließlich für Aktivitäten der Bettencourt Society genutzt würde. Wenn du schon von den Bettencourtern gehört hast, kennst du vermutlich auch die folgenden Fakten: Keine Frau betritt dieses Gebäude, es sei denn, ein Mitglied der Bettencourt Society hat sie eingeladen, und kein Mitglied der Bettencourt Society lädt eine Frau in dieses Gebäude ein, es sei denn, zu diesem jährlichen Dinner. Und ob man zu diesem Dinner eingeladen wird, hängt davon ab, ob man als außergewöhnlich attraktiv gilt.

Die Gesellschaft Hässlicher Frauenzimmer existiert erst seit 1949. Die Frauen der ersten Generation hatten von der Bettencourt Society gehört und waren von den Gründungsprinzipien dieser sogenannten Franziskaner wenig angetan. Was ihr jährliches Dinner anging ... hmmm, schon seltsam, diese Unsicherheit intelligenter Menschen, ihre Zeit damit zu verbringen, sich gegenseitig auf die Schulter zu klopfen, weil sie Sozialkompetenz haben und hübsche Mädchen dazu bringen, mit ihnen zu Abend zu essen. Aber die Leute sollen ihre Zeit so verbringen, wie es ihnen gefällt. Nein, die ersten Mitglieder der Gesellschaft Hässlicher Frauenzimmer hatten kein Problem mit der Bettencourt Society, bis Giles Rutherford (Bettencourt-Society-Präsident 1949, Doktorand der Altphilologie) ein Gedicht schrieb und nicht weiterkam. Er müsste, sagte er, ein Mädchen erblicken, deren bloßer Name die Auffassung von Hässlichkeit herbeizauberte, wie es das Heraufbeschwören der Schönen Helena für die Schönheit tat. Zum Glück für Giles Rutherfords Gedicht befand sich die erste Welle weiblicher Akademikerinnen von Cambridge, die gleichwertige Abschlüsse wie die

Männer machen durften, in Reichweite, um mit ihnen zu liebäugeln. Rutherford schickte seine Brüder von der Bettencourt Society mit dieser Aufgabe an die Universität: »Findet mir das hässlichste Frauenzimmer der Universität, meine Brüder. Sucht überall, ruhet nicht, bis ihr ihr Gesicht und ihre Gestalt gezeichnet und mir gebracht habt. Durchkämmt besonders Girton. Etwas sagt mir, dass ihr sie dort finden werdet.«[2] Die Bettencourter sahen sich in jedem Winkel von Newnham und Girton um und fanden viele im Entstehen befindliche Legenden. Sie erstellten eine Liste von Cambridges hässlichsten Frauenzimmern, eine Liste, die später einer der Frauen in die Hände fiel, die zu einem jährlichen Bettencourt-Dinner eingeladen worden war. Diese Dame stahl die Liste und spürte andere Frauen auf, die Einladungen zu diesem Dinner angenommen hatten. Nachdem sie einige von ihnen versammelt hatte, zeigte sie ihnen die Liste der hässlichen Frauenzimmer und fragte: »Ist uns eine solche Liste recht?«

»Nein, das ist sie uns ganz sicher nicht«, antworteten die anderen. »Das hier ist Cambridge, verdammt noch mal – wenn ein Mensch nicht ohne derartige Belästigungen hierher zum Denken kommen kann, wohin soll ein Mensch denn sonst auf der Welt gehen???«[3]

Sie zögerten, ob sie die Frauen, deren Namen sie auf der Liste gesehen hatten, einweihen sollten. Einige der zum Bettencourt-Dinner Eingeladenen waren mit den hässlichen Frauenzimmern befreundet und wollten keinen Aufruhr verursachen. Wer will schon seinen Namen auf solch einer Liste sehen? Aber am Ende entschieden sie, dass es

---

2 | Zumindest stellt es sich Grainne Molloy so von Rutherford vor. Es lässt sich nicht verifizieren! T. A.
Pah, Geschichtsstudentinnen. G. M.
3 | Und wieder ein nicht verifizierbarer Dialog, Grainne … T. A.
Lass mich in Ruhe, Theo … G. M.

die einzige Möglichkeit war, um Kräfte zu vereinigen, die sich gemeinsam behaupten konnten. Diskretion über Klartext zu stellen, rächt sich am Ende immer. Moira Johnstone, die erste der hässlichen Frauenzimmer, die über ihren Platz auf der Liste informiert wurde, musste ein Projekt unterbrechen, an dem sie in ihrer Freizeit arbeitete – den Bau einer Bombe. Sie hatte nach einer Antwort auf die Frage gesucht, die sich ihr angesichts der Auswirkungen eines bestimmten Explosionstyps stellte, aber die Verlockung, ihr Modell an ein paar Blödmännern auszutesten, war zu groß. Die anderen reagierten ähnlich, aber bald einigten sie sich auf eine einfache, aber nachdrückliche Erwiderung. Während sie diese Erwiderung ausarbeiteten, fanden die zum Bettencourt-Dinner Eingeladenen und die hässlichen Frauenzimmer heraus, dass sie sich im Großen und Ganzen mochten und sich für die Arbeit der anderen interessierten. Somit gründeten sie eine Gesellschaft und erhielten Unterstützung durch neue Mitglieder, die auf keiner der beiden Listen standen. Gleichwohl gaben sich die Mitglieder dieser neuen Gesellschaft alle miteinander den Namen Hässliche Frauenzimmer.

Das Bettencourt Society Dinner von 1949 begann angenehm. Viel Champagner und Galanterie, Flirten und die sprachgewandte Erörterung von Ideen. Sie wurden am Tisch von Kellnern, die eigens für den Abend angeheuert waren, bedient, und wann immer ein Bettencourter mit einem der Gäste nicht einer Meinung war, sorgte er dafür, dass er seinen Dissens mit einem Kompliment für das Kleid seines Gegenübers abschwächte und sie dadurch an den wahren Geist des Abends erinnerte. Spaß! Jedenfalls war das so für die Jungs, bis ein lautes Krachen aus dem benachbarten Raum drang, wo die Kellner den ersten Gang vorbereiteten. Rutherford rief nach dem Oberkellner des Abends. Der Oberkellner antwortete, dass »etwas recht Merkwürdiges« geschehen war, aber dass der Betrieb in wenigen Minuten wieder laufen würde. Fünf Minuten auf einen Gang zu warten war keine große Mühsal – mehr Komplimente, mehr Champagner –, aber als der Oberkellner gebeten wurde, die Verzögerung zu erklären, fragte er scherzhaft zurück: »Glauben Sie an Geister?«

Die Lichter in der Küche waren aus und dann wieder angeschaltet worden, während das Essen auf den Tellern angerichtet wurde, und dann hatten die Kellner Schritte im Raum nebenan gehört, und dann war das Porträt von Sir Hugh Bettencourt in ebenjenem Raum von der Wand gefallen. Die Bettencourt-Jungs lachten darüber, aber ihre Gäste wurden bleich und hielten sich mit dem Essen ein wenig zurück. Wer wusste schon, was damit geschehen war, als die Lichter aus waren? Die Bettencourt-Jungs lachten sogar noch mehr. Selbst die klügste Frau kann töricht sein. Als sich dieselben Vorkommnisse zwischen dem ersten und zweiten Gang ereigneten – Schritte und herunterfallende Objekte, diesmal den gesamten Flur über dem Speisesaal entlang –, hörten die Bettencourter auf zu lachen und suchten nach Waffen, die ihnen dabei helfen würden, die Eindringlinge, ob nun geisterhaft oder nicht, festzunehmen. Ihre Gäste waren ihnen bereits einen Schritt voraus und hatten jedes Objekt fest im Griff, das sich zum Stechen oder Schlagen eignete, das Besteck mit eingerechnet. »Wollt ihr, dass wir nachsehen?«, fragte Lizzie Holmes, die erste Schriftführerin in der Geschichte der Gesellschaft Hässlicher Frauenzimmer.

»Nein, nein, ihr bleibt hier, wir kümmern uns darum«, sagte der Bettencourt-Präsident Rutherford und fügte ein bedeutsames »Nicht wahr?« für seine offenkundig abgeneigten Brüder hinzu.

»Ja, ja, natürlich ...« Die Bettencourter mussten nun unbewaffnet losziehen, da sich die verängstigten Frauen weigerten, ihnen auch nur eine Eiszange zu überlassen. Sie sammelten sich oben, ohne ein Licht, das ihnen den Weg wies (»Wir warten dann einfach in der Küche«, sagten die Kellner), und durchsuchten jeden Raum im ersten Stock, aber fanden niemanden. Als sie im Gänsemarsch zurück in den Speisesaal marschierten, war dieser jedoch voller nicht eingeladener Frauen, von denen sich jede einzelne auf einen von den Bettencourtern verlassenen Stuhl gesetzt hatte und die sich an dem Mahl erfreuten, das die Bettencourter vorübergehend zurückgelassen hatten. »Setzt euch, setzt euch zu uns«, rief Moira Johnstone, Nummer eins der Hässlichen Frauenzimmer. Die Bettencourter sahen Hilfe suchend zu Rutherford, wie sie nun weiter vorgehen sollten. Er entschied, dass die einzig anständige Reaktion eine freundliche war, also ließen er und seine Brüder einen weiteren Tisch hereinbringen und von den Kellnern eindecken und setzten sich hin und aßen zusammen mit all den hässlichen Frauenzimmern. Sie hatten alles genau so geplant, wie du es sicherlich mittlerweile erraten hast: Früher am Abend hatte sich die letzte der »attraktivsten« Frauen, die im Bettencourt-Hauptsitz eingetroffen war, noch an der Tür herumgetrieben, um die erste der »hässlichen Frauenzimmer« hereinzulassen.

Soweit wir wissen, erstellte die Bettencourt Society nie wieder eine Liste mit hässlichen Frauenzimmern. Die Gesellschaft Hässlicher Frauenzimmer erlebte eine Blütezeit, und dann schrumpfte die Mitgliederzahl, weil nachfolgende Generationen von Cambridge-Studentinnen keine Notwendigkeit sahen, sich so zu benennen oder sich den Bettencourtern (deren Mitgliederzahl stabil ist) entgegenzustellen. Die Aktivitäten der Gesellschaft Hässlicher Frauenzimmer stehen hauptsächlich unter der Überschrift »Lachen, Snacks und Tachinieren«, aber auf Anraten von Hässlichen Frauenzimmern, die bereits ihren Abschluss gemacht haben, gibt die Gesellschaft jedes Trimester ein Magazin heraus. Hauptsächlich für die Nachwelt, wir haben keine echte Leserinnenschaft außer uns selbst.

Also, wenn du beitreten möchtest, lauten unsere Fragen an dich:

Wer sind heute die Hässlichen Frauenzimmer?

Warum denkst du, dass du eine von uns bist?

Deine Antwort ist ein Schlüssel, der Welten (deine, unsere) aufschließen wird, deshalb antworte so vollständig und *bigarrure* wie möglich.

Wir hoffen, bald von dir zu hören

Willa Reid (3. Jahr Kunstgeschichte, Caius)

Ed Niang (2. Jahr Naturwissenschaften, Clare)

Theo Ackner (2. Jahr Geschichte, Emma)

Hilde Karlsen (3. Jahr Sozialwissenschaften, Politik, Girton)

Grainne Molloy (2. Jahr Jura, Peterhouse)

Flordeliza Castillo (1. Jahr Informatik, Trinity)

Marie Adoula (3. Jahr Moderne und mittelalterliche Sprachen, King's)

Dayang Sharif (2. Jahr Englisch, Queens') brauchte ein paar Tage, um sich eine vollständige und *bigarrure* Antwort zu überlegen. Sie hatte gleich beim Lesen der E-Mail mit dabei sein wollen – eigentlich schon, als sie Willa und Hilde im Zug getroffen hatte –, aber wie bei allen Gruppen bestand die Mitgliedschaftshürde weniger darin, die Hässlichen Frauenzimmer davon zu überzeugen, dass sie eine von ihnen war, sondern vielmehr darin, sich selbst zu überzeugen. Sie schlug das Wort *bigarrure* nach und fand heraus, dass es sowohl »ein Gemisch aus allerlei Farben, die ineinanderfließen« als auch »eine Abhandlung, die seltsam und abenteuerlich von einem Thema zum nächsten verläuft« bedeuten konnte. »Gemisch aus allerlei Farben, die ineinanderfließen« ließ sie an ihren Studienleiter, Professor Chaudhry, denken, der sagte: »Ich habe Sie mit Ihrer Suffolk-Truppe gesehen, Dayang. Eine bunte Gang!« Sie hatte ihn angesehen, um herauszufinden, was er mit »bunt« meinte, und aus seinem Grinsen geschlossen, dass andere Definitionen »herrlich« und »hat mir eine verdammt riesige Freude bereitet« beinhalteten.

Day erstellte eine Antwort, die sich auf den Abend konzentrierte, an dem sie Hilde und Willa kennengelernt hatte. Sie war mit Pepper, Luca und Thalia in King's Cross eingestiegen, alle vier waren in Schweiß und Glitter gebadet – sie hatten den Freitagabend in London verbracht und waren jetzt auf dem Weg zurück zu Days Zimmer, um zu pennen. Hilde und Willa saßen ihnen gegenüber und teilten sich einen Red Velvet Cupcake. Day erinnerte sich, wie sie versuchte, sich nicht darüber aufzuregen, dass zwei gestandene junge Frauen Angst hatten, jeweils einen ganzen Cupcake zu essen. Sie kannte sie nicht und auch nicht ihre Ängste. Ihr fielen Willas lange kastanienbraune Haare und Hildes Augen auf, die wie große blaue Mandeln waren. Sie hatte sie nie zuvor gesehen, nickte ihnen aber zu, und sie nickten zurück und führten ihre Unterhaltung fort, die sich um den Vergleich zwischen mittelalterlicher und moderner Logistik bei Entführungen zu drehen schien. Pepper und Luca wollten sich Thalias Klagen über die Kunstakademie widmen, und Day war gerade dabei, ihren Senf dazuzugeben, als fünf Jungs, die im selben Alter wie sie zu sein schienen, durch den Wagen schwankten und Rugby-

Lieder sangen. Tatsächlich wusste Day nichts über Rugby, es waren also vielleicht nicht unbedingt Rugby-Lieder, aber die Männer waren definitiv wie Rugby-Spieler gebaut. Sie glotzten, als sie an Day und ihren Leuten vorbeikamen. Day verspürte ein Ziehen im Magen, als sie ein paar Schritte zurückgingen und aufhörten zu singen. Sie merkte, wie sie darüber nachdachten, etwas zu machen oder zu sagen. Wenn diese Jungs etwas sagten, würde Luca sich mit ihnen anlegen und Pepper auch, und was sollten Day und Thalia dann tun – schlichten? Wohl kaum. Day konnte zuschlagen ... Ihre Eltern waren nur zweimal zu Notfallgesprächen wegen ihr in die Schule zitiert worden, und beide Male war es ums Zuschlagen gegangen. Nicht unbedingt der Umstand, dass sie jemanden geschlagen hatte, nein, es war die Art und Weise, wie. Day schlug fest zu, und wenn sie es tat, kam von ihr kaum eine oder keine Vorwarnung. Sie schlug auf Venen. Abgesehen davon, dass es verstörend war, dabei zuzusehen, war das Venenschlagen für Days Zielobjekte extrem qualvoll. Die Verbindung zwischen Herz, Lunge und Hirn kam ins Stottern und schien dann abzubrechen, und dann zuckten die Gliedmaßen des Zielobjekts willkürlich bei dem Versuch, sich wieder halbwegs der Schwerkraft anzunähern. Days Schwester bat sie immer mal wieder darum, ihr zu zeigen, wie es funktionierte, aber Day konnte es nicht vermitteln. Sie wusste einfach, wie es ging, das war alles. Sie glaubte, es könnte mit Angst verbunden sein und dem Bedürfnis, absolut sicher zu sein, dass sie die Angst mit jemandem teilte. Und sie hatte wirklich keine Lust, heute jemanden zu schlagen. Sie hatte einen schönen Abend gehabt und wollte ihn sich nicht verderben lassen ...

Zwei der Rugby-Jungs waren schwarz. Beide fielen sie Pepper ins Auge, und alle drei schienen sich dafür entschuldigen zu wollen, dass sie einander anstarrten. Aber das hieß nicht, dass es nicht zu einem Streit kommen würde. Also spannten sich Day, T, Pepper und Luca an. Day fiel etwas Interessantes auf: Kastanienhaar und Blaue-Mandelaugen aßen keinen Kuchen mehr, sie hatten sich auch angespannt. Nicht auf die Art, wie man sich anspannte, wenn man kurz davor war wegzurennen, sondern so, wie man sich anspannte, wenn man sich nichts bieten lassen würde. Und als sie sich umsah, bemerkte Day, dass Kastanienhaar und Blaue-Mandelaugen tatsächlich nicht die einzigen waren. Andere, die im Abteil verteilt saßen, waren jetzt ebenfalls hellwach, sahen von ihrem Handy auf, manche schoben sogar ihre Ärmel hoch. »Seht zu, dass ihr Land gewinnt«, riet ein Mann mit breiter Brust, und die Jungs schienen über Zahlenverhältnisse nachzudenken, dann gingen sie und nahmen ihre Gedanken daran, einen Streit anzufangen, mit. Als sie fort waren, beugte sich Kastanienhaar über den Tisch und sagte: »Ich bin Willa.« Blaue-Mandelaugen stellte sich als Hilde vor und sagte ganz nebenbei: »Als wir klein waren, hatten wir zusammen Windpocken.«

»Aha«, sagte Luca weise. »Dann kennt ihr euch also gut.«

Willa rieb sich die Nase. »Oh, aber wir haben das nicht absichtlich gemacht ...«

Willa war ernsthaft vornehm. Sie versuchte, nach Themsemündung zu klingen, schaffte es aber nicht ganz. Am Bahnhof wandte sich Hilde an sie und fragte: »Studiert ihr hier?«

T, Pepper und Luca sprachen durcheinander: von wegen! Ja klar ... und alle drei zeigten auf Day: »Das ist sie, unsere Miss Establishment ...«

»Bitte lebt einfach nur fröhlich euer hasserfülltes Leben, Leute«, sagte Day.

Willa notierte sich Days E-Mail-Adresse und sagte, sie würde sich melden. »Wir sollten mal alle zusammen tachinieren.«

Tachinieren? Pepper fand, dass das nach was Sexuellem klang. Luca sagte: »Vielleicht hat das was mit Pferden zu tun? Die da reitet doch ganz offensichtlich.« Thalia kicherte nur.

Das Treffen im Zug beantwortete schon irgendwie die Frage, warum Day dachte, sie könnte ein Hässliches Frauenzimmer sein, aber es beantwortete nicht die Frage, was ein Hässlichen Frauenzimmer war. Im zweiten Jahr hatte sich Day dem pflichtbewussten Lernen verschrieben. Sie konnte sich kein weiteres Fiasko bei den Prüfungsergebnissen wie im letzten Jahr leisten (zu viel Zeit mit Besuchen bei Pepper an der Oxford Brookes verbracht), also konnte sie sich nur ihren Fragen nach dem Hässlichen-Frauenzimmer-Dasein widmen, nachdem sie so viel wie möglich für ihren Abschluss gearbeitet und so viel gelesen und Notizen gemacht hatte und Literaturhinweisen nachgegangen war, wie in einen Tag hineinpasste. Queens' lag Day im Blut, schließlich war es auch das College ihres Vaters. Zu seiner Zeit war er Tausende Meilen geflogen, nur um sich einschreiben zu können, während sie aus Suffolk gekommen war. Ihre Collegebibliothek war spätabends in Bestform. Nachts schienen die Figuren in den Buntglasfenstern zu schlafen, und die Lampen auf jedem Tisch ließen sanft orangefarbenes Licht über die Böden fließen, bis es zu einer großen Kugel wurde, die durch jede Windung der Treppen bis zur obersten Etage sprang. Wenn sie die gesamte Szene betrachtete, schien sie etwas zu sein, das die Buntglasfiguren erträumten. Sie dehnte sich, seufzte. *Na ja, ich bin ein fantasievolles Frauenzimmer, aber bin ich auch ein hässliches?* Ihre Schwester Aisha bemühte sich um Murray Edwards, das College ihrer Mutter.

Day hatte nicht leise genug geseufzt. Ein paar Tische entfernt sah Hercules Demetriou (1. Jahr, Jura) zu ihr herüber und lächelte. Sie sah weg. Sie fand ihn nicht bösartig oder so, aber er war ein Problem. Es lag ganz allein an ihr, weil sie ihn gut fand, obwohl er bereits in die Bettencourt Society aufgenommen worden war. Der Junge war groß und gut gebaut und hatte gewelltes Haar, exzellente Zähne und eine unerschütterliche Ausgeglichenheit. Aus der Nähe sah man vereinzelt etwas Akne, aber das war kein Trost. Sein Hautton verlieh ihm ein ausreichend mehrdeutiges ethnisches Aussehen, sodass kleine Kinder, deren Eltern eine Vorliebe für Disney-Klassiker hatten, zu ihm liefen und ihn fragten: »Bist du Aladdin?« Er schenkte ihnen dann ein umwerfendes Lächeln und antwortete: »Nein, ich bin Hercules.«

Hercules von Stockwell. So eingebildet. Diese Schwärmerei konnte Day niemandem gestehen. Hercules sprach allerdings mit ihr. Er sagte manchmal: »Wir sehen uns in der Bar, ja?«, wenn er und seine Leute an ihr und ihren Leuten vorbeigingen. Dann wandten sich Mike oder Dara oder Jiro zu ihr und sagten so etwas wie: »Und, wirst du ihn in der Bar treffen? Oder auch in seinem Bett?« Entsetzlich. Wenn Hercules Demetriou Day ansprach, schlug ihr Herz ganz schnell, und ihr Schoß führte sich auf, als wüsste er nicht, was der restliche Teil von ihr über Hercules wusste. Was wollte er? Day fand eigentlich nicht, dass sie unattraktiv sei: Ihre Erscheinung war weitgehend passabel und manchmal sogar mehr als das. Es gab zwei Dinge, die nicht für sie sprachen. Einmal ihre Brille, die die Leute (inklusive ihr selbst) oft zu der irrigen Annahme des Sexy-Bibliothekarinnen-Effekts verleitete. Sie wissen schon ... Die Brille wird abgenommen, die Haare fallen sanft über Schultern und Rücken, und siehe da. Oh nein. Sie hatte außerdem unangemessen große Füße. Sie würde nie auf Mondstrahlen wandeln. *Warum* versuchte der perfekt proportionierte Hercules Demetriou, sich mit ihr anzufreunden? Das ergab keinen Sinn. Es sei denn, die schleimigen Bettencourter legten am Ende eine weitere Liste an.

Der junge Held sah immer noch zu ihr. Day nahm ihre Brille ab, putzte sie, setzte sie wieder auf und tippte ein paar Absätze.

Was ist ein Hässliches Frauenzimmer? Ist ein Mädchen, das jeden Mann erschöpfend durchleuchtet, mit dem ihre Mutter gern ausgehen würde, ein hässliches Frauenzimmer? Diese Dinge Aisha zu überlassen bedeutete einfach nur, sie den Bach runtergehen zu lassen. Was war mit einem Mädchen, dem es manchmal leichter fiel, mit dem Partner ihres Vaters zu reden als mit ihrem Vater – welche Art Frauenzimmer ist sie? Days Vater fastete immer noch an Ramadan, obwohl er nicht mehr in die Moschee ging, und von Zeit zu Zeit wurde er bei Anzeichen von Days und Aishas »säkularer Respektlosigkeit« wütend, die sie sich, da war er sich fast sicher, von ihrer Mutter abgeschaut haben mussten. (Hatten sie nicht. Wenn überhaupt, dann schauten sie sie sich von Dads Partner Anton ab.) Aber abgesehen davon, dass er wegen irgendwelcher Verhaltensweisen seltener durchdrehte, war Anton auch weniger empfindlich als Dad. Day hatte einmal erwähnt, sie sei neidisch auf ihre Freundin Zoe, weil diese zwei Mütter hatte – und was für ein Wunder es doch war, zwei Mütter zu haben, die beide so cool waren, aber ihr Dad hatte sie so verstanden, als meinte sie, dass sie die Familie, die sie hatte, so nicht wollte, dass sie angefangen hatte, ihren Kommentar so umständlich zu erklären, dass er sogar noch abschätziger ihm und Anton gegenüber klang, worüber er schließlich lachen musste.

Ein Mädchen am Tisch neben Hercules – Day glaubte, ihr Name war Lakmini – schrieb ihm eine Nachricht. Es musste eine heiße Nachricht gewesen sein, weil er sich damit Luft zufächelte. Aber Miss Dayang Sharif war vollkommen egal, was in der Nachricht stand, total.

Wer sind die Hässlichen Frauenzimmer von heute?

Sie schrieb über ihren ersten Freund, Michael, ihren ersten und bis heute einzigen Freund. Sie war in ihn verliebt gewesen, und sie hatten sich getrennt, aber die Liebe war geblieben. Ehrlich gesagt war die Liebe – nicht wahrer, nur besser geworden. Die Eltern ihrer Freundin Maisie waren an dem Wochenende fort, an dem das Finale des Eurovision Song Contest stattfand, also lud Maisie »alle meine ESC-Luder« zu sich nach Hause ein, was allerdings nicht sehr viele waren. Nur Maisie, Day und Aisha, bis Michael mit zwei Freundinnen auftauchte, Luca und Thalia. Ein Taxi hielt vor Maisies Haus, und Michael, Luca und Thalia stiegen aus, alle drei mit Seidenumhängen bekleidet – aus echter, schwerer Seide. Maisie stürmte an die Haustür: »Was? Wer ist das? Kommen wirklich die Supremes zu Besuch? Ich muss in einem früheren Leben ein ganzes Land gerettet haben ...«

Day brauchte ein paar Stunden, um schließlich mit Thalia und Luca zu reden. Sie hatte nur Augen für Michael. Zum ersten Mal erkannte sie, dass er alles hatte, was sie an Hollywood aus der Zeit vor dem Farbfilm begehrte. Hüftschwingender Gang, Lippen, die grausame Lügen und süße Wahrheiten mit einem einzigen Lächeln aussprachen, Wimpern, die das Weltall berührten. Hätten Bette Davis und Rita Hayworth gemeinsam ein karibisches Kind der Liebe gezeugt, es wäre genau wie Michael an jenem Abend gewesen. Sie umarmten sich sehr lange, und später sprachen sie draußen auf dem Balkon miteinander. »Gott sei Dank gibt es das Internet«, sagte er. »Sonst hätte ich Luca und T nicht gefunden. Von allen Verrückten auf der Welt haben mich genau die richtigen beiden gefunden ...«

Er entschied sich für den Namen Pepper. Day erinnerte sich an den Rest dieser Nacht im Zeitraffer - galoppierend, flatternd, die Lautsprecher so weit aufgerissen, dass der Gesang die Luft erzittern ließ und der Beat sich wie ein Schlag auf den Kopf anfühlte. Der Backbeat war wie eine Hängematte, in die man sich fallen ließ. Ringelreihen, Panflöten, Trompeten und Gejodel – Day hielt Händchen mit Luca, der mit Aisha Händchen hielt, die mit Maisie Händchen hielt, die mit Pepper Händchen hielt, die mit ihr Händchen hielt, sie tanzten im Kreis um Handtaschen und Mäntel, die in der Mitte aufgestapelt waren, jubelten für die Länder, deren Bühnenperformance am aufwendigsten oder bizarrsten war. Luca und Thalia wurden auch zu Days Freundinnen. »Fürs Leben, ja? Nicht nur für den ESC ...«

Thalia mochte den ESC nicht mal. Sie sagte, sie sei nur mitgekommen, um Day kennenzulernen. »Die da spricht ständig von dir«, sagte sie und deutete auf Pepper.

Days Stiefvater, Anton, der immer Schwierigkeiten gehabt hatte, sich an Michaels Namen zu erinnern, begrüßte Pepper hocherfreut, sogar als er Day mit den Zeiten aufzog, in denen sie gesagt hatte, Michael sei derjenige, welcher. Day zuckte nur mit den Schultern. Pepper war nicht immerzu öffentlich sichtbar, aber ob sie mit Pepper als Pepper zusammen war oder mit Pepper als Michael – Day hatte die Person gefunden, mit der sie für immer jung sein konnte. Cornettos auf der Achterbahn essen, um auf ewig an ihrer Fähigkeit zu arbeiten, Geschrei mit Eiscreme zu verbinden.

Also … was ist ein Hässliches Frauenzimmer?

Day schrieb über Luca, den muskulösen und viel gepiercten Luca, und wie sein Haar an diesem ersten ESC, den sie zusammen verbracht hatten, genauso pastellmintgrün war wie das Kleid, das er trug. Er und Thalia waren etwas älter, Anfang zwanzig. Tagsüber verkaufte er Haute Couture. »Alle wollen von hier wegfliegen, aber nicht alle können sich eigene Flügel wachsen lassen … also kaufen sie sie bei mir …« Nachts war er ein unaufhaltsamer Bonvivant und wählte für jede Nacht den passenden Rausch und mischte sich den pharmazeutischen Cocktail, der den am wenigsten qualvollen Kater nach sich ziehen würde. Manche seiner Nächte waren so heftig gewesen, dass er kaum glauben konnte, noch am Leben zu sein – »Aber das hier kann nicht das Jenseits sein. Irgs, das kann es einfach nicht sein.« Luca lacht lange und laut, und sein Körper bebt dabei. Er ist besser im Vergessen als im Vergeben. Er sagt, dies sei das Einzige an ihm, das ihm Angst macht. Days Vater sagt über ihn: »So … verletzlich«, und gleichzeitig sagt ihr Stiefvater: »Dreist!« Keiner der beiden liegt ganz richtig. Als Luca jünger war, warfen ihn seine Eltern für eine Weile raus. Sie hofften, er würde dadurch weniger dreist, aber es half nichts – er wohnte bei Freunden und wurde nur noch ungestümer, und als er nach Hause kam, war es, als würde er seine Familie wieder ins Herz schließen und nicht anders herum. Day wusste, dass Pepper und Luca zusammen waren. Sie hatte auch gehört, dass Luca gern Heteromännern nachstellte. Thalia bezeichnete diese Tendenz als »Lucas Extremsport«. Pepper sagte, Luca käme schon klar. »Er hat uns.«

Oh, und Thalia – Day musste von T erzählen. Thalias Ästhetik war die zivilste (Pepper hatte das meiste aus ihren YouTube-Make-up-Tutorien gelernt), und Thalia war ihr vollständiger Name. Sie war ruhig, zurückhaltend, und sie lebte mit einem älteren Mann zusammen, den noch keiner ihrer Freunde je getroffen hatte. Der einzige Grund, warum ihre Freunde überhaupt von dem älteren Mann wussten, war folgender: Eine Woche lang war T außer sich vor Freude gewesen, weil sie fünf Triptychen verkauft und eine wirklich durchdachte, erkenntnisreiche Nachricht von dem Käufer erhalten hatte. Aber dann fand sie heraus, dass der Käufer ihr Freund war, weshalb sie ein paar Tage lang wütend war, und dann mischte sich wieder Euphorie unter die Wut. Luca argumentierte, dass der Freund einfach nur in eine Künstlerin investierte, die eines Tages berühmt sein würde, und wann immer Thalia das zu hören bekam, sagte sie »klar«, um zu zeigen, dass sie es nicht so sah. Thalia malte Szenen aus zwei Perspektiven auf Spiegel, dramatische Fernsehbilder, die lediglich in Thalias Kopf ausgestrahlt worden waren. Ihre Spiegelgemälde ließen Lücken, wo die Gesichter der Figuren normalerweise wären, sodass diese durch eigene Gesichter ersetzt werden konnten. Thalias Pinselstriche sind dünn, durchscheinend und launenhaft platziert. Sie wirbeln ineinander. Ihre Farben sind Weiß und Silber. Um die Bilder herum malt T ein paar Wörter aus dem Drehbuch: ein Alphabetrahmen. Day mochte eine Off-Stimme am liebsten:

Dem Vorkoster ist ein wenig übel. Er wird gut bezahlt, aber er hasst seinen Herrn so sehr, dass er heute, als er endlich Gift kostet, eine Menge gegessen hat, und er schafft es, einen normalen Gesichtsausdruck zu wahren, bis sein Herr mindestens so viel gegessen hat wie er. Iss herzhaft, Chef, hör jetzt nicht auf ...

Was ist ein hässliches Frauenzimmer? Luca ist eins, und Day ebenfalls, und Pepper und Thalia und Hilde und Willa und jede, die nicht einfach damit zufrieden ist, eine Einladung anzunehmen, sondern will, dass mehr Leute zur Party kommen, mehr und mehr und mehr. Day kann Pepper und Luca geradezu hören, wie sie bei einer solchen Party auf einen Tisch klettern und herausbrüllen (sie müssten durch Megaphone brüllen, sie stellt sich eine Zusammenkunft vor, die das Kolosseum in Rom mehrfach füllen würde): *Hallo ihr alle, es ist toll, euch zu sehen, ihr hässlichen Untiere und Frauenzimmer.*

Senden.

Die Hässlichen Frauenzimmer haben kein festes Hauptquartier, und alle Mitglieder sind sich einig, dass sie demütig bleiben, indem sie sich auf die weichen Möbel und Snackangebote des jeweiligen Mitglieds verlassen, das die Gastgeberin des Monats für die Frauenzimmertreffen ist. Der Februar war Days Monat als Gastgeberin, und dieses besondere Treffen war einberufen worden, um die Artikel für die *Das Frauenzimmer*-Ausgabe im zweiten Trimester zu besprechen. Es sollte zwei Interviews geben: eines mit einer Bankräuberin, die einen Studienplatz in Cambridge abgelehnt hatte und es jetzt halb bereute. Marie kümmerte sich um diese Story. Sie hatte ein Händchen für bittersüße Reue und geldgierige Frauen. Das andere Interview war mit Myrna Semyonova, Autorin eines Romans, *Schnulzgeschichte*, den sie geschrieben hatte, um ihre Freundin zum Lachen zu bringen. Er bestand schließlich aus einer langen, Whisky-getränkten Feier all der Fehler, die zwei Dichter (einer jung, einer mittelalt) in ihrem Leben gemacht hatten und noch immer machten. Der Erzähler des Romans war die Bar, in der die beiden Dichter tranken, und da Semyonova das Buch unter dem Pseudonym Reb Jones veröffentlicht hatte, wurde sie als der neue Bukowski gefeiert. Willa übernahm das, und sie reagierte genauso darauf, dass *Schnulzgeschichte* so ernst genommen wurde wie Semyonovas Freundin: Es machte den Witz doppelt so lustig. Ed arbeitete an einer Geschichte über Wissenshierarchien für die weiblichen *love interests* in den frühen Ausgaben ihrer Lieblingscomics. Wie unglaublich seltsam es sein muss, innerhalb einer Geschichte zu agieren, wo man kompetent, mutig, lustig, beruflich ganz weit vorn ist, und trotzdem darf man nicht so schlau sein zu merken, dass der Mann, den man täglich sieht oder mit dem man zusammenarbeitet, exakt dieselbe Person wie der Superheld ist, der einem nachts das Leben rettet. »Sieht so aus, als klammerte sich jemand hinter den Kulissen an die Vorstellung, dass die Frau, deren Aufmerksamkeit man nicht bekommt, einfach nur den ›wahren Charakter‹ nicht sehen kann, nein?«

Day sah von einer zur anderen. Marie könnte mit Thalia klarkommen. Beide legten Wert auf vollendete Umgangsformen und waren stets perfekt frisiert, auch wenn Maries Zaire-französischer Akzent und ihre Eigenart, Jacken über den Schultern zu tragen, ohne die Arme in den Ärmeln zu haben, ihr formvollendetes Auftreten besser zur Geltung brachte als Thalia das ihre. Die Gesellschaft war zu klein, um eine Anführerin zu haben, aber hätte sie eine, wäre es Marie. Manchmal, wenn Marie und Willa Französisch miteinander sprachen und dabei die Blicke schweifen ließen, kam es Day so vor, als würden sie ihre Art, sich anzuziehen, geringschätzen, aber Ed hatte ihr versichert, dass dies einfach nur die natürliche Reaktion von Menschen, die nur Englisch sprechen konnten, auf fließend französischsprachige Leute war. Ed, nach Edwina Currie benannt, war sehr viel zugänglicher. Man konnte mit ihr über alles plaudern. Wenn sie eine Anspielung nicht verstand, sagte sie es einfach. Es war selten, sehr selten unter all den Leuten, die Day in Cambridge getroffen hatte, dass jemand zu seinen Wissenslücken stand ... aber Ed bat darum, mehr zu hören. Diese koboldhafte, burschikose junge Frau war so schwarz wie Marie und eine Londonerin wie Willa, aber wie sie selbst sagte, »eine andere Sorte schwarz und eine andere Sorte Londonerin« – es war schwer, sich eine Zeit, einen Ort oder eine Gelegenheit vorzustellen, abgesehen von der Universität und der Gesellschaft Hässlicher Frauenzimmer, wo Leute wie Ed, Willa und Marie herausfanden, dass sie sich wirklich gut verstanden. Zum einen hatten alle drei die Tendenz anzunehmen, dass alle anderen ständig Witze rissen, und reagierten entsprechend – Willa mit fröhlicher Unbeschwertheit, Marie mit ehrlicher Enttäuschung, Ed mit diversen Mikroexpressionen, halben Lächeln, die einen auch zum Lachen bringen konnten, selbst wenn man wirklich meinte, was man sagte.

Theo und Hilde hingegen dachten nie, dass jemand etwas im Spaß sagen könnte. Man musste sie explizit darauf hinweisen. Theodora Ackner, aus Nebraskas bester Gesellschaft, war immer noch von den europäischen Geistern verwirrt. Hilde, Ed und Grainne konnten sie längst nicht mehr hören, aber die Geister schienen in Theos Gegenwart wieder zu erwachen, weil sie aktiv nach ihnen lauschte. Lissabon, Paris und Wien waren für sie schwierige Orte, mit Blut verklumpte Schönheiten. Hilde weigerte sich, Theo nach Oslo zu begleiten. »Ungefähr ein Viertel meiner Familie lebt dort, Theodora. Ich will diese Dinge auf meine Art entdecken.«

Und dann war da noch Grainne Molloy, die sich dafür eingesetzt hatte, als »die unbezähmbare« Grainne Molloy in die Annalen der Gesellschaft Hässlicher Frauenzimmer einzugehen, allerdings ohne Erfolg, weil, wie Hilde aufgezeigt hatte, »Manchmal bist du durchaus bezähmbar«. Grainne verlor wirklich ein paar Mal am Tag die Beherrschung, aber ihre frenetische Energie diente gelegentlich dazu, einen anderen Zug an ihr zu verschleiern: das kühle und kalkulierte Sammeln belastender Anekdoten.

Das neueste Hässliche Frauenzimmer war halb in jede einzelne ihrer Mitfrauenzimmer verliebt, aber sie wusste nicht genau, was sie, Dayang, zu der Mischung beitrug. Sie war nun seit über drei Monaten Mitglied und hatte noch keine Idee für einen Artikel oder eine Gruppenaktivität gehabt. Sie schoss die Gruppenfotos, damit sie keinen physischen Beweis dafür haben würde, dass sie die Außenseiterin war. Vielleicht könnte sie sich um das Anwerben neuer Mitglieder kümmern. Ein paar ihrer Freundinnen vom College und der Fakultät hatten interessiert gewirkt, als sie die Frauenzimmer erwähnte.

Flordeliza, das jüngste Frauenzimmer, eine Studentin im ersten Jahr, tauchte spät auf. Wie erwartet. »Guten Tag, die Damen!« Sie schnappte sich eine Handvoll Kekse und ließ sich auf Days Bett fallen. Sie ließ sich seit dem Sommer einen seitlichen Iro wachsen, sodass ihr Haar vorn immer noch sehr viel länger war als hinten. Ihre Kleider waren zerknautscht, und sie war offensichtlich eingeschlafen, ohne sich den Eyeliner vorher abzuschminken. Day war das kaum aufgefallen, bevor Flor verkündete, dass sie eine Geschichte der Schande zu erzählen hatte. Die aber auch eine Geschichte der Möglichkeiten war.

»Los«, wies Theo sie von ihrem Platz am Fenster aus an. Sie hatte sich Days Vorhänge so umgelegt, dass sie einer voluminösen Toga glichen.

»Okay, aber zuallererst, ihr dürft mich nicht verurteilen ...«

»Wir sind hier alle Freundinnen«, sagte Marie streng.

Flordeliza enthüllte, dass ein Mitglied der Bettencourt Society auf Philippinerinnen aus Yorkshire stand. »Oder vielleicht nur auf diese?« Sie deutete auf sich selbst.

»Oh Gott«, rief Grainne. »Oh Gott, Flordeliza, was hast du getan?«

Day erwartete, etwas über Flor und Hercules zu hören. Ihr war ein wenig schlecht, aber das waren nur unterdrückte Gefühle, eine Empfindung, die die Dayang Sharifs dieser Welt nur zu gut kannten. Frühling lag definitiv in der Luft, auch wenn es erst Februar war. Alle außer Day befanden sich in einer romantischen Beziehung – Marie mit jemandem aus dem Ort, der Motorrad fuhr, Willa mit einer Kuratorin des Fitzwilliam Museums, Theo mit einer Reiseführerin, die Touren durch das Dickens'sche London anbot, Ed und Grainne miteinander, und jetzt Flordeliza mit ihrem Bettencourt-Typen. Days einzige Hoffnung war, dass Hercules Demetriou in dieser Geschichte so schmierig wegkam, dass Days körperliche Reaktion auf seine Nähe gnädigerweise für immer abgestumpft wäre.

(Letztens ging sie auf der King's Parade an ihm und ein paar Jungs, die sie für Bettencourter hielt, vorbei. Anscheinend führten sie eine Umfrage durch, die erforderte, dass die Meinungen von Frauen dringend erbeten wurden. »Wohl eher um 'ne Liste zu erstellen«, murmelte sie, und Hercules hatte sie angelächelt und gesagt: »Sorry, wie bitte?«

»Nichts. Hallo.«

»Hi. Hör mal, möchtest du ...«

»Sorry, geht nicht. Bye.«)

Flor sprach nicht von Hercules, sondern von einem Studenten an ihrem College aus dem dritten Jahr, der Barney Chaskel hieß, jemand, den sie nicht für einen Bettencourter gehalten hatte, weil »Na ja, er ist irgendwie so zurückhaltend und macht sich selbst über seine Obsession mit Verschwörungstheorien lustig und ... er ist süß«.

»Süß?!«, erschallte es aus jeder Ecke des Raums. Day fragte es am lautesten, eher neugierig als ungläubig. Hilde sagte: »Flor, gehst du da nicht zu weit?«

»Seht mal ... Auf dem Weg hierher habe ich sogar darüber nachgedacht, es euch so zu erzählen, als hätte ich ihn nur verführt, um an Infos ranzukommen, aber ehrlich gesagt wusste ich vor heute Morgen nicht, dass Chaskel ein Bettencourter ist! Ich sagte ihm, ich müsste zu einem Frauenzimmertreffen, und er so ... doch nicht die Hässlichen Frauenzimmer? Und ich so, doch, genau die, und dann sagte er: ›Wie lustig, ich bin ein Bettencourter ...‹«

»›Wie lustig‹ ...? Dieser ›Barney Chaskel‹ findet unsere jahrzehntelange Feindschaft einfach nur ein bisschen lustig ...?«, wunderte sich Theo laut.

»Flor«, sagte Marie mit Grabesstimme. »Bis jetzt geht es in dieser Geschichte darum, dass sich unsere Feinde in oberflächlich immer noch ansprechendere Formen entwickeln. Du hast erwähnt, dass es auch eine Geschichte der Möglichkeiten ist?«

»Flordeliza, wenn es da noch eine Wendung gibt, lass sie uns wissen, sonst hätten wir ein paar Schläge für dich auf Lager ...«, fügte Ed hinzu.

Aber Flor hatte schließlich doch noch etwas Gutes für sie. Sie war Barney Chaskel zum Hauptquartier der Bettencourt Society gefolgt und hatte gesehen, wie er den Türcode eingegeben hatte. Deshalb war sie so spät: Sie hatte die Bewegungsabfolge gesehen, aber nicht die einzelnen Bestandteile. Also hatte sie sich den Laden näher angesehen, beobachtet, dass die Bettencourter durch eine andere Tür hinausgingen, und sich selbst drei Anläufe gegeben, um den Code, den Barney eingegeben hatte, zu wiederholen.

»Schätzchen«, sagte Willa. »SCHÄTZCHEN. Glück beim dritten Versuch?«

Flor lachte und sagte: »Beim zweiten.«

Grainne und Willa johlten und warfen sich auf sie, aber Hilde, Ed und Theo blieben ungerührt.

»Es gibt für uns keinen Grund, die Bettencourt-Räumlichkeiten zu betreten«, verkündete Hilde.

Theo pflichtete ihr bei. »Die Frauenzimmer haben schon vor Jahren die Fronten endgültig geklärt.«

»Nein, kommt schon, kommt schon, uns ist es in den Schoß gefallen, also wäre es Torheit und Sünde, es nicht zu nutzen!«, sagte Grainne.

Aber Ed unterstützte Hilde und Theo. »Ja, sicher, es wäre ganz nett, die Bettencourter noch mal richtig zu verarschen, aber mir wäre es lieber, wenn wir es hinter uns lassen und uns auf uns selbst konzentrieren. Wir brauchen mehr Beiträge für *Das Frauenzimmer* ... Wollte uns Day nicht gerade eine Idee vorstellen?«

»Ich finde, wir sollten reingehen«, sagte Day. Alle verstummten, aber ihre Worte galten Marie, die sich noch in keine Richtung geäußert hatte. »Ich finde, wir sollten reingehen und Bücher austauschen.«

»Bücher austauschen?«, wiederholte Marie.

»Ja. Ich wette, die Bettencourter haben nicht viele Bücher von Autorinnen in ihren Regalen, wenn überhaupt irgendwelche. Und allgemein gesprochen haben wir auch nicht so viele Autoren in unseren Regalen ...«

»Ja, aber das sind persönliche Vorlieben und unser Wunsch zu ehren, was zu uns gehört, Day«, sagte Hilde.

»Ich weiß«, sagte Day. »Und das tu ich auch. Aber ich will alles lesen. Wenn es um Bücher geht und darum, wer etwas in sie hineinlegen und etwas aus ihnen herausziehen kann, gehört alles zu uns. Und alles zu ihnen. Also lasst uns reingehen. Wir schauen uns ihre Bücher an, nehmen ein paar mit und ersetzen sie mit ein paar von unseren.«

»Ohne großes Geschrei«, sagte Theo widerstrebend.

»Ich wäre dafür gewesen, den Laden auseinanderzunehmen, aber mir ist egal, was wir tun, solange wir etwas tun«, sagte Willa. »Ich vermute, dass sich damit Flors knospende Romanze erledigt hätte.«

Flor versteckte ihr Gesicht, aber stritt auch nicht ab, dass sie sehr für Barney Chaskel schwärmte.

Marie ergriff das Wort: »Ich will, dass wir etwas tun. Ich warte auf eine Gelegenheit, es der Bettencourt Society heimzuzahlen, seitdem mich ein Bettencourter als menschlichen Schild an meinem allerersten Donnerstag an dieser Uni benutzte ...« Sie starrte aus Days Fenster direkt in den Moment des Vorfalls. Ihr Gesicht war vor Wut verzogen.

»So ein Typ hat ihn gejagt«, flüsterte Grainne Ed und Flor zu. »Er sagte, er hätte nicht gedacht, dass der andere Typ ein Mädchen schlagen würde ...«

»Deshalb bin ich für Dayangs Vorschlag«, schloss Marie. »Alle, die für Dayangs Vorschlag sind, heben die Hand.« Day hob die Hand, und ebenso Flor, Grainne, Willa und Theo. Theo sagte, sie würde nur mitkommen, um dafür zu sorgen, dass sie es richtig machten.

Day fand Hercules Demetriou an ihrem üblichen Platz in der Bibliothek vor. Anstatt mit ihm zu reden, ging sie zu seinem üblichen Platz, der nicht belegt war, und stellte ihren Laptop auf. Er sah dreimal zu ihr rüber, sie sah einmal zu ihm rüber. Nur einmal, und er kam zu ihr. Verdammt, war es so erbärmlich offensichtlich?

Er zog sich einen Stuhl zu ihrem Tisch und beugte sich über die Kante. Alles an ihm war dunkel, köstlich, ungewiss – besonders sein Blick. Wenn sie ihren Arm nur ein wenig bewegte, würde er seinen berühren. Er hatte einen Umschlag in der Hand.

»Also, ich habe gehört, dass du John Waters magst«, sagte er.

»Tu ich«, sagte sie. »Und?«

Seine Schwester betrieb ein Kino in Stockwell ... Er beschrieb es als »Taschenformat«. Die große Schwester hatte Hercules zwei Karten für die Aufführung von *Female Trouble* gegeben, und ...

»Nein.«

»Sicher?«

»Fällt es dir so schwer zu glauben, dass sich ein Mädchen mit jemandem, der so toll ist wie du, einen Film nicht ansehen möchte?«

Er wich zurück, trat aber nicht den Rückzug an. Stattdessen setzte er sie einem intensiveren Blick aus. Wer zuerst wegsah, hatte verloren, also blinzelte sie nicht. »Es fällt mir nur schwer zu glauben, dass ein John-Waters-Fan keine Karte für *Female Trouble* will«, sagte er, senkte dann den Blick und lachte kurz. »Hier. Nimm beide.« Er legte den Umschlag vor sie und ging zurück an seinen Platz.

Dann kam er zurück: »Dayang, darf ich dich etwas fragen?«

Oh mein Gott. »Wenn es sein muss.«

»Warum bist du hierhergekommen?«

»Hierher?«

»Hierher, an diese Uni.«

Sie dachte an Professor Chaudhry, einen der Professoren, bei dem sie das Vorstellungsgespräch hatte, und wie er gesagt hatte, dass ihm die Verbindungen gefielen, die sie im Kopf machte, und wie sie versuchte, sie zu hüten, damit sie gediehen. Niemand hatte jemals so etwas zu ihr gesagt. Üblicherweise hieß es: »Denkst du nicht zu viel nach, Day?« Aber eine Gärtnerin, die Gedanken züchtete – das gefiel ihr.

Hercules wurde es müde, auf Days Antwort zu warten: »Wolltest du denn nicht sehen, wer sonst noch hier ist?«, fragte er. »Das ist einer der Gründe, warum ich hier bin. Es ist der Grund, warum ich zu den meisten Partys gehe.«

Partys? Sie konnte ein Lächeln nicht unterdrücken. »Okay ... ich auch.«

»Also«, sagte er. »Ich bin hier. Du bist hier. Du findest mich im Moment abstoßend, aber warum versuchst du nicht, mich wie einen Menschen zu behandeln? Vielleicht magst du mich sogar.«

»Bettencourter«, sagte sie.

Seine Augenbrauen schossen in die Höhe, und er sagte: »Ah.« Kein erleuchtetes »Ah«. Wenn überhaupt, dann war er noch verwirrter.

»Es ist das zweite Trimester. Sollt ihr nicht nach jemandem suchen, den ihr mit zu eurem Dinner bringt?«

Der Groschen fiel. »Du bist ein Hässliches Frauenzimmer, oder?«

»Und stolz drauf.«

Er packte seine Sachen zusammen und verließ die Bibliothek, kopfschüttelnd und etwas vor sich hin murmelnd, das sie nicht verstand. Day nahm die Kinokarten aus dem Umschlag und schrieb Pepper eine SMS mit dem Datum:

Female Trouble *in London ja oder ja??*

JAAAAAAAAAAAAAAAA

Die Bettencourter waren in vielfältigen Bereichen sehr belesen. Jedenfalls vermittelten die Bücherregale diesen Eindruck. Viele anregend wirkende Bücher, von denen weniger als zehn Prozent von Frauen verfasst waren. Der Austausch fand bei Taschenlampenlicht statt, weil es niemand für eine gute Idee hielt, morgens um vier die Hausbeleuchtung einzuschalten und zu riskieren, dass zufällig ein Bettencouter vorbeikam, um zu sehen, ob einer seiner Brüder noch mit ihm trinken wollte. (Die Schlüssel zu den Räumlichkeiten des Hauses hingen an einem Haken neben dem Lichtschalter in der Eingangshalle, und so lugten die Mädchen auch in den Barschrank der Bettencourt Society. Es handelte sich eher um eine begehbare Kammer als um einen Barschrank, eine Kammer, die senkrecht mit Hochprozentigem vom Boden bis zur Decke befüllt war. Es gab sogar kleine Leitern für die bequemere Durchsicht. Day hatte so etwas noch nie zuvor gesehen.)

Flor, Day, Willa, Marie und Theo luden ihre Rucksäcke aus und füllten sie mit Büchern von den Bettencourt-Regalen. Da sie keines der Bücher gelesen hatte, das sie nahm, wählte Day aufgrund der Gedanken, die die Titel oder Autorennamen bei ihr auslösten, aus. Sie tauschte zwei Edith-Wharton-Romane gegen zwei von Henry James, Lucia Berlins Kurzgeschichten gegen die von John Cheever, Elaine Dundys *Eine Amerikanerin in Paris* gegen Dany Laferrières *Ich bin ein japanischer Schriftsteller*, Dubravka Ugrešićs *Leihe mir dein Wesen* gegen Gogols *Ukrainische Erzählungen*, Maggie Nelsons *Jane: Ein Mord* gegen Capotes *Kaltblütig,* Lisa Tuttles *Der Kissenfreund* gegen *Geistergeschichten von M.R. James.* Sie verfolgte es nicht weiter, sonst würde sie die ganze Nacht dortbleiben. Aber sie nahm etwas mit, das nach Qualitätsausbeute aussah, ebenso wie die anderen. Die Frauenzimmer steckten ihre Nasen wochenlang in Bücher, die neu für sie waren. Sie warteten auf eine Kampfansage aus dem Bettencourt-Hauptquartier, aber es kam nichts. Die Jungs schienen nicht einmal bemerkt zu haben, dass ihre Bibliothek kompromittiert wurde. Vielleicht wäre ein Getränkeaustausch effektiver gewesen.

Flor und Barney von den Bettencourtern schienen sich immer näher zu kommen. Es war widerlich, aber die Frauenzimmer taten so, als wäre es ihnen egal, um keinen Romeo-und-Julia-Komplex heraufzubeschwören. Abgesehen davon fasste Theo zusammen, was alle Frauenzimmer über die Bettencourt-Buchausbeute dachten, als sie von Kim Young Has *Deine Republik ruft dich* aufsah und empört sagte: »Sie haben allerdings einen guten Geschmack.«

Hercules Demetriou tauchte bei der *Female Trouble*-Aufführung nicht auf. Das war nicht schlimm. Es gab Popcorn und Pepper und so viel göttliches und teuflisches Chaos auf der Leinwand, außerdem Cookie Mueller, die es genau so sagte, wie es ist: *Nur weil wir so hübsch sind, sind alle eifersüchtig!*

»Hast du noch jemanden erwartet?«, fragte Pepper, als sie das Kino verließen. »Du hast dich dauernd umgesehen.«

Sie behauptete, dass sie das Publikum betrachtet hätte. Es war eine glaubhafte Lüge, weil sie jemand war, die das Publikum betrachtete.

Hercules wartete auf der Treppe, die zu ihrem Zimmer hinführte. Er hatte die Beine auf einer Stufe ausgestreckt und die Füße in zwei Nischen im Geländer gestemmt. Er las eines der Bücher, die Flor im Bettencourt-Hauptquartier zurückgelassen hatte: *für farbige mädchen, die über selbstmord nachdenken/wenn der regenbogen reicht.* Als er sie sah, sprang er auf die Füße und stieß sich den Kopf an der Decke. Sie konnte seinen Schmerz spüren und klopfte ihm im Vorbeigehen auf die Schulter. Er nahm ihre Hand und folgte ihr die Stufen hinauf, bis sie stehen blieb.

»Was?«

»Gehört das dir?«, fragte er und hielt das Buch hoch.

»Nein.«

»Aber du hast es gelesen?«

»Ja.«

»Es ist großartig, oder? Es wiegt dich auf eine Art ... Es zu lesen ist, als würde man es in einer Wiege weit oben in den Bäumen lesen, und die Bäume wiegen dich mit solchem Kummer, und während es immer lauter wird, merkst du, dass dich die Bäume wiegen, während sie entscheiden, ob sie dich leben oder sterben lassen, und es tut ihnen leid, weil sie beschlossen haben, dich zu zerschmettern ...«

»Aber dann wirst du wieder zusammengesetzt, in einer ganz anderen Reihenfolge ...«

»Und es tut so weh, dass du nicht weißt, ob die neue Reihenfolge funktioniert.«

»Es wird heilen. Es muss wehtun, bevor es heilt, meinst du nicht?«

Er lächelte sie wieder an. Er hatte ihre Hand noch nicht losgelassen. Es war schön, bis er sie zum Bettencourt-Dinner einlud. Sie zögerte überraschend lange (jedenfalls überraschend für sie), bevor sie sagte: »Herc, ich kann nicht.«

Er war nicht entmutigt. Sie hatte seinen Namen abgekürzt, das musste etwas bedeuten! »Du bist ein Hässliches Frauenzimmer. Ich sage nicht, dass ich verstehe, was das alles beinhaltet, aber ich glaube nicht, dass die Bettencourter und die Frauenzimmer noch so weit voneinander entfernt sind, was ihre Sicht auf die Dinge angeht. Lachen, Snacks und Tachinieren, ja? Und wir haben auch ein Magazin: eines, das nur von uns gelesen wird. Können wir sie nicht gegenseitig lesen? Ich weiß, du willst, dass ich so tue, als würdest du nicht besonders gut aussehen, aber du bist eine Schönheit. Tut mir leid. Das bist du. Komm einfach zum Dinner, komm und lerne die Bettencourter kennen und sprich endlich mit ihnen, komm und triff die Menschen, von

220 |

denen sie ebenfalls denken, sie seien Schönheiten. Wir sind nicht wie die Bettencourt Society des letzten Jahrhunderts. Ich garantiere dir, du wirst überrascht sein.«

Sie lachten beide über seine Abschlussrede. Sie wollte nicht rot werden, wurde aber trotzdem rot, und er sah es. Er fand, dass sie eine Schönheit war! Was für ein wundervoller Irrglaube. Und ihr gefiel der Gedanke, dass die Gesellschaften gegenseitig ihre Magazine lasen. Sie konnte sich fast vorstellen, ein verführerisches Kleid anzuziehen und mit zu diesem kleinen Dinner zu gehen, seine Brüder im Charisma kennenzulernen und die Jungs und Mädchen, die sie mitgebracht hatten. Aber sie konnte sich auch die Blicke vorstellen, die einige der Speisenden anderen Speisenden zuwarfen, die Worte, die gemurmelt wurden, wenn das Objekt der Evaluation den Raum verließ. *Wirklich ... die?* Oder *Hübsch, hübsch.* Beide Möglichkeiten machten sie ganz müde. Bei Jungs herrschte die fundamentale Überzeugung, dass sie das Recht hatten, dort zu sein – nicht immer, aber meistens. Bei Mädchen wurde schnell *Warum sie?* ein Thema.

»Ich merke ja, dass du glaubst, euer Haufen wäre neu und besser, aber dieses Dinner, bei dem jeder von euch eine Person mitbringt, um bei den anderen anzugeben ...«

»Geht es nicht bei allen Geselligkeiten darum, wenn man in einer Beziehung ist?«, fragte Hercules und legte sein Kinn in ihre Hand. Dieser Junge.

»Ja, na ja, dazu kann ich nichts sagen ...«

»Hattest du nie einen Freund? Oder eine Freundin?«

Sie zog ihre Hand zurück, stellte sich auf Zehenspitzen und flüsterte ihm ins Ohr: »Frag jemand anderen.«

»Du wirst eifersüchtig sein«, flüsterte Hercules zurück.

Day winkte ihn fort und stieg die letzten paar Stufen zu ihrer Tür hinauf. »Werde ich nicht. Gute Nacht, Herc.«

Er wölbte seine Hände um den Mund, ging rückwärts die Treppe hinunter und rief: »Du magst mich. Sie mag mich. Sie weiß nicht, warum, und sie kann es nicht glauben, aber Dayang Sharif mag mich!«

Das letzte Treffen der Gesellschaft Hässlicher Frauenzimmer im zweiten Trimester wurde in Flordeliza Castillos Zimmer im Trinity abgehalten. Pläne für einen Ausflug zum Schloss Neuschwanstein waren festgezurrt, und es gab nichts wirklich Wichtiges mehr zu besprechen, also lief Dvořáks *Die Mittagshexe* immer noch, Grainne saß mit einer Gesichtsmaske (»Ein Geist! Ein feuchtigkeitsspendender Geist!«) auf der Fensterbank und paffte an einer E-Zigarette, Flor hatte den Kopf in Days Schoß gelegt und ließ sich *Der rasende Roland* vorlesen, Ed und Marie mixten Drinks, und Theo brachte den für Grainne zum Fenster und dann wieder zurück an Flors Schreibtisch, weil Grainne den Rauch in den falschen Hals bekommen hatte und sie zu Ed wankte und hustete: »Bettencourter laufen ein ... Bettencourter-Invasion!«

Flor musste eingeweiht gewesen sein. Sie musste. Ihr Zimmer war nicht leicht zu finden. Wobei, wer weiß, ob die Ereignisse dieses historischen Nachmittags nicht der Höhepunkt einer Intrige waren, die Flor und Barney untereinander bereits im September ausgebrütet hatten?

Die kleine, aber tapfere Gesellschaft Hässlicher Frauenzimmer versammelte sich am Fenster von Flordeliza Castillo und sah hinunter auf die Männermasse. Viele von ihnen hatten Getränke und verschiedene Nahrungsmittel dabei. An der Spitze, anstelle ihres Präsidenten, stand Hercules von Stockwell, der mit viel Elan und guter Laune eine weiße Flagge schwenkte.

DORNIČKA UND DIE MARTINSGANS

»Matko, matičko! Řekněte,
načs sebou ten nůž béřete?«

»Mutter, Mütterlein, saget mir,
wozu braucht ihr das Messer hier?«
Aus »Das goldene Spinnrad«, Karel Jaromír Erben

Nun, Dornička traf auf dem Berg Radhošt' einen Wolf.

Eigentlich sollten wir die Dinge beim Namen nennen: Es war kein Wolf, den sie traf, sondern etwas, das kürzlich erst einen Wolf verspeist hatte und nun mit den Überresten spielte. Schnauze, Schwanz und Tatzen schienen die falsche Reihenfolge zu haben. Dornička konnte in der Herbstdämmerung nicht sehr weit sehen, deshalb roch sie es zuerst, ein Geruch, der sie *Wundbrand* denken ließ, obwohl sie den nie gerochen hatte. Das Realistischste, mit dem sie diesen Geruch vergleichen konnte, waren saure, überreife Früchte. Und dann sah sie einen Pelz, der vor Fliegen brummte. Sie hielt sich die Nase zu und dachte: *Oh, warum? Das gefällt mir nicht.* Sie war den Berg hinaufgegangen, um sich die Statue eines hypothetischen heidnischen Gottes anzusehen. Sie hatte ihn sich wirklich genau angesehen, und für sie blieb er hypothetisch. Aber sie hatte einen schönen Spaziergang einen sonnigen Pfad hinauf gemacht, umgeben von braunen und grauen Flözen. Es war wie ein Spaziergang durch die Lebensringe eines Baumes, dieser Farbenring im Querschnitt des Stammes. Beim Gehen hatte sie darüber nachgedacht, wie es wäre, in der Stadt zu leben, und wie froh sie war, dass sie das nicht musste. Laut Dornička werden Städte von den apathisch erduldeten Qualen der Arbeiter zusammengehalten, die anderen Arbeitern Dienste zur Verfügung stellen, die diese kaum wahrnahmen. Man kann Dornička nicht vom Gegenteil überzeugen. Sie hat ein paar Städte besucht, und sie hat es mit ihren eigenen Augen gesehen, also weiß sie es. Stadtmenschen reden nur mit Leuten, die sie bereits kennen, um nicht mit Fremden reden zu müssen, die immer so entsetzlich plump vertraulich daherkommen, oder anders gesagt, die man nicht sofort versteht. Und alle in der Stadt sind so furchtbar gelangweilt. Zeige einem Stadtbewohner ein Wunder, und er wird gähnen oder ein Foto machen und es jemandem mit einer Nachricht schicken, die aus »Wow« besteht. Das letzte Mal, als Dornička in Prag gewesen war, hatte sie einen himmelschreienden Fehler begangen, als sie sich einen Metrofahrschein kaufte – sie wusste bis heute nicht, was das genau für ein Fehler gewesen war ... vielleicht ein altmodischer Ausdruck –, und ihr Patenkind Alžběta hatte mit der Zunge geschnalzt und sie ein Landei genannt. Aber Dornička schämte sich nicht, sie war vielmehr stolz und sagte: »Besuch doch dein Landei mal zu Hause.« Und jetzt würde Alžběta kommen. Ihre Ankunft war in einer Woche, und sie brachte ihre kleine Tochter mit, Klaudie. Dorničkas Vorfreude auf diesen Besuch war so groß, dass sie nicht mehr richtig schlafen konnte. Klaudie und Alžběta waren schon einmal zu Besuch gewesen, sie hatten ihr Haus mit Haarnadeln gefüllt und mit schiefen Duetten, inspiriert von was auch immer gerade im Radio lief, und sie sehnte sich danach, sie wieder um sich zu haben. Dornička mochte ihre Arbeit und ihre Freunde und den Ort, in dem sie lebte. Es gefiel ihr, dass sie bei der Erziehung ihrer früheren Schüler etwas hatte bewirken können, sodass sie ihr schrieben und sie manchmal mit Neuigkeiten besuchten. Aber sie konnte sich wirklich nicht daran gewöhnen, Witwe zu sein (sie hätte gern gewusst, ob es überhaupt Menschen gab, die sich an so etwas gewöhnen konnten), und es gab nicht mehr viel, worauf sie sich freuen konnte. Hätte nicht Alžbětas und Klaudies Besuch angestanden, wäre sie dem »Wolf« vielleicht sofort erlegen. Aber da sie noch mindestens eine Woche am Leben bleiben musste, hielt sie sich die Nase zu und dachte: *Oh, warum?* Ob es ihr nun gefiel oder nicht, der »Wolf« stand ihr im Weg, und sie konnte nicht an ihm vorbeigehen. Was das Warum betraf, so lag es vielleicht an ihrem roten Umhang. Unsere Dornička hatte beschlossen, dass man alles tragen konnte, was man wollte, sobald man seine späten Fünfziger erreicht hatte, und niemand konnte irgendetwas dagegen sagen. Sieht aus, als wäre es auf dem Berg Radhošt' anders, was, Dornička?

Der »Wolf« kam näher und kümmerte sich nicht um Dorničkas wiederholte Bitten, genau dies nicht zu tun. Er schob die Kapuze ihres Umhangs zurück.

»Oh!«, sagte der »Wolf« und trat zurück, sodass er am Rand des Pfades und ihr nicht mehr im Weg stand.

Dornička fühlte sich irgendwie beleidigt und warf einen bösen Blick über die Schulter in die glasigen Augen des »Wolfs.«

»Bin ich so grauslich?«, fragte sie.

»Nein, ganz und gar nicht, kein Grund, diesen Ton anzuschlagen«, sagte der »Wolf«. »Ich dachte nur, Sie wären jung, das ist alles.«

»Nein, nur klein«, sagte Dornička und zog wieder ihre Kapuze über.

»Ja, das seh ich jetzt auch, also bitte, gehen Sie weiter.«

»Sie können aber unmöglich er sein«, erklärte Dornička mit stechendem Blick.

»Er?«

»Der große, böse Wolf.«

Der »Wolf« spielte mit großer Geste an seinen Schnurrbarthaaren. »Die Wahrheit ist: Dieser Kerl wurde nach meinem Vorbild erschaffen ...«

»Hat ihn nicht der Holzfäller getötet?«

»Ja, ja, aber gehen Sie mal zurück an den Anfang, und da ist er wieder, klar zum Gefecht. Das hier ist wieder der Anfang, und ich dachte, Sie wären sie. Irgendwie ist es gut, dass Sie nicht sie sind. Der Wolf muss noch eine Menge essen, bevor sie kommt ...«

»Mit *sie* meinen Sie ...?«

»Egal, ganz egal – ich warte einfach auf die Nächste«, murmelte der »Wolf«. Und Dornička fragte sich, was zum Teufel wohl in dieser verfaulenden Haut steckte.

»Gut ... machen Sie das«, antwortete Dornička, und dann, nachdem sie ein paar Schritte weitergegangen war, dachte sie an »die Nächste«, seufzte und ging wieder zu dem »Wolf« zurück. »Aber was genau brauchen Sie denn? Hunger haben Sie ja wohl nicht mehr, nachdem Sie gerade einen ganzen Wolf gegessen haben.«

Der »Wolf« zuckte mit den Schultern und sagte: »Das würden Sie nicht verstehen.«

Die Einsamkeit in seiner Stimme brachte Dornička dazu, ihm zu schmeicheln: »Kommen Sie schon. Mir können Sie's erzählen.«

»Leben«, sagte der »Wolf«. »Ich brauche mehr Leben ... denken Sie, dass es den Jahreszeiten hier zwischen all diesen Steinen leichtfällt zu wechseln?«

»Verstehe«, sagte Dornička. »Das erfordert viel.«

»Ich habe fast genug, ich brauche nur noch einen Krümel mehr. Etwas Saftiges und Junges.«

Oh, was du auch sein magst, du stinkst gewaltig. Durch die willkürliche Anordnung des »Wolfs« fühlte sie sich lose. Sie klopfte Hüften und Arme ab. Nichts hatte sich verändert. Sie hatte immer ein finsteres Gesicht gemacht, wenn Tadeáš ihr einen Klaps auf den Hintern gegeben und geschmunzelt hatte: »Für die Ewigkeit gemacht«, aber im Moment war das ein Segen. Eine Gruppe Wanderer kam vorbeigeschlendert. Als sie merkten, dass sie Zeugen des Treffens uralter Gegenspieler waren, buhten sie den »Wolf« aus und feuerten Dornička zu ihrem schicksalhaften Triumph an, und sie hätten Fotos gemacht, wenn Dornička sich nicht geweigert hätte, die Kapuze abzunehmen und ihr seitliches Profil zu zeigen. Der »Wolf« posierte gern ...

»Was für ein ungewöhnliches Kostüm ... interessant!«, die Wanderer zogen weiter, aber eine von ihnen, eine rotwangige junge Frau um die sechzehn, kniete sich auf den Boden, um ihre Schuhe zu binden. Dornička sah, wie der »Wolf« sich rührte.

»Wie kann ich Ihnen dabei helfen, die Jahreszeiten hier zu wechseln?«, fragte sie schnell und schnippte vor der Schnauze des »Wolfs« mit den Fingern.

Eine Zunge schoss aus einem schlaffen Maul. »Bringen Sie mir etwas Saftiges und Junges.«

»Das werde ich«, versprach Dornička. »Aber Sie können nicht einfach irgendwelche Leute anfallen. Seien Sie geduldig, und ich schicke Ihnen etwas Schönes. Ja?«

»Gut ...«, sagte der »Wolf«. »Aber nur zur Sicherheit ...«

Er hob seine Tatze und verpasste ihr einen Schlag gegen die Hüfte, der sie aus dem Gleichgewicht brachte. Eigentlich hätte der Schlag den Knochen brechen müssen, aber das tat er nicht. Er schmerzte nur entsetzlich. »Das sollte reichen ...«

Der »Wolf« tapste den Berghang hinauf und schob seinen Kadaver in eine Felsspalte, wo er auf den Bissen warten würde, den Dornička ihm versprochen hatte.

Dornička humpelte nach Hause, und von dort aus in die Notaufnahme des örtlichen Krankenhauses, wo man ihr versicherte, dass kein Körperteil verstaucht oder gebrochen war. Aber ein Bluterguss wuchs über ihrem linken Hüftknochen. Er wurde dreidimensional und wucherte wie eine übergroße Warze aus ihr heraus. Der Bluterguss hatte auch nicht die Farbe eines Blutergusses – er war leuchtend rosa wie ein Stück geräucherter Schinken. Manchmal spürte sie, wie er sich zusammenzog und ausdehnte, als sauge er an ihrem Hüftgelenk. Der Anblick und das Gefühl bereiteten ihr Übelkeit, aber ein Arzt tastete sowohl Dornička als auch ihre Geschwulst ab und sagte, Dornička sei in bester Verfassung, und das Geschwür würde von selbst abfallen. Wenn Dornička vollständig bekleidet war, sah es aus, als wäre sie schwanger oder hätte übermäßig und speziell an der linken Hüfte zugenommen. Man sprach sie darauf an, weshalb Dornička einen Tag vor Alžbětas und Klaudies Besuch ein Tranchiermesser nahm, den linken Fuß auf den Badewannenrand setzte und den schinkenartigen Knubbel herausschnitt. Wie sie vermutet hatte, war die Abtrennung schmerzlos, die Spannung, die sie vorher verspürt hatte, ließ sogar nach, als wäre sie eine Patientin in einer Epoche, in der man noch daran glaubte, der Aderlass bringe die Körpersäfte wieder ins Gleichgewicht. Sie behandelte die Wunde, legte Mullbinden an, wusch und trocknete die schwere ovale Geschwulst. Bestand sie aus Fett, Muskeln oder einer Mischung aus beidem? Sie bohrte mit dem Finger ein Loch in die Mitte des Ovals. Weich, aber von minimaler Elastizität. Wie lauwarmer Haferbrei. Lauwarm … *Oh, das Ding ist hoffentlich nicht lebendig.* Natürlich war es das nicht, natürlich war es das nicht. Sie dachte darüber nach, es zu wiegen, und entschied sich dagegen. Sie dachte auch darüber nach, die abgetrennte Geschwulst dem »Wolf« zu bringen, aber diesen Weg würde sie umsonst machen, weil das Stück Fleisch nicht den Anforderungen des »Wolfs« entsprach. Sie begrub es im Garten unter einer Esche. Dann stellte sie ihr beachtliches Talent für die Zubereitung eines schönen Essens ganz in die Dienste von Alžběta und Klaudie und schmorte und backte und dünstete die ganze Nacht.

Klaudie hatte neunzehn Lebensjahre hinter sich und wer weiß wie viele noch vor sich. Ihre Augen funkelten und sahen nichts. Manchmal benutzte sie einen Gehstock, manchmal nicht, je nach Selbstvertrauen und dem Tempo, das die Leute um sie herum anschlugen. In Ostrava benutzte sie ihren Gehstock gar nicht. In jenem Herbst ging sie durch Dorničkas Speisekammer, hob Deckel und öffnete Schranktüren: »Woher kommt dieser köstliche Geruch? Ich will sofort eine Scheibe haben!« Alžběta und Dornička tischten alles auf, was verfügbar war, und aßen davon, aber Klaudie roch an jedem Teller und lehnte das Dargebotene ab. Dann ging sie hinaus und stellte sich unter Dorničkas Esche und atmete so tief und wollüstig ein, dass sich in Dornička Bedenken regten, die man besser nicht in Worte fasste.

»Komm mal her, Klaudie«, rief sie. »Ich brauche deine Hilfe.«

Das Projekt, das sich Dornička ausdachte, war nicht sonderlich zeitaufwendig, aber es war besser als nichts. Klaudie nahm eine Bohrmaschine, Dornička Handsäge und Lineal, und sie machten eine kleine, schlichte, aber stabile Truhe, und als sie fertig waren, brachte Alžběta ihre eigene Werkzeugtasche und versah die Holztruhe mit einem Schloss – »Kostenlos, kostenlos, und ich hoffe, deine Schätze sind darin über Jahre gut aufgehoben, liebe Dornička«, sagte sie und gab ihrer Patentante einen dicken Kuss, bevor sie sich zum Schlafen zurückzog. Obwohl die abgeschlossene Truhe leer war, schlief Dornička mit dem Schlüssel, der zum Schloss passte, in der Hand, die sie über ihrem Bauch zu einer Faust geballt hatte.

Dornička war eine von zwölf Speisenlieferanten, die für die Grubenarbeiter des Ortes kochten. Alžběta und Klaudie halfen ihr dabei, die Wagenladungen voller appetitlicher Speisen auszuliefern. Sie waren in der Zeche sehr beliebt, und wenn sie das Essen auf der Theke des Pausenraums für später abstellten, wurde viel gelacht und geschwatzt. Nicht wenige Väter sähen Klaudie gern als ihre Schwiegertochter und sangen Loblieder auf ihre Söhne, aber die meisten anderen warnten sie davor, sich an einen Einheimischen zu binden: »Erkunde möglichst viel von der Welt, Klaudie – rauf und runter und mittendurch, und wenn sich da der eine oder andere Mann unterwegs findet, schön und gut, aber lass ihn dort, wo du ihn gefunden hast!«

Klaudie hörte sich beiden Seiten an. Diese Leute spürten die Bewegungen der Erde weit besser als sie, und jedes Mal, wenn sie Dornička besuchte, dachte sie daran, wie sie viele Kilometer unter ihren Füßen arbeiteten. Erschütterungen, die kaum durch ihre Sohlen drangen, brachen den Grubenarbeitern den Rücken. Sie kannten das Risiko, und wenn sie sie in die eine oder andere Richtung ermutigten, dann, weil sie bereits vorausgeschaut und viele ihrer möglichen Verluste in Betracht gezogen hatten. Unter ihnen war einer, der in ihrer Gegenwart den Mund hielt, weil er ein grober junger Mann war, der nichts Falsches sagen wollte. Wenn

Klaudie mit ihm sprach, antwortete er »Na ja« und »Hm« und war unverkennbar nervös, und sie mochte ihn am liebsten. Dornička mochte Kerzenlicht lieber als elektrisches Licht, und als Klaudie am Abend durch Dorničkas Wohnzimmer ging und die Kerzen anzündete, fühlte sich das Flackern des Lichts auf ihren Augenlidern genauso an wie die Stille dieses Jungen aus der Zeche. Dornička lud den Jungen zum Abendessen ein, aber die Einladung machte ihn nervös, und er schlug sie aus. Alžběta sagte in ihrem wirklich abscheulichen Snobismus, der Junge wisse wohl, dass manche Dinge einfach nicht sein sollten.

»... ODER diese Dinge folgen einfach ihrem eigenen Rhythmus«, sagte Dornička zu ihr, teils um sie zu ärgern und teils weil es stimmte.

Allerseelen kam, und die drei Frauen gingen auf den Friedhof, wo so viele lagen, die ihren Familiennamen trugen. Sie legten die Herbstblätter wie Kränze um die Gräber, unterhielten sich nett mit jedem Familienmitglied, konzentrierten sich auf die jeweils bekannten Interessengebiete, und alles in allem war es ein angenehmer Nachmittag. Es herrschte ein wenig Traurigkeit, aber auf keiner Seite Trostlosigkeit, jedenfalls soweit die Frauen das beurteilen konnten. Dornička erzählte Tadeáš während eines abgeschiedenen Moments von dem »Wolf«, der sie geschlagen hatte, und von der Geschwulst, die daraufhin gewachsen und beerdigt worden war, und sie erzählte ihm von Klaudie, die immer wieder von dem köstlichen Geruch geredet und dann mit einem Mal aufgehört hatte, und sie sagte ihm, sie hätte verräterische Hinweise auf angefangene Grabungen unter ihrer Esche gefunden.

Tadeáš' Missbilligung drang sehr deutlich zu ihr herauf: *Du hättest dieser Kreatur nichts versprechen dürfen.*

Aber sie konnte ihr Versprechen nicht bereuen, schließlich hatte sie sich entscheiden müssen: dies, oder der »Wolf« wartete auf die Nächste.

Aber wie willst du dein Versprechen halten, meine Dornička?

Keine Ahnung, keine Ahnung ...

Tadeáš lenkte nachgiebig ein, und sie dachte sich: Das Mindeste, was sie tun konnte, war, die Geschwulst selbst auszugraben und die neue Holztruhe einzuweihen. An jenem Abend nahm Alžběta Klaudie mit zu ein paar alten Schulfreundinnen, und Dornička grub die Geschwulst aus und hielt sie sich vors Gesicht, um nach Nagespuren oder anderen Hinweisen auf Verzehr zu suchen. Ein toter Regenwurm steckte in dem Loch, das sie mit dem Finger in die Geschwulst gebohrt hatte, aber abgesehen davon war das Fleisch noch immer frisch und unangetastet. Es hatte sogar ein intensiveres Rosa als zuvor. Klaudie hatte den Geruch als den von Hefe und Honig beschrieben, wie eine Art Brötchen, weshalb sich Dornička bemühte, das Ding als eine Art Brötchen zu betrachten. Sie schloss es in der Truhe ein und stellte die verschlossene Truhe auf den Schrank neben die Hutschachtel, in der sich ihr Hochzeitshut befand. In den darauffolgenden Tagen traf sie Klaudie häufig in ihrem Schlafzimmer an, wo sie sich Parfümspritzer und Ähnliches »ausborgen« wollte. Ein paar Mal erwischte sie Klaudie sogar dabei, wie sie ihren roten Umhang anprobierte. Jedes Mal war Dornička einem Herzinfarkt ein Stückchen näher. Aber sie trennte sich nie von dem Schlüssel. Sie musste jetzt nur noch auf die Möglichkeit warten, ein Freudenfeuer zu entzünden und die Geschwulst für immer loswerden.

In diesem Jahr durfte Klaudie die Martinsgans aussuchen. Die drei Frauen gingen auf den Markt, und Klaudie fragte

Pankrác, den Gänsebauern, welche aus seiner Herde die gierigste war – »Wir wollen eine, die Tag und Nacht frisst ...« Alle Kunden von Pankrác suchten dieselben Eigenschaften bei ihren Martinsgänsen, aber Pankrác hatte gute Gründe, sich mit Dornička gut zu stellen, weshalb er ehrlich war, als die Tochter ihres Patenkinds nach der gierigsten Gans fragte, und er übergab sie ihr. Die Gans ließ sich von Klaudie aus der Hand mit Salat und ein paar Stückchen Apfel füttern, wirkte aber verwirrt von dieser Entwicklung der Ereignisse. Sie schrie ein paar Mal, und Alžběta verstand dies als: »Ich? Ich ...? Da handelt es sich doch bestimmt um ein Missverständnis ...«

»Danke, Pankrác ... Ich hebe Ihnen den Hals auf ...« Dornička legte die Rückbank des Autos mit Zeitungspapier aus und stellte den Gänsekäfig auf die Zeitung. Die Gans schrie während der gesamten Heimfahrt. Sie hatten eine laute erwischt, aber das war Dornička egal. Als Klaudie sagte, ihr tue die Gans leid, und sie wünschte, sie wären einfach zum Supermarkt gefahren und hätten sich eine abgepackte ausgesucht, verdrehte Dornička die Augen. »Das ist vielleicht ein Stadtkind«, sagte sie zu Alžběta, und zu Klaudie: »Das sagst du nicht mehr, wenn du erst einmal die Leber probiert hast.«

Die Gans beruhigte sich etwas, als sie in Dorničkas Garten angekommen war. Sie fraß nur aus Klaudies Hand, weshalb es nun ihre Aufgabe war, sie zu füttern. Es ist allgemein bekannt, dass Gänse keine Menschen mögen, weshalb die Kameradschaft, die zwischen Klaudie und der Gans entstand, recht merkwürdig war. Klaudie sprach mit der Gans, während sie an ihren Füßen herumpickte, und sie streichelte die Federn der Gans, bis diese glatt waren. Dornička hegte Misstrauen gegen die Gans, weil sie kräftig in einem bestimmten Teil des Gartens auf dem Boden herumpickte – dem Teil, in dem Dorničkas fürchterliche Geschwulst vergraben gewesen war. Kein Wunder, dass Klaudie und die Gans sich so gut verstanden. Vielleicht führten sie lange Gespräche über all die Dinge, die sie riechen konnten. Die Gans war tatsächlich außergewöhnlich gierig, die gierigste, die Dornička je hatte: »Sie frisst uns noch die Haare vom Kopf«, brummte Dornička, wann immer Klaudie an die Küchentür klopfte und fragte, ob es noch mehr Speisereste gab.

Alžběta war vielmehr besorgt, weil Klaudie die Gans so gernhatte. »Vielleicht lässt sie uns sie nicht töten«, sagte Alžběta. »Und du weißt, wie gern ich Gans esse, Dornička!«

»Schon gut, schon gut«, sagte Dornička. »Vertrau mir, die Tage dieser Gans sind gezählt.«

Wieder erwischte sie Klaudie in ihrem Schlafzimmer und stritt sich fast mit ihr.

»Zum letzten Mal, Klaudie, was tust du hier?«

Klaudie klimperte mit den Wimpern und murmelte etwas von Essensresten. *Irgendwelche Abfälle für die Gans, Dornička ...?*

Da kam Dornička eine Idee.

Noch mal, wir werden hier nichts aufhübschen, sondern die Dinge beim Namen nennen: Während Klaudie und Alžběta schliefen, verfütterte Dornička ihr Geschwür an die Gans. Die schlang das Fleisch ohne zu zögern hinunter und rannte danach im Kreis durch den Garten, Runde um Runde. Vom Zusehen wurde einem ganz schwindelig, also sah Dornička nicht zu. Sie warf den Schlüssel in die leere Truhe und schenkte sich feierlich einen Schluck Slivovice ein. Ein Glück, dass sie das Ding los war.

Am nächsten Tag brachte Klaudie wagemutig die leere Truhe zu Dornička und fragte sie, was darin gewesen war.

»Das ist nichts für Kinder. Bitte geh jetzt und füttere die Gans, Klaudie.«

Aber Klaudie wollte nicht. Sie sagte, die Gans hätte sich verändert. »Sie schreit überhaupt nicht mehr, und sie scheint es zu wissen«, sagte sie.

»Zu wissen?«

Dornička sah nun selbst nach. Sie nahm einen Eimer voller Wasservogelfutter mit in den Garten.

Die Gans schien über Nacht doppelt so groß geworden zu sein.

Und ihre Augen waren riesig.

Sie sah Dornička an, als wollte sie sie mit Namen begrüßen.

Dornička warf den Eimer auf den Boden und ging sehr schnell zurück ins Haus.

»Weißt du jetzt, was ich meine?«, fragte Klaudie.

Es war am Tag vor dem Martinstag, am 10. November. Der erste Schnee des Winters kündigte sich an. Dornička schob die Vernunft für einen Moment beiseite, gerade lange genug, um ihren Laptop einzuschalten und einen weiteren roten Umhang zu bestellen. Diesmal in Kindergröße. Eilsendung. Als er eintraf, legte sie ihn zusammen mit mehr Wasservogelfutter in den Garten und sagte andächtig: »Es kommt, wie es kommt.«

Sie ließ die Hintertür in der Nacht offen, und als die Martinsgans die Treppen hinauf in ihr Schlafzimmer kam, war sie nicht überrascht, nicht einmal, als sie sah, dass die Gans den roten Umhang trug und Dornička Autoschlüssel im Schnabel hatte.

»Vielen Dank, Gans«, sagte sie. »Das weiß ich sehr zu schätzen.«

Sie fuhr die Gans an den Fuß des Berges Radhošť und sah ihr nach, wie sie den Bergpfad hinaufwatschelte, eine scharlachrote Perle, die in die Asche hinaufstieg.

Vielen Dank, Gans. Das weiß ich sehr zu schätzen.

Alžběta, die Gänsefleischliebhaberin, beschwerte sich nicht einmal groß am nächsten Morgen. Sie starrte Klaudie nur zornig an und sagte ihr, sie könne es sich abschminken, den Weihnachtskarpfen auszuwählen.

FREDDY BARRANDOV CHECKT ... EIN?

Wie gesagt, ich bin ein unzulänglicher Sohn. Ich habe es erst gemerkt, als ich so alt wurde, wie mein Vater war, als er ins Gefängnis musste, weil er ohne Genehmigung die kaputten Ziffernblätter an Turmuhren repariert hatte. Er hatte den Zorn derer auf sich gezogen, die verlangen, dass bestimmte Dinge gar nicht erst funktionieren. Dafür waren die kaputten Turmuhren gedacht: als Denkmäler für einen Bürgerkrieg, der an unterschiedlichen Orten quer durch das Land meines Vaters die Zeit angehalten hatte. Die Mechanik zu reparieren hatte etwas Politisches, obwohl es unmöglich war, sich auf die genaue Bedeutung der Geste zu einigen. Als mein Vater sein erstes zersplittertes Zifferblatt sah, dachte er nur daran, was für ein stolzes und wunderschönes Werk es war, das – sobald wiederhergestellt – den Vorhaltungen darüber, wie spät dran man war oder wie lange man bereits wartete oder wie viel länger man noch zu warten hatte, ihren tödlichen Stachel ziehen würde.

Meine Mutter bejaht das Leben auf ihre Art: Ihre gründlichste Bejahung war die Betreuung eines durch die Regierung unterstützten Literaturpreises, der sich als ein von einem Schreibmaschinenhersteller gesponserter Preis tarnte. In einem Jahr lehnte die Schriftstellerin, die als Gewinnerin auserkoren war, ohne Erklärung ab und bat darum, ihren Namen keinesfalls in Verbindung mit dem Preis zu nennen. Davon unbeeindruckt gratulierte meine Mutter dem Zweitplatzierten zu seinem Sieg, wurde aber am Telefon fast verlacht: »Das ist wirklich nett von Ihnen, aber jeder weiß, dass mein Buch gar nicht so gut ist«, sagte er. Er nannte ihr eine andere Autorin, die den Preis verdient hätte, aber die empfohlene Autorin hatte auch keine Lust darauf. Es musste einen Gewinner geben, also ging meine Mutter alle Schriftsteller auf der Shortlist durch, aber es hieß immer und überall nur »Danke, aber nein danke« und »Oh, aber das kann ich nicht annehmen«, also wandte sie sich wieder an die ursprünglich auserwählte Gewinnerin und äußerte ihr gegenüber einige Drohungen, die die Frau dazu brachten, es sich zu überlegen und den Preis demütig anzunehmen.

Obwohl alles wie gewohnt weiterlief, entwickelte meine Mutter gewisse Vorurteile gegenüber Schriftstellern. Es gibt Verhaltensweisen, die sie nun »schriftstellerig« nennt, aber ich glaube, dass sie eigentlich unkooperativ damit meint. Jedenfalls stimmte meine Mutter meinem Vater zu, was die Ziffernblätter anging. Sie wollte den Verfall wegorganisieren. Also arbeiteten die frisch Vermählten gemeinsam an dem Projekt, auch wenn er niemandem erlaubte, auch nur anzudeuten, sie wäre involviert gewesen, und die gesamte Schuld (und die Mutmaßungen, und in einigen Gegenden auch die Wertschätzung) einzig auf sich nahm. Bei Gericht gab mein Vater an, er hätte gedacht, er zeige sich als guter Bürger, indem er eine öffentliche Dienstleistung kostenfrei zur Verfügung stellte, wurde aber gefragt, warum er diese öffentliche Dienstleistung anonym und noch dazu in tiefster Nacht angeboten hatte ... Warum arbeitete man unter diesen Bedingungen, wenn man glaubte, dass das, was man tat, einwandfrei sei? Und da konnte er nur noch sagen: »Ja, verstehe. Wenn man es so betrachtet, sieht es übel aus.«

Es gab noch etwas, das den Gesetzesvertretern nicht gefiel: Er war in die Uhrentürme eingebrochen und hatte sie für Menschen, die Zuflucht suchten, offen gelassen, was alle möglichen neuen Bewohner in die betuchten Viertel gelockt und alteingesessene Bewohner in heruntergekommenere Gegenden vertrieben hatte, sodass sich nicht mehr eindeutig absehen ließ, welche Art von Menschen man in welchem Stadtteil antreffen würde.

Mein Vater wurde zu drei Jahren Gefängnis verurteilt und kam mehr oder weniger heil heraus, weil er sich als eine Art einsitzender Hausmeister nützlich machen konnte. Er sammelte Erfahrung im Bewerkstelligen unterschiedlichster technischer Pannen, die kaum in privaten Haushalten vorkommen, und jetzt arbeitet er gemeinsam mit meiner Mutter in einem Nischenhotel in Cheshire ... Hotel Glissando heißt es, und es dauert einen Moment zu beschreiben, auf welche Weise es nischig ist. Dad ist dort der leitende Wartungsarbeitenbeauftragte. Er bestimmt sein eigenes Gehalt mehr oder weniger selbst, weil das Managementteam (das meine Mutter leitet) sonst noch niemanden gefunden hat, der willens und fähig ist, all die Dinge in den Griff zu kriegen, die im Hotel Glissando kurzerhand in Ordnung gebracht werden müssen.

Als Frederick Barrandov junior wurde von mir erwartet, dass ich in Frederick Barrandov seniors Fußstapfen trete und irgendwann meine Arbeit als Kindergärtner aufgebe und das Wartungsarbeitenteam des Hotel Glissando verstärke.

Ungefähr einen Monat nachdem ich dreiunddreißig geworden war, erfuhr ich, dass Mum dem zurückgezogen lebenden millionenschweren Hoteleigentümer versichert hatte, ich würde das Team noch vor Jahresende ergänzen.

Sie überbrachte mir die Nachricht beim Mittagessen.

»Wo siehst du dich in zehn Jahren?«, fragte sie.

Meine Antwort: »Keine Ahnung, aber vielleicht mit einem richtig guten Krimi irgendwo am Strand. Kein Detektivroman, sondern einer, in dem der Erzähler herausfinden muss, welches Jahr es ist und warum er überhaupt geboren wurde ...«

Wäre meine Antwort anders ausgefallen, wenn ich gewusst hätte, dass sich Mum ernsthaft über meine Zukunft unterhalten wollte? Wahrscheinlich nicht.

Mum war auf hundertachtzig.

»Am Strand sitzen und einen guten Krimi lesen? Am Strand sitzen und einen guten Krimi lesen?? Wenn das der Gipfel deines Ehrgeizes ist, dann sind wir beide fertig miteinander, Freddy.«

»Komm schon, Mutter ... Wie könnten wir je fertig miteinander sein? Ich bin dein Sohn.«

»Ich werde dir noch eine Chance geben«, sagte sie. »Wie lauten deine Pläne für die nächsten paar Jahre? Was motiviert dich?«

Ich sprach von der Vergangenheit statt von der Zukunft. Eine Vergangenheit, die ich, wie sich herausstellte, nicht selbst erlebt und von der man mir nicht erzählt hatte. Ich erinnerte mich an ein Schild, auf dem »Rebel Town« stand, aber nicht auf Englisch. Ich erinnerte mich an Menschen, die mit Buschmessern herumstolzierten, und an eine Kinderfrau, die eine Tigerin war – ihre Schlaflieder waren sanft geschnurrt, und die Melodien klackten, wenn sie sich an ihren Zähnen verfingen. *Schlaf jetzt ein wenig, mein Kleines, oder schlafe für immer ...*

»Das war meine Kindheit, nicht deine«, blaffte meine Mutter. »Du führst ein armseliges Leben. Ich habe dich sechs Monate lang beschatten lassen, und abgesehen davon, dass du mit kleinen Kindern in einem Sandkasten gespielt hast, warst du in Galerien, Bars, dem Kino und bei ein paar Freunden zu Hause. Was für ein Mensch bist du? Ich habe mit deinem Grasdealer gesprochen, und er sagt, du kaufst gar nicht mal so viel. Du hast keine Tugenden und keine ernsthaften Laster. Glaubst du wirklich, du könntest so weitermachen?«

»Was soll ich denn sonst machen?«

»Du fängst nächste Woche im Hotel Glissando an.«

»Aha? Kann das nicht jemand anders machen?«

»Nein, Freddy. Du musst das machen.«

Es war sexistisch. Meine jüngere Schwester Odette ist handwerklich sehr viel geschickter als ich. Darauf wies ich hin, aber meine Mutter schien nicht zuzuhören und schlug vor, ich solle Dad ein paar Monate lang im Hotel begleiten, um mir die Fähigkeiten anzueignen, die mir noch fehlten. Ich sagte meiner Mum, dass ich die Kürbiskerngruppe in dieser wichtigen geistigen Entwicklungsphase weder verlassen wollte noch konnte. Mum erklärte mir, ihre Karriere stünde auf dem Spiel. Eine junge, frische, skrupellose Frau, die in der Befehlskette direkt unter Mum stand, hatte es auf ihren Job abgesehen. Raffiniert und unheilvoll ließ sie meine Mutter im Ungewissen, sodass sie wichtige Anweisungen verpasste und nichts von den Änderungen an den zahlreichen stündlichen Zeitplänen und Abläufen mitbekam, die zu überwachen und abzuschließen ihre Aufgabe war. Noch während sie sprach, konnte ich die Anspannung meiner Mutter sehen: Sie saß in ihrem Haar, das üblicherweise aussieht, als hätte sie es ordentlich nach staatlichen Vorgaben frisiert. Aber jetzt waren da Knötchen im Haar meiner Mutter. Ich hatte so etwas noch nie bei ihr gesehen.

Nachdem ich meiner Mutter gesagt hatte, ich würde eine Nacht drüber schlafen, ging ich zur Wohnung meiner

Schwester, und wir redeten die ganze Nacht. Beide mochten wir das Glissando recht gern. Diskretion ist sein Hauptmerkmal: Man geht dorthin, um sich zu verstecken. Die Einrichtung ist farblich eine Mischung aus Dunkelrottönen und sattem Violett. Durch die Lobby zu gehen ist, als zerdrücke man Weintrauben und Pflaumen und bade in dem entstehenden Wein. Es gibt drei Telefonzellen in der Lobby. Ihre Nummern werden automatisch unterdrückt, und sie werden in der Hauptsache zum Lügen benutzt. Als ich einmal das Hotel verließ, nachdem ich etwas für meinen Dad erledigt hatte, sah ich einen Mann in einem Trenchcoat in eine dieser Telefonzellen wanken. Etwas, das wie ein Steakmesser aussah, ragte aus seiner Brust. Er musste einiges an Blut auf dem Weg in die Telefonzelle verloren haben und danach in kurzer Zeit noch einiges mehr, obwohl ich nicht viel davon sah. Blut passt nahezu perfekt in das Farbschema – jeder Tropfen fügt sich sanft ein.

Ich blieb noch in der Nähe, für den Fall, dass ich Hilfe leisten müsste. Der Mann, dem das Messer in der Brust steckte, nahm den Hörer ab, wählte und erklärte jemandem am anderen Ende, dass er länger arbeiten müsse. »Ha – ja, na dann heb mir ein Stück auf!« Seine Stimme klang so gut moduliert, dass ich niemals auf die Idee gekommen wäre, dass da ein Messer in ihm steckte, wenn ich es nicht selbst gesehen hätte. Dann rief er einen Krankenwagen und brach zusammen. Dieser Mann beeindruckte mich ... er beeindruckte mich. Während er auf die Sanitäter wartete, verdunkelten sich seine Augen und klarten wieder auf, verdunkelten sich und klarten auf, aber er umklammerte das Messer mit festem Griff. Er sah geehrt aus, außergewöhnlich geehrt, und schien sich mehr Gedanken um das zu machen, was sein Fleisch zerfetzte, als um das Fleisch selbst, er umarmte die Klinge, als handele es sich um eine Mischung aus Wunder und Unheil von der Sorte, die üblicherweise entweder Göttlichkeit verleiht oder Beweis für ebendiese ist. Dem Jungen, der durch die Scheibe gaffte, schien es, als strebe dieser Mann danach, ein würdiges Gefäß zu sein, um auf Messers Schneide immer weiterzuleben, während sich des Messers Glanz mit seinen Innereien verwob. Wenn er ein Mann ohne Reue war, dann war er der erste, den ich sah. Und ich weiß noch, wie ich dachte: *Ach, na gut.* Es würde mir nichts ausmachen, so zu enden.

An der Rezeption des Glissando können Gäste alles verlangen und bekommen, ganz egal was. Odette war dort, als ein Mann mit sehr schwachen Nerven um ein Zertifikat bat, in dem garantiert wurde, dass das Fundament des Gebäudes uneinnehmbar war. Dieser Mann war davon überzeugt, von einem wühlenden Wesen verfolgt zu werden, das unter jedem Haus lebte, in dem er wohnte, um seine Fußböden jedes Jahr um dreißig Zentimeter anzuheben. Das langfristige Ziel des Wesens war es, sein Opfer so hoch zu heben, dass es nie wieder hinab in die Welt seiner Mitmenschen steigen konnte. Unsere Mutter ließ die Überzeugung des Mannes unkommentiert, stattete ihn aber mit einem Zertifikat aus, das besagte, dass es für andere Arten der Behausung unter dem Hotel Glissando keinen Platz gab und auch nie geben werde. Das Einzige, wonach ein Hotelgast aus irgendeinem Grund nicht fragen darf, ist eine Leguanledergeldbörse. Der Frau, die danach fragte, wurde gesagt: »Verschwinden Sie hier, und kommen Sie nie wieder.« Und als der Portier das Gepäck des ehemaligen Gastes auf die Straße warf, sagte er: »Eine Leguanledergeldbörse? Was glauben Sie eigentlich, wo Sie sind?«

Soweit wir wissen, war dies das einzige Mal, dass der Wunsch eines Gastes des Glissando nicht erfüllt wurde. Seit

Jahren sind Odette und ich der Meinung, dass die Hingabe unserer Eltern, mit der sie sich um die Gäste des Hotel Glissando kümmern, fast schon unnatürlich ist. Odette hat zu mir gesagt, dass das Hotel und seine Gäste auf eine Art wie die kaputten Zifferblätter sind, nur dass Mum und Dad für ihre Arbeit vergütet und nicht bestraft werden.

Trotzdem: »Sie haben die besten Jahre ihres Lebens in diesen Ort gesteckt, und das ist ihre Sache – aber jetzt wollen sie mein Leben dort ebenfalls reinstecken?« So drückte ich mich Odette gegenüber aus. Odette fand, ich würde etwas übersehen: Seitdem wir unsere Eltern kannten, hingen die beruflichen Werte meiner Mutter von meinem Vater ab. Sie gilt schon so lange als Unterstützerin seiner Talente, dass sie selbst der Überzeugung ist, dafür da zu sein. Mum brachte Barrandov senior im Hotel Glissando unter, und deshalb will sie auf Biegen und Brechen Barrandov junior ebenfalls dort unterbringen.

»Ich weiß nicht ... wenn ich nachgebe, werde ich dann nicht dieses Bild in Stein meißeln? Ist das wirklich gut für Mum?«

Odette blinzelte. Sie sagte, sie fände, dass ich eigentlich das Bild ruinieren würde, da ich schließlich keinesfalls Dad das Wasser reichen konnte.

»Danke, Schwesterherz ... vielen Dank ...«

»Wohingegen ich durchaus an Dad heranreiche und vielleicht sogar noch besser bin als er.«

War Odettes Selbstvertrauen fundiert? Ich fand schon. Sie hatte immer lernen wollen, was Dad uns beizubringen versuchte. Und wenn wir Dad fragten, mit wem von uns er lieber arbeitete, sagte er: »Odette natürlich.« Meine Schwester machte ein Riesengeschäft als selbstständige Klempnerin, aber sie gab all das auf, um für meine Eltern da zu sein. Sie bereute es auch nicht. Sie sagte, sie liebe die Arbeit und könne verstehen, warum unsere Eltern sich so sehr für das Glissando engagierten. Ich bat sie, dies auszuführen, und sie wurde so emotional, dass ich mir ganz einsam vorkam.

Ich hingegen kam eine Weile vom Kurs ab. Mum fing an, so zu tun, als hätte ich nie existiert. »Stell dir vor, ich hätte nur ein Kind ... Ein Kind, das sein Leben für die Landeiergruppe oder wie die heißt wegwirft«, sagte sie zu Odette. Dad und ich verbrachten die Sonntagabende wie üblich im Pub, aber es war einfach nicht mehr dasselbe. Mir war nicht klar gewesen, wie wichtig es mir war, beide Eltern auf meiner Seite zu haben. Mum tat viel für uns, als wir aufwuchsen. Wie bei allen anderen Arbeiten teilten sie und Dad sich ihren Anteil an unserer Erziehung ebenfalls gerecht auf, fanden zumeist vertrauenswürdige Erwachsene, die auf uns aufpassten, wenn sie nicht konnten, behielten den Überblick über all unsere Einverständniserklärungen, Hobbys, Obsessionen, Allergien (sowohl die vorgetäuschten als auch die echten), ganz zu schweigen von unseren Wachstumsschüben, Stimmungsschwankungen, dem Feilschen um ihre Aufmerksamkeit und den Versuchen, sich ihrer Kontrolle zu entziehen. Ich weiß noch, dass Mum uns immer wieder sagte, wir hätten gute Herzen und gute Köpfe. Danach dankten wir ihr, und es klang vielleicht, als würden wir ihr dafür danken, dass sie uns so sah, aber in Wirklichkeit dankten wir ihr dafür, uns all das Gute, das in uns war, gegeben zu haben. Sie wollte nicht glauben, dass ich mein Alles ins Kindergärtnern steckte, und sie hatte recht. Sie will gute Herzen und gute Köpfe ordentlich eingesetzt wissen, aber ich bin nicht davon überzeugt, dass jeder so leben sollte oder dass es jeder überhaupt könnte.

Aisha erzählte mir – was erzählte sie mir eigentlich? Was erzählt sie mir jemals? Sie ist, was man eine »aufstrebende« Filmemacherin nennt; weit eher gewohnt, etwas zu zeigen, als es zu erzählen. Also was zeigte sie mir? Vieles, aber nicht alles. Wir wohnen im selben Gebäude und lernten uns im Treppenhaus kennen: Ich hatte mich ausgesperrt und wartete darauf, dass mein Mitbewohner Pierre nach Hause kam. Es würde sehr lange dauern, bis er nach Hause kam: Die Schlüsselfigur im Sozialisierungsprozess der Mohnblumenklasse zu sein ist nämlich nur Pierres Identität bei Tag. An den Wochenenden verwandelt er sich in den Leadsänger einer Band, *Hear It Not, Duncan,* und ihre Auftritte ziehen sich ewig hin. Natürlich würde ich ihn nicht ans Telefon bekommen, und es kam mir so vor, als wäre jeder zweite Freund, der an unserer Busstrecke wohnt, ebenfalls beim Konzert, also setzte ich mich vor meine Wohnungstür und ging alle Visitenkarten durch, die ich jemals bekommen hatte, rief die Handynummern darauf an und landete jedes Mal auf der Mailbox, weil niemand mehr Überraschungsanrufe mag.

Aisha ging an mir vorbei, als ich gerade jemandem eine weitschweifende Nachricht auf der Mailbox hinterließ und davon erzählte, wie ich einmal an der Haustür eines Nachbarn vorbeigekommen war und aus einer Laune heraus die Hand durch den Briefschlitz gesteckt hatte, woraufhin unvermittelt eine unsichtbare Person auf der anderen Seite der Tür meine Hand fest gepackt hatte – das war wirklich geschehen, und seither hatte mich nichts mehr so sehr erschreckt, und ich war nicht mehr so schnell gerannt. Aisha ging vorbei und hörte, wie ich das sagte, und sie lächelte. Sie lächelte. Ich bin ein einfacher Kerl, leider von der Sorte, die Aisha nicht anlächeln durfte, es sei denn, sie will einen Freund. Ich sagte, dass ich mich ausgesperrt hatte, und tat alles, um Mitleid zu erregen. Sie fragte mich, ob ich ein Auto hätte, dann könnten wir losfahren und Anhalter mitnehmen und an ihr Ziel bringen. Das hatte sie schon immer mal tun wollen, sagte sie. »Ja, ich auch!«, sagte ich. Wir fuhren die A534 rauf und runter, konnten aber niemanden dazu bringen, bei uns einzusteigen. Wahrscheinlich wirkten wir übereifrig. Wir kamen im Morgengrauen zurück, und Pierre war zu Hause. Ich frage mich, was wohl noch geschehen wäre, wäre er nicht da gewesen.

Aisha machte es sich zur Gewohnheit, immer bei mir zu klopfen, wenn sie an meiner Wohnung vorbeikam. Sie lud mich zu Filmvorführungen und anderem ein, aber ganz egal, zu welcher Zeit wir uns verabreden, sie kommt immer eine halbe Stunde zu spät, manchmal auch eine dreiviertel Stunde. Ich würde wahrscheinlich auch eine Stunde oder noch länger auf sie warten, aber das darf sie niemals herausbekommen. Beharrlichkeit scheint bei ihr nicht zu ziehen: Ich schaffe es immer nur, sie bis zu einem bestimmten Punkt zu verführen. Ich bin das im Kopf schon mehrfach durchgegangen, aber ich komme mit dem Denken auch nur so weit, wie ich mit dem Verführen komme. Wenn unsere Körper ineinander verschlungen sind, baut sich eine Glut auf, in der die Sinne den Verstand überholen – es ist dann möglich, Geräusche zu schmecken – dieser halbe Schluckauf, halbe Seufzer, der mir sagt, dass ihr gefällt, was meine Zunge mit ihr macht. Und so nehmen wir uns beide noch etwas mehr von dem, was uns gefällt, und die Lust schwillt an, bis – bis sie zurückweicht. Kein Eindringen ist erlaubt, ganz egal wie nackt wir sind oder wie gut sich das Streicheln und Übereinandergleiten anfühlt, ganz egal wie köstlich feucht sie ist, wenn ich ihre Beine mit meinem Knie sanft auseinanderschiebe. Ich sehe ihr in die Augen und erkenne Verlangen, aber auch noch so etwas wie Abscheu. Dann löst sie die Verbindung.

Kann es sein, dass niemand einen Mann ohne Ehrgeiz mag und man ihm alles vorenthält, bis er sich ändert? Hebt sich A für irgendeine fiktive Figur auf, für Willow Rosenberg oder den schlaffhaarigen Theodore Laurence oder so? Gibt es jemand anderen, jemand nicht Fiktiven? Tut sie es, damit ich ihr mit Worten sage, dass ich sie will? Ich möchte solche Sachen nicht sagen. Wenn sie also vorerst nicht will, dann kann ich nicht. Das klingt völlig offensichtlich, aber ich habe Geschichten gehört, von Männern, von Frauen, die zeigen, dass es für andere nicht so offensichtlich ist. Zustimmung ist eine absteigende Bewegung, glaube ich – ein Sprung oder Sturz, und ob sie es zugeben wollen oder nicht, selbst die entschlossensten Menschen sind manchmal nicht in der Lage zu sagen, ob sie aus freien Stücken eingewilligt haben oder nicht. Dieses Unvermögen, zu erkennen, ob man gesprungen ist oder gestoßen wurde, führt zu einem stumpfen Blick und einem Niedergang ganz eigener Art.

Pierre sagt, es höre sich so an, als »stehe Aisha einfach nicht auf Schwänze«.

»Du meinst, sie steht eher auf Muschis?«

»Vielleicht, aber das Einzige, was dich im Speziellen betrifft, ist, dass sie nicht auf Schwänze steht. Ich meine ... Okay, da ist also dieser Typ, und der will ganz unbedingt in dich eindringen. Vielleicht ist das ein bisschen abstoßend?«

Ich kann mich immer darauf verlassen, dass mir Pierre ehrlich seine Meinung sagt. Oder dass er versucht, mir Komplexe einzureden. Oder beides.

Deshalb werde ich nichts bei ihr überstürzen: Aishas andere Leidenschaften entlarven sie. Sie liebt das Kino so sehr, dass ich sie dort finden kann. Hinweise und Andeutungen stecken in jedem ihrer Lieblingsfilme. Ich weiß, wessen freches Lippenkräuseln sie nachahmt, wenn sie eine Anweisung erhält, an die sie sich nicht zu halten gedenkt, und ich weiß, wen sie zitiert, wenn sie affektiert sagt: *Oh, Schätzchen, wenn ich die Beherrschung verliere, wirst du sie bestimmt nirgendwo finden!* Mir bleibt die äußerste körperliche Erfahrung mit dieser Frau versagt, das stimmt – und doch kenne ich sie. Aisha wollte früher einmal Gedichte schreiben, weil sie auch gern welche las. Doch ach, es sprach die Muse nicht zu ihr. Dann wollte sie Prosa schreiben, ließ es aber sein, als sie merkte, dass sie sich nicht überwinden konnte, über Geschlechtsteile zu schreiben. »Echte Schriftstellerinnen müssen auch über den Körper schreiben können. Es muss sein. Wir leben darin.«

Also könnte es einfach nur As Faible sein, nicht zu wollen, dass ich mich von der Lust leiten lasse. Vielleicht ist die Lust eine atemberaubende Verräterin, des Wächters Tochter, die man zu jeder nächtlichen Stunde in der ummauerten Stadt sehen kann, wie sie leise singt und die Luft mit einer sternenhellen Schwanenfeder kitzelt. Lust, des Wächters Tochter: etwas nutzlos, vielleicht, aber keine, die Schaden anrichtet, bis zu dem Tag, an dem das Fernrohr ihr die Truppen offenbart, die auf die ummauerte Stadt zumarschieren. Als die Dunkelheit hereinbricht, stiehlt sie sich durch die schlafenden Straßen, trifft den Feind an den Toren der Stadt und reißt diese weit auf: *Nehmt euch alles, was ihr wollt, und brennt den Rest nieder …*

… Wenn alles vorüber ist, wird kein Beobachter in der Lage sein, ein auch noch so unlogisches Motiv für den Verrat der Göre auszumachen. Historiker analysieren ihre Behauptung, sie sei schlafgewandelt. So sind die Taten der Lust, Kind unserer ummauerten Städte. Aber man kann über sie sagen, was man will, die Lust lässt sich nicht leugnen. Oder doch???

Ohne es recht zu bemerken, rutschte ich in die Arbeitslosigkeit. Ich hielt mich so oft in der Lobby des Glissando auf, dass ich keine Zeit mehr hatte, zur Arbeit zu gehen. Jemand im Hotel könnte einer meiner Fähigkeiten bedürfen, und danach könnte ich mich dem Rest meiner Familie wieder anschließen und die Barrandov-Tradition, fragwürdige Bedürfnisse zu befriedigen, fortführen. Aber niemand brauchte mich. Ich sah zu, wie meine Mutter hin- und hereilte und in ein Walkie-Talkie murmelte und wie mein Vater und Odette umherstiefelten, die Daumen durch leere Schlaufen ihrer Werkzeuggürtel gesteckt. Hatte ich meine Chance verpasst? Als meine Rücklagen aufgebraucht waren, beschloss ich, sowohl Ehrgeiz zu entwickeln als auch Spaß dabei zu haben. Ich stahl teure Dinge, aber sobald ich sie in meinem Besitz hatte, merkte ich, dass ich sie nicht behalten wollte und keine Lust hatte, sie zu verkaufen. Ich brachte sie zurück, bevor jemandem auffiel, dass sie fort waren. Das kniffligste und angenehmste Unterfangen (außerdem das Unterfangen, das eine Fahrt nach London und ausgefeiltes Make-up und einen bis auf die allerletzte Silbe perfekten Wiener Akzent verlangte) war der Diebstahl und die unauffällige Rückgabe einer Diamantkette von Tiffany's in der Old Bond Street. Fast hätte ich die Kette behalten, aber Aisha gefiel sie nicht, und ich wusste nicht, wem sonst ich das Ding hätte geben können. Die Diamanten sahen trübe aus. Mein erster Impuls beim Stehlen der Kette war, sie ordentlich zu putzen.

Während dieser Zeit sah ich mir mehrere Male einen Kurzfilm von Aisha an. Er heißt *Tödliches Beige* und spielt in

Sankt Petersburg während des Kalten Krieges und handelt von der doppelten Zerstörung der psychischen Verfassung eines Geschwisterpaars mittleren Alters. Bruder und Schwester wohnen zusammen in einem Haus und gehören seit Langem der Partei an. Sie arbeiten als Propagandaschriftsteller. Eines Abends erhalten sie eine Nachricht aus Moskau. Es sei an der Zeit, ihren Teil beizusteuern, um die Partei stark zu machen, indem sie unter ihren Parteigenossen den leisen Verdacht streuen, sie – Bruder und Schwester – seien in Wirklichkeit Spione, um dann die Nachforschungen bezüglich ihrer Aktivitäten zu beobachten, während sie gleichzeitig ihr Bestes geben sollten, um diese Nachforschungen zu behindern. Dieses »Sondierungsmanöver« mit jemandem zu diskutieren ist verboten, damit die Geschwister nicht herausfinden können, ob ihre Genossen in Sankt Petersburg von diesem Manöver wissen. Auch haben sie nicht die leiseste Idee, wem sie in Moskau Bericht zu erstatten haben. Der Brief hat ein authentisches und daher nicht widerlegbares offizielles Siegel, ist aber nicht unterschrieben. Dieser Brief wird ihnen sehr spät abends zugestellt – die Schwester nimmt ihn aus der zitternden Hand eines Mannes, der von einem Scharfschützen erschossen wird, als er sich von ihrer Haustür entfernt. Dann hören die Geschwister weitere Schüsse aus unterschiedlichen Höhen und Entfernungen, was darauf schließen lässt, dass der Scharfschütze ebenfalls erschossen wurde, gefolgt von dem Scharfschützen des Scharfschützen. Es besteht kein Zweifel, Ungehorsam wäre dumm. Ebenso halbherziger Gehorsam: Sollten Bruder und Schwester daran scheitern, ihre Aufgabe zufriedenstellend auszuführen, werden sie mit »Verweisen« rechnen müssen – was soll dieser Hinweis darauf, mehrfach pro missglückter Aufgabe bestraft zu werden? Die erste Aufgabe besteht darin, den Brief zu zerreißen und aufzuessen. Um ihre Befehle zu erhalten, gehen sie abwechselnd zu einem baufälligen Haus am Stadtrand, wo sie die wöchentlichen Anweisungen an einer Schlafzimmerwand vorfinden. Es handelt sich um Anweisungen für das Anlegen diverser fiktiver Kontaktpersonen und das Erstellen kodierter, unsinniger Berichte. Nachdem sie die Anweisungen gelesen und auswendig gelernt haben, müssen sie sie übermalen. Bruder und Schwester dürfen das Haus nicht gemeinsam betreten. Also geht sie allein hinein, er geht allein hinein, und es war gar nicht so schlimm, gegenseitige Verleumdungen auszuhecken, solange sie darauf achteten, sich nicht in die Augen zu sehen. Ein weiterer Grund zur Sorge: einige der fiktiven Kontaktpersonen, die sie angelegt haben, wirken doch etwas zu echt.

Die Geschwister sind schrecklich unglücklich. Sie können nicht verstehen, wie ihnen so etwas geschieht, wo sie doch niemals etwas falsch gemacht haben. Ein Genosse reißt beim Mittagessen einen Witz und wirft die Möglichkeit auf, dass jemand in Moskau sauer auf die Wundergeschwister ist, sie unaufrichtig findet, sich für diesen verworrenen Plan entschieden hat, um sie zu zwingen, sich ihr eigenes Grab zu schaufeln. Während man den Geschwistern dabei zusieht, wie sie wegen Alltagskram streiten und nichtssagende Kommentare über die Machenschaften ihrer Nachbarn wechseln, gibt es unerfreuliche Hinweise darauf, dass eigentlich jedes lobende Wort, das die beiden schreiben, von Grund auf unehrlich ist und auch schon immer war. Sie haben stets auf alle sozialen Bindungen verzichtet; alle sind nur Bekannte. Jetzt erforschen sie ihr Gewissen, erkennen die Umrisse wilder Pferde, die panisch durch die Teeblätter auf dem Boden ihrer Tassen rennen ... Was sind das für Omen? »Diese Pferde sagen uns, wir sollen etwas trinken, das stärker ist als Tee.« Dieser Rat ist unschätzbar – die Geschwister wünschen sich nichts sehnlicher, als still zu sein, und ihrer Erfahrung nach verschließt der Alkohol ihnen den Mund. Also trinken sie am Küchentisch, die Gesichter neutral, die Knie zusammengepresst, während sie auf die reichlich verwanzte Wand hinter dem Kopf des jeweils anderen starren.

Es ist ein geisterhafter Hauch von Film, Film eher im Sinne einer Substanz, die sich auf die Pupillen legt, als einer Bildabfolge, die vor einem vorüberzieht. Man fühlt alles eher, als dass man es sieht; Anspannung verdunkelt jedes einzelne Bild; am Ende kann man weder in das Leben der Geschwister hineinsehen noch aus ihm heraus. Es scheint, als könnten sie es ebenfalls nicht. Der Film wirkt wie ein Urteil über das geschriebene Wort und den Würgegriff, den es übernimmt. Wehe denen, die glauben, was geschrieben steht, und wehe denen, die es nicht tun.

Ich trug diese Gedanken Aisha vor, und sie schüttelte den Kopf. »Es ist ein Puppenspiel«, sagte sie. Ja, das auch. Die Filmgeschwister werden von zwei weiblich aussehenden Puppen gespielt, denen ein Sänger und eine Puppenspielerin ihre Stimmen leihen, beides Freunde von As Stiefvater. Die Schwester überragt ihren Bruder; sie ist aus Holz. Der Bruder ist aus Metall, und sein Gesicht ist eines der faszinierendsten, die ich je gesehen habe, es besteht vollständig aus gezackten Schuppen – Schuppen als Augenlider, eine knopfförmige Schuppe als Nase. Wenn er den Mund öffnet, um zu sprechen, ist es, als würde das Meer sprechen.

Ich beschloss, meiner eigenen Schwester Odette den Film zu zeigen, und während ich in der Lobby des Hotel Glissando auf sie wartete, sah ich ihn mir über das kostenlose WLAN noch einmal in ganz klein auf meinem Handy an. Ein Mann tippte mir auf die Schulter, und ich hob den Blick: ein

Schwarzer etwa im Alter meines Vaters und einen halben Kopf kleiner als ich. Diese Koteletten: Ich hatte sie (und ihn) schon einmal gesehen, wusste aber nicht mehr, wo. Der Mann sagte etwas. Ich nahm die Kopfhörer ab.

»... siehst gut aus, Freddy. Wie geht es dir?«

»Ja, wirklich gut, danke. Und selbst?« Ich hatte keinen Schimmer, wer er war, aber solange einer von uns beiden wusste, was los war, machte es mir nichts aus zu plaudern.

Er stupste mich mit dem Ellenbogen an, zwinkerte mir zu. »Da staunst du, mich zu sehen, was? Hast wohl gedacht, ich wär tot, stimmt's?«

Als er das sagte, erinnerte ich mich wieder an alles: Dieser Mann hätte wirklich tot sein müssen. Er war mein Patenonkel, und ich hatte ihn zuletzt bei meiner Taufe gesehen. Möglicherweise war ich auf seiner Beerdigung, bin mir dessen aber nicht sicher: Ich war auf so vielen, dass sie alle ineinander verschwammen.

»Meine Güte, ja! Dann lebst du also doch? Wunderbar. Wie hast du das geschafft? Ich meine, du warst ...«

»Segeln, ja«, steuerte er bei und strahlte.

»Richtig, segeln, du wolltest die Erde mit deinem Schiff umrunden, und dann war da dieser Wirbelsturm auf Kuba, und Teile deines Schiffs wurden an unterschiedlichen Küsten angeschwemmt ...«

»Ich hab mich ziemlich schnell von dem Schiff getrennt, Freddy«, sagte mein Patenonkel heiter. »Segeln ist nichts für mich. Ich kam eigentlich nur auf die Idee, um von Frau und Kind wegzukommen, und sobald ich in Florida war, ließ ich das Schiff ohne mich weitertreiben.«

»Also hast du deine Familien glauben lassen, du wärst tot, äh – Jean-Claude?«

»Stimmt. Ich wohne seit Jahren im Glissando.« Seine Hand glitt in seine Tasche; ich konnte mir vorstellen, was er tat, ich hatte gesehen, wie andere dasselbe Ritual durchführten – er fuhr mit dem Finger immer wieder um den Rand seiner Zimmerkarte, tat, was er vor dem Einchecken hätte tun sollen, bevor er zum Subjekt der Regeln wurde. Bevor man glaubt, einen Schlüssel zu besitzen, sollte man ihn sich genau ansehen. Nicht nur weil man ihn später vielleicht identifizieren muss, sondern weil man durch den Blick auf einen Schlüssel einen Eindruck von dem Schloss bekommt, für das er gemacht ist, und davon ausgehend auch für die gesamte Einrichtung, die das Schloss umgibt. Hat man einmal ins Hotel Glissando eingecheckt, gibt es zu Lebzeiten kein Auschecken mehr: Ich stelle mir vor, dass dies ein Vorgeschmack auf den Tod ist. In vielen Geschichten merken es die Menschen, die gestorben sind, erst dann, wenn sie versuchen, an einen Ort zu reisen, den sie noch nicht kennen, und sie feststellen müssen, dass sie ständig am Ankommen gehindert werden. Diese Geister können nur an Orte zurückkehren, an denen sie schon einmal waren; das ist alles, was ihnen bleibt. Je nachdem kann das noch immer eine recht weitreichende Existenz sein. Aber ob sein Besitzer nun weit gereist ist oder nicht, die Schlüsselkarte für jedes Zimmer im Hotel Glissando ist rund; würde man den Schlüssel in die Hand nehmen und richtig darüber nachdenken, bevor man den Residenzvertrag unterschreibt, würde einem diese Form sagen, dass man, ganz egal wohin man sonst ginge, immer wieder in sein Zimmer zurückkehren muss und wird.

»Hier ist es schön ruhig, und jeden Morgen gibt es Eier, die genauso zubereitet sind, wie ich sie mag«, sagte Jean-Claude. »Jana hat sich in Abwesenheit von mir scheiden lassen und ist sowieso schon wieder verheiratet. Es geht ihr gut. Und sieh dir an, wie gut sich mein Junge macht!« Mein Patenonkel schlug ein Promimagazin auf und zeigte mir eine vierseitige Strecke über das herrliche Haus seines Sohns. *Chedorlaomer Nachors Haus der Schlösser! Prachtvoll! Geheimnisvoll!*

»Chedorlaomer Nachor ist dein Sohn?« Ich hielt Jean-Claude mein Handy hin. »Hast du gewusst, dass er auch in dem Film mitspielt, den ich mir gerade ansehe?« Während unseres Gesprächs war der Film zu Ende gegangen; ich ließ ihn noch mal laufen. Jean-Claudes Blick schoss argwöhnisch zwischen mir und dem Handydisplay hin und her. »Ich sehe da nur Puppen.«

»Ja, er ist die Stimme des Bruders ...« Ich wartete darauf, bis das silbrige Gesicht sprach, und drehte die Lautstärke hoch. Jean-Claude hörte einen Moment lang zu und nickte dann.

»Was ist das für ein Film?«

»Oh, den hat meine ... Freundin gemacht. Also, sie hat das Buch geschrieben und Regie geführt ...«

Jean-Claude packte mich am Arm. »Du kennst meinen Chedorlaomer?«

»Na ja, nicht persönlich, aber ... warum, willst du ihn ... du weißt schon, wiedersehen?« Endlich hatte ich meine Chance nicht verstreichen lassen. Hier war eine Dienstleistung, die ich Jean-Claude und seinem berühmten Sohn anbieten konnte. Das hätte Einfluss auf die Versöhnung mit meiner Mutter, die meine Existenz einmal mehr anerkennen müsste. Aber Jean-Claude wollte seinen Sohn nicht wiedersehen. Sein Buchhalter riet deutlich von solchen Rührseligkeiten ab. Stattdessen wollte er, dass ich seinen Sohn aus den Klauen einer gefährlichen Person befreite.

»Gefährliche Person?«

»Ihr Name«, sagte Jean-Claude düster, »ist Tyche Shaw.«

»Wirklich?«

»Du hast von ihr gehört?«

256 |

Ich tippte wieder auf das Display meines Handys. »Sie spricht die Schwester!«

Jean-Claude blätterte ein anderes Magazin durch, bis er Fotos von Chedorlaomer fand, der Hand in Hand mit einer großen, üppigen schwarzen Frau ausging. Ihr Haar war hochgesteckt und entblößte einen Hals, der mich davon träumen ließ, ein B-Movie-Vampir zu sein. Ich hätte nie geglaubt, dass sie eine Puppenspielerin war, und der Autor der Bildunterschrift auch nicht: *Nachors mysteriöse Bekannte ... Kennen Sie sie? Schreiben Sie uns!*

»Freddy«, sagte Jean-Claude. »Ich beobachte dich nun schon seit ein paar Tagen.«

»Mich beobachten? Von wo?«

Er deutete auf eine eingetopfte Palme hinter der letzten Telefonzelle. »Dahinter steht ein Stuhl. Ja, ich habe dich beobachtet, und du siehst gut aus, aber du wirkst auch, als würde dir die Richtung im Leben fehlen.«

Das konnte ich nicht abstreiten.

»Würde dich ein einträglicher Auftrag interessieren, Freddy?«

»Na ja ... ja.«

»Gut! Ich zahle dir das hier ...« Jean-Claude schrieb eine Zahl auf das Cover der obersten Zeitschrift. »Wenn du die beiden so schnell wie möglich auseinanderbringst.«

Die Zahl war hoch. Ich musste ihn fragen, warum ihm so viel an der Trennung lag.

»Ich habe mich erkundigt und so einiges über Tyche Shaw herausgefunden«, sagte Jean-Claude, und seine Augen wurden für einen Moment so groß wie Untertassen. »Frag nicht danach, aber lass mich nur so viel sagen: Sie ist nicht die Sorte Mensch, mit der mein Sohn sich abgeben sollte. Rette ihn. Wenn nicht für Geld, dann wenigstens aus Anstand.«

»Ich werde sehr gern tun, was ich kann. Aber hast du schon den Concierge oder meine Mutter darum gebeten?«

»Ja, natürlich, aber sie sagen, es fallen nur Anfragen in ihren Aufgabenbereich, die vor Ort erledigt werden können.«

»Verstehe ... Also, mach dir keine Gedanken, Jean-Claude. Ich werde mich darum kümmern.«

»Musik in meinen Ohren, Freddy. So macht das ein Barrandov!«

Bald würde ich eine Menge Geld haben, aber diese Aussicht begeisterte mich nicht. Vielleicht würde es mich mit der Zeit mehr begeistern. Ich musste Aisha nicht lange bitten, mir Chedorlaomer vorzustellten: Wenn überhaupt schien es sie zu amüsieren, dass sie den Fanboy in mir entdeckt hatte.

As Freunde sind auch meine Freunde ...

Chedorlaomer Nachor war schon seit Jahren berühmt. Er hatte sich daran gewöhnt, gut zu leben und mit seinen Freunden zu feiern. Wenn man ihm sagte, dass man etwas mochte, das er besaß, dann gab er es einem, auch wenn er es sich selbst dafür ausziehen und einem anziehen musste. Er war dabei auch überglücklich – das gehörte dazu. Er gab offen zu, dass Tyche seine erste große Liebe war, gab es vor jedem zu, der ihm Gehör schenkte. Wo er auch war, die himmlische, köstliche Tyche Shaw war nicht weit. Sie konnten die Hände nicht voneinander lassen. Ein durchmischter Duft stieg von der Haut der beiden auf – schwefelig, klebrig, süß. War er nicht etwas zu alt, um zum ersten Mal verliebt zu sein? Und wer war sie überhaupt? Da mir Jean-Claude nicht hatte sagen wollen, was er über sie wusste, stellte ich selbst einige Nachforschungen an. Sie war eine Puppenspielerin, und beileibe keine bekannte, obwohl sie durchaus mit Leuten wie Radha Chaudhry und Gustav Grimaldi zusammenarbeitete. Aisha fügte etwas flapsig hinzu, dass Tyche auch seltsame Jobs und Invokationen annahm. Seltsame Jobs? Spielte Aisha auf Prostitution an?

Chedorlaomer schien ein netter Mensch zu sein, Tyche ebenfalls. Falls einer der beiden bösartig war, versteckten sie es sehr gut. Aber das spielte keine Rolle. Es war meine Aufgabe, ihre Romanze zu beenden. Sie waren verliebt und lachten über alles und überfielen mich mit dem Geruch nach Sex, der mir verwehrt bleibt. Ich weiß, ich sage verwehrt, als hätte ich ein Anrecht darauf. Aber die beiden füllten mein Hirn mit dem schmutzigsten Helium – ich sah ihre wandernden Hände, und ich sah Aishas *Tödliches Beige,* und wenn ich blinzelte, erschienen mir unterschiedliche traumhafte Verrenkungen, gehüllt in Satinlaken. Die Körper, die ich sah und spürte waren meiner, Aishas, Chedorlaomers, Tyches ... Selbst die Puppen bekamen ihre Chance. Ich machte mich an Chedorlaomer heran, aber abgesehen von der typischen Halbherzigkeit meines Versuchs war Jean-Claudes Sohn immun gegen meinen Charme. Er sprach von Aisha und erklärte mir, dass jeder, der ihr wehtat, es nicht leicht haben würde, mit all den Verletzungen zu leben, die er und Aishas Stiefvater ihm zufügen würden. Er flötete diese Bemerkung geradezu, sodass ich ein paar Minuten brauchte, um zu verstehen, dass er mich warnte.

Danach musste ich Aisha in mein Projekt einweihen, bevor Mr. Beschützer ihr etwas sagte. Nachdem ich ihr alles erzählt hatte, sah sie mich mit einem höchst seltsamen Blick an.

»Du hast also die Tendenz, nicht mehr zu wollen, als du schon hast?«, fragte sie.

»Ja.«

»Und du glaubst, das sei ein Problem?«

»Das ist es ganz sicher: Es ist ein Unterschied, der mich langsam von meiner Familie entfremdet!«

»Was, wenn ich dir sagte, dass ich sowohl Ched als auch Tyche gut genug kenne, um mir sehr sicher zu sein, dass keine Notwendigkeit besteht, die beiden auseinanderzubringen?«

»Ich muss es trotzdem tun. Mein Wort gilt. Ich habe Jean-Claude gesagt ...«

»Was Jean-Claude angeht«, sagte Aisha und rührte mit finsterem Nachdruck in ihrem Tee.

»Bitte, nicht.«

»Na gut, vergiss Jean-Claude vorerst. Hör zu, Freddy, du bist mein Kumpel, und zusammen können wir alles erreichen. Ich sag dir jetzt, wie du sie auseinanderbringen kannst ...«

»Dein *Kumpel* ... alles erreichen ... alles, *dein* Kumpel«, sagte ich und dachte, ich würde mit mir selbst sprechen. Aber sie hörte mich und wollte wissen, ob alles in Ordnung sei.

»Ich? Ja? Ich meine ... ja. Immer. Ich – tut mir leid, ich hab dich unterbrochen, oder? Sprich weiter.«

Aisha kannte einen Mann, der »beziehungszerstörend gut leckt«. Sie schlug vor, diesen Mann und Tyche an einem Abend zusammenzubringen, beiden viel Wein zu geben und der Natur ihren Lauf zu lassen. Also machten wir das. Ich tat, als fände ich es lustig, als ich feststellte, dass dieser beziehungszerstörend gute Lecker mein Mitbewohner Pierre war.

Tyche kam mit Chedorlaomer, und sie ging auch mit ihm. Was für ein geselliges Pärchen, sie genossen sich und uns, er voller Optimismus, sie witzig und aufmerksam. Beide offenbarten stets ihr visionäres Wesen, all die Hoffnungen und Pläne, alles wirklich etwas anstrengend. Währenddessen trank Pierre immer weiter, ohne betrunken zu werden. Und er warf Aisha bedeutsame Blicke zu. Ich trank den ganzen Abend Wasser, kippte es nur so in mich hinein, versuchte einfach nur, mich abzukühlen. Da ich es vermied, mich zu berauschen, konnte ich schnell denken und musste nicht den gesamten Abend verloren geben – dort auf der Küchentheke standen die Gläser, aus denen Tyche und Chedorlaomer getrunken und die sie dann dort abgestellt hatten. Ich ließ sie für Plan B mitgehen.

Die Ergebnisse des DNA-Tests waren enttäuschend. Blutsmäßig waren Tyche und Ched so wenig verwandt, wie man nur sein konnte, also musste ich mir etwas einfallen lassen ... Ich inspizierte die Ergebnisse sorgfältig, ließ mich von Freunden, die sich auf dem Gebiet auskannten, beraten, und machte mich daran, Details zu fälschen. Das Endergebnis musste nur für zwei verblüffte Laien seriös aussehen. Ich möchte betonen, dass es mir nicht um Jean-Claudes Tyche-Phobie ging, auch nicht ums Geld, nicht einmal darum, meiner Mutter zu beweisen, dass ich als echter Barrandov jeder Anforderung gewachsen war. Ich bat die beiden, mich in der Bar des Glissando zu treffen.

»Worum geht es denn?«, fragte Chedorlaomer, und Tyche schien für einen sehr kurzen Moment über die beiden Umschläge auf der Theke vor mir nachzudenken, bevor sie mich fragte, was darin war.

Mein Gehirn befand sich im Leerlauf, als ich die Worte stammelte, die ich vorbereitet hatte. Irgendwas von wegen man kenne ja nie mit Sicherheit seine Väter, dass man nur dachte, man würde sie kennen, dass die geheimen Tändeleien der Väter dazu führen konnten, dass die Welt um uns herum nur so von unserem eigenen Fleisch und Blut wimmelte, Ähnlichkeiten, die wir nur unbewusst wahrnahmen.

»Was genau sagt er da eigentlich gerade?« Tyche sprach zu Ched und sah mich dabei an. Die Stimme der Vernunft meldete sich in meinem Ohr zu Wort, beige durch und durch: *Freddy hat den Verstand verloren.* Verloren? War da gerade von Verlust die Rede? Ach ja – Ich hatte etwas gefunden, das ich wirklich, wirklich wollte. Es war mein größter Wunsch, dass Tyche und Chedorlaomer meine Lüge glaubten. Wenn sie mir glaubten und sich dann aus dem Weg gingen, hatte ich gewonnen. Wenn sie mir glaubten und zusammenblieben, dann ... nun, das war eine Version, die sich ebenfalls zu verfolgen lohnte, auch wenn das hieße, dass ich verloren hätte. Ich denke trotzdem, dass ich nicht so weit gegangen wäre, wenn sie nicht jedes Mal, wenn ich sie traf, in diesen Geruch gehüllt gewesen wären, der mich in den Wahnsinn trieb.

WENN EIN BUCH VERSCHLOSSEN IST, GIBT ES DAFÜR VERMUTLICH EINEN GUTEN GRUND, MEINST DU NICHT

Jedes Mal, wenn jemand aus dem Aufzug des Gebäudes, in dem du arbeitest, herauskommt, wünschst du dir, die Aufzugstüren wären aus Glas. So könntest du sehen, wer ankommt, kurz bevor die Person wirklich ankommt, und du hättest genügend Zeit, den korrekten Gesichtsausdruck vorzubereiten. Deine neue Kollegin tritt, einen Hauch zu zwanglos gekleidet, als es für das Arbeitsumfeld angemessen ist, aus dem Aufzug, und weil du darauf nicht vorbereitet warst, sagst du »Hi!« mit deutlich zu viel Nachdruck. Sie hat: ein herzförmiges Gesicht mit zart berougeten Wangen, kurzes, gerades, ordentlich geschnittenes Haar und Augen, die eher lang als groß sind. Sie ist schwarz, aber nicht aus der Gegend, diese neue Kollegin, die ihre Stiefel und Jeans und den Schal kunstvoll souverän trägt, was die anderen dazu bringt, sie zu fragen, wo sie einkauft. »Ach, ihr wisst schon, secondhand«, sagt sie schmunzelnd. George am Schreibtisch neben deinem fragt: »Charity-Shops?«, und die Neue sagt: »Ja, secondhand ...«

Ihr Akzent ist New York und noch ein anderer Teil von Amerika, irgendwo Mittlerer Westen. Und ihr Name ist Eva. Sie ist nicht unbedingt distanziert, nicht unbedingt ... aber sie stellt nur Fragen, die sich auf die Arbeit beziehen. Ihre eigenen Antworten sind kurz und fordern nicht gerade dazu auf, die Unterhaltung fortzusetzen. Auf der Frauentoilette triffst du aufgereiht deine Kolleginnen an, die sich selbstkritisch im Spiegel betrachten und dann, eine nach der anderen, einen Hauch Rouge nachlegen. Normalerweise tragen sie ihr Make-up erst am Ende des Arbeitstages auf, aber jetzt wollen deine Kolleginnen zeigen, dass Eva nicht als einzige strahlen kann. Wenn du vor dem Spiegel an der Reihe bist, fummelts du an deinem Oberteil herum. Die Ärmel hochschieben, um ganz locker Haut zu zeigen, oder ist das zu offensichtlich?

Eva schenkt diesem Aufputzverhalten keinerlei Beachtung. Sie arbeitet während ihrer Mittagspause, tippt mit der rechten Hand auf der Tastatur herum, hält ihr Sandwich in der linken. Du isst auch an deinem Schreibtisch, so wie immer, seitdem du hier arbeitest, und nachdem du beobachtet hast, wie sie bereits die vierte Einladung zum Mittagessen ausgeschlagen hat, erklärst du ihr: »Sag den Leuten einfach, du wärst eine Einzelgängerin. Jedenfalls hab ich das so gemacht.«

Eva sieht nicht von ihrem Monitor auf, und einen Moment lang scheint es so, als würde sie dich ignorieren, aber dann sagt sie: »Oh ... ich bin keine Einzelgängerin.«

Na gut. Du machst dich wieder an deine Arbeit, die Auswertung von Daten. Du erledigst ein paar Anrufe, um wegen fehlendem Papierkram nachzuhaken. Deine Firma existiert, um andere Firmen dabei zu unterstützen, ihre Belegschaft auf optimale Produktivität zu trimmen. Die Aufgabe von Leuten wie dir und Eva besteht darin, der Leistung einzelner Angestellter harte finanzielle Werte beizumessen und diese Zahlen an jemanden weiter oben in der Befehlskette weiterzuleiten, damit diese Person entscheiden kann, wer demnächst arbeitslos ist. Die Beurteilungen durch deine Vorgesetzten sind differenzierter. Oft dürfen sie in Büros gehen, um die zur Diskussion stehenden Angestellten zu beobachten, und in ihren Abschlussbeurteilungen können sie auch einen geheimnisvollen Wert, der mit »Potenzial« bezeichnet wird, einfließen lassen. Du zielst darauf ab, bald auf eine höhere Position befördert zu werden, weil es dir an die Nieren geht, Leute ausschließlich aufgrund von Jahreseinkommensfluktuationen einzustufen. Du hättest gern etwas mehr Kontext zu den Zahlen. Was geschah im Leben der angestellten Person QM76932 zwischen Februar und Mai vor vier Jahren – warum sinken die Zahlen so drastisch? Die Zahlen verbessern sich wieder und bleiben bis zum heutigen Tag stabil, aber ist QM76932 wirklich zuverlässig? Welches Unheil diese Person auch heimsuchte, es könnte in einem Fünfjahreszyklus wiederkehren und sie zu einer weniger sicheren Kandidatin machen als jemanden mit mittelmäßigen, aber einheitlicheren Resultaten. Aber es ist, wie Susie sagt: Viele Chefs lagern diese Beurteilungen lieber aus, weil Kontext und Vertrautheit Unentschlossenheit fördern. Wenn Susie befördert wird, wird sie sich nicht damit aufhalten, über Potenzial zu reden. »Wir haben mehr Macht als die Gutachter, die in die Büros gehen«, sagt sie. Für dich klingt das korrekt: Schließlich ist es das Porträt, das du an deinem Schreibtisch in die Tastatur hämmerst, das die Wirtschaftlichkeit entweder bestätigt oder widerlegt. Aber deine Vorgesetzten können sich öfter die Füße vertreten und werden nach ihrer Meinung gefragt, und deshalb arbeiten du und Susie so fleißig auf eine Beförderung hin.

Aber neuerdings ... neuerdings bist du verleitet, die Empfehlungen, die gemacht werden, zu beeinflussen. Neuerdings hast du dir eine Person herausgesucht, deren Zahlen dir sagen, dass sie ganz oben auf der Abschussliste steht, und du hast beschlossen zu versuchen, diese Person zu retten, indem du mit pochendem Herzen die Zahlen manipulierst, voller Angst, die Zahlen könnten überprüft werden. Und das werden sie, aber nur oberflächlich. Du hast den Ruf, gründlich zu sein, und abgesehen davon würde es deinem Boss schwerfallen, sich vorzustellen, warum du so etwas für eine willkürliche Anordnung von Zahlen und Buchstaben machen solltest, die für sonstwen stehen könnte, irgendjemanden, wahrscheinlich sogar eine Person, mit der du aneinandergeraten würdest, wenn du auf sie träfest. Du erfährst nie, was mit den Leuten passiert, die du bewertest, weshalb du schon gar keine Erklärung für das hast, was du da tust. Warum kannst du dir kein anderes Ziel suchen, eines, das dir wenigstens die Möglichkeit lässt zu wissen, ob du es erreicht hast oder nicht? Sieh es ein, du bist schon ziemlich verrückt. Aber wann immer du das Gefühl hast, du wärst mit deiner Einmischung zu weit gegangen, denkst du an deine Großmutter und machst weiter. Großmutter ist deine dunkle Inspiration. Die Mutter deiner Mutter entkam aus einem untergegangenen kommunistischen Staat mit einem ungehörigen Haufen an Wertgegenständen und einem merkwürdig leer gefegten Gedächtnis, wenn es darum geht, sich an die haarsträubenden Jahre zu erinnern. Aber sie erinnert sich messerscharf an so viel anderes – Preisänderungen zum Beispiel. Deine Großmutter ist voller Inbrunst, wenn es um das Thema Überleben geht, und skeptisch allen Behauptungen gegenüber, man könne sich auch anders entscheiden, wenn alle Stricke reißen. Die offizielle Geschichte lautet, dass es die zahnmedizinischen Fähigkeiten deiner Großmutter waren, die sie bei Kasse hielten. Aber ihrer Persönlichkeit nach zu urteilten ist es wahrscheinlicher, dass sie eine Verräterin gewaltigen Ausmaßes war. Du gibst dir allergrößte Mühe, dir deinen Verdacht nicht anmerken zu lassen, und sie scheint ihren Spaß daran zu haben.

Aber wie schrecklich würden sich du und deine Familie fühlen, sollte, nachdem ihr von ihr dachtet, sie hätte heimlich mit einem der blutrünstigsten Regime in der Geschichte zusammengearbeitet, ein Beweis auftauchen, dass Großmutter eine ganz normale Zahnärztin war, wie sie immer gesagt hat? Eine Zahnärztin, der unverhofft die Art von Glück widerfuhr, die manchmal ehrliche, angesehene Menschen ereilt, in diesem Fall eine verängstigte, aber entschlossene Frau, die mit beiden Händen an diesem Glück festhielt, verängstigt und entschlossen und wahrhaftig nur eine Zahnärztin. Aber sie will nicht darüber reden, das ist es ja. Nicht *können* würden alle verstehen oder zumindest mit Ehrfurcht begegnen. Aber nicht *wollen*?

Der Katholizismus deiner Großmutter scheint in ihrer Achtung für zwei Heilige verwurzelt zu sein, deren Verschlossenheit durch die Jahrhunderte scheint: St. Johann Nepomuk, der bekanntermaßen für seine Beharrlichkeit, das Beichtgeheimnis zu wahren, hingerichtet wurde, und St. John Ogilvie, der zum Tode verurteilt wurde, weil er sich weigerte, die Namen derer zu nennen, die seinen Glauben teilten. Anstelle eines Kruzifixes trägt deine Großmutter ein Medaillon um den Hals, und in diesem Medaillon befindet sich eine Miniaturnachbildung eines Gemäldes, auf dem der heilige Nepomuk mit hochbehelmten Soldaten, ein paar entsetzen Beobachtern, vier Engeln und einem Pferd zu sehen ist. Auf dem Gemälde stoßen die Soldaten den heiligen Nepomuk von der Karlsbrücke, aber Nepomuk stört das nicht so sehr, er sieht auf, als höre er bereits zukünftige Beichten und leiste schon mal Fürbitte für seine Peiniger. *Jungs sind nun mal so, Vater,* scheint Nepomuks Gesichtsausdruck zu sagen. Das einsame Pferd scheint dem zuzustimmen. Es ist das 16. Jahrhundert, und die Engel sind dort, um St. Johann Nepomuk zum ewigen Schlaf ins Flussbett zu geleiten, wo ihn sein Heiligenschein mit fünf Sternen erwartet. Diese Szene offenbart deine Großmutter nicht oft, aber manchmal legt sie die Hand um das geschlossene Medaillon, und es sieht so aus, als spiele sie mit dem Gedanken, es von der Kette abzureißen.

Verdächtigt mich doch, wenn es das ist, was ihr wollt.

Wozu soll ich noch mehr sagen, als ich bereits gesagt habe ... hilft euch erst Beredsamkeit, um etwas zu glauben?

Ihr seid alle Idioten.

Das sind die Aussagen, die deine Großmutter abgibt, und dann sagen du und deine Geschwister: »Nein, nein, Oma, was redest du denn da, wie meinst du das, wo hast du das denn her?«, ohne dass ihr es wagt, euch dabei anzusehen.

Du warst im Kindergarten, als dich deine Großmutter unerwartet unter deinen Geschwistern auserwählte und zu ihrem Günstling erklärte. Zuerst schien das nur zu bedeuten, dass sie für deine Ausbildung zahlte. Das waren gute Nachrichten für deine Eltern, und auch für deine Geschwister, weil dadurch für alle etwas mehr da war. Und deine Dankbarkeit ist echt, ebenso aber auch die ewige Schuld, in der du stehst. Nachdem deine Großmutter für das Meiste, das während deiner prägenden Jahre in deinem Kopf gelandet ist, bezahlt hat, gehörst du in gewisser Weise jetzt ihr. Sie ruft dich an, wenn sie Unterhaltung braucht, und du musst dich fein zurechtmachen, deine Geige mitnehmen und für sie und ihre Schachclubfreundinnen Bauerntänze spielen. Wenn du sie verärgerst, lässt sie es an deiner Mutter aus, und innerhalb der Familie herrscht die Annahme, dass du es sein wirst, die bei deiner Großmutter einzieht, wenn sie irgendwann nicht mehr allein leben kann. (War deine Ausbildung wirklich so gut?)

Wenn du also an sie denkst, dann denkst du daran, dass du genauso gut tun könntest, was du willst, solange du es noch kannst.

Obwohl sie immer einsilbiger wird, wächst Evas Beliebtheit. Susie, die normalerweise ganz auf ihre Arbeit konzentriert ist, verwendet viel Zeit darauf, Eva zum Reden zu bringen. Kathleen geht jetzt während ihrer Mittagspause shoppen. Sie versucht, ihre Einkäufe zu verstecken, aber manchmal erhaschst du einen Blick auf das, was sie in ihrem Spind bunkert – teuer aussehende Nachahmungen von Evas Secondhandchic. Die interessierten Einlinge informieren Eva ungefragt über ihr Privatleben, um zu sehen, was sie daraus macht, aber sie schmunzelt nur und erwidert nichts. Du willst sie fragen, ob sie ganz sicher keine Einzelgängerin ist, aber du hast nicht mehr mit ihr gesprochen, seitdem sie deinen Rat ausgeschlagen hat.

Dann wendet sich Evas Büroglück. Eines Montagmorgens kommt Susie atemlos vom Treppensteigen hereingestürmt und sagt: »Eva, hier ist jemand für dich! Sie kommt gerade mit dem Aufzug hoch und sie ... weint!«

Noch so ein Fall, in dem eine gläserne Aufzugstür von Vorteil wäre. Nicht für Eva, die bereits zu wissen scheint, wer die Besucherin ist, und sich nach einem Versteck umsieht. Aber für alle anderen im Büro wären Glastüren praktisch gewesen, weil niemand weiß, was zu tun ist, als sich die Aufzugstüren öffnen, um eine in Tränen aufgelöste Frau und einen etwa fünfjährigen Jungen preiszugeben, der noch nicht weint, aber den Tränen sehr nahe ist – die Unterlippe bebt schon, oh nein. Die Frau sieht ziemlich genau so aus, wie Eva in zehn, vielleicht fünfzehn Jahren aussehen könnte. Sobald diese Frau Eva sieht, sagt sie Dinge wie: »Bitte, bitte, ich bin nicht mal wütend, ich sage nur, bitte, lassen

Sie meinen Ehemann in Ruhe, wir sind eine Familie, verstehen Sie das nicht?«

Eva weicht zurück, stößt dabei ihre Handtasche vom Schreibtisch. Einige Gegenstände fallen heraus, aber sie hat keine Zeit, sie einzusammeln – die Frau und das Kind rücken weiter vor, bis sie sie an die Einbauschranktür gedrängt haben. Die Frau fällt auf die Knie, und der Junge steht mit zerknautschtem Gesicht neben ihr, er weint so heftig, dass er nichts mehr sieht. »Sie könnten so leicht einen anderen finden, ich aber nicht, nicht jetzt ... Glauben Sie denn nicht, dass Ihnen das eines Tages auch passieren wird? Bitte hören Sie auf, sich mit ihm zu treffen, lassen Sie ihn in Ruhe ...«

Eva wedelt mit den Händen und spricht, aber was sie auch an Entschuldigungen oder Erklärungen hervorbringen mag, sie kann sich nicht gegen das Gebettel durchsetzen. Du sagst, jemand solle den Sicherheitsdienst rufen, und die anderen stimmen dir zu, aber niemand macht irgendwas. Du siehst viele verschränkte Arme und geschürzte Lippen. Kathleen murmelt etwas in Richtung »die Frau sagen lassen, was sie zu sagen hat«. Du rufst selbst den Sicherheitsdienst, und Frau und Kind werden weggebracht. Du hebst Evas Sachen vom Boden auf und wirfst sie in ihre Tasche. Ein Gegenstand sticht dir besonders ins Auge: ein ledergebundenes Tagebuch mit einem Messingschloss. Eine stille Frau mit einem verschlossenen Buch. Eva macht dich langsam neugierig. Sie kehrt an ihren Schreibtisch zurück und arbeitet weiter. Alle anderen gehen an ihre Schreibtische zurück und schicken sich gegenseitig E-Mails über Eva ... Jedenfalls gehst du davon aus, dass das gerade passiert. Du stehst in keiner dieser E-Mails in cc, aber alle außer dir und Eva scheinen viel mehr E-Mails zu bekommen als üblich. Du wirfst ab und zu einen Blick auf Eva, und das Weiße in ihren

Augen ist gerötet, aber sie erwidert den Blick nicht und hört auch nicht auf zu arbeiten. Fax, Fax, Kopie. Sie telefoniert ein paar Mal, und ihr Ton ist von der professionell netten Sorte.

Eine Anti-Eva-Bewegung entsteht. Ihre Mitglieder lassen sich nicht länger von Evas Glamour blenden. Eva ist die Personifikation all dessen, was einzig deshalb auf der Welt existiert, um Versprechen zu brechen, Verpflichtungen über Bord zu werfen, den reibungslosen Verlauf wahrer Liebe zu stören. Du würdest dich jetzt nicht unbedingt als Pro-Eva bezeichnen, aber ein verzweifeltes kleines Kind mit ins Büro zu bringen, um die Geliebte deines Ehemanns zu konfrontieren, erscheint dir doch etwas mehr als nur ein bisschen manipulativ. Vielleicht denkst du als Einzige so: Dieser Aspekt wird nämlich nicht diskutiert. Kathleen hört rasch auf mit ihren Versuchen, Eva nachzuahmen. Wer sich noch immer zu Eva hingezogen fühlt, ärgerte sich schließlich darüber, dass sie noch immer keinerlei Interesse daran hat, Freundschaften zu schließen. Was glaubt sie, wer sie ist? Merkt sie denn nicht, wie nett man zu ihr ist?

»Ja, sie sollte dankbar sein, dass man sich immer noch mit ihr verabreden will«, sagst du, und die meisten Leute, zu denen du das sagst, nicken, zufrieden darüber, dass du verstehst, was sie meinen, wobei Susie, Paul und ein paar andere dich misstrauisch beäugen. Susie steht mittlerweile manchmal hinter dir, während du arbeitest, und wegen deiner heimlichen Manipulationen macht es dich nervös. Es ist besser, sich nicht mit Susie anzulegen.

Während eines Mittagessens kommt Eva mit ihrem Sandwich an deinen Schreibtisch, und ihr esst zusammen. Das kommt plötzlich, aber danach kannst du dich nicht mehr über die anderen lustig machen, indem du so tust, als würdest du Scheiße über Eva erzählen. Sie könnte dich hören und es missverstehen. Du fragst Eva nach ihrem Tagebuch, und sie sagt, sie hätte mit dreizehn angefangen, es zu führen. Sie hatte gerade *Das Tagebuch der Anne Frank* gelesen und war erschüttert davon, dass eine solche Stimme verstummte, und dann noch erschütterter bei dem Gedanken an all die Stimmen, die verstummt waren, bevor wir je von ihnen hatten hören können. »Und weißt du was – scheiß auf alles und alle, die die ganzen Manifestationen von Launenhaftigkeit und Zartheit und Klugheit verhindern wollen. Nicht dass ich dachte, ich wäre so«, sagt Eva. »Ich habe allerdings versucht herauszufinden, wie ich eine bessere Freundin sein könnte, so wie sie es war. Ich dachte einfach, ich sollte diese Zeit aufzeichnen. So wie sie. Also führte ich ein Tagebuch, von dreizehn bis fünfzehn, so wie sie.«

Du fragst Eva, ob sie geglaubt hatte, dass auch ihr etwas widerfahren würde.

»Mir widerfahren?«

Du gibst ihr ein Beispiel. »Ich wurde in einer Stadt groß, in der oft Leute aus dem Fenster fielen«, sagst du. »Also übte ich selbst, aus Fenstern zu fallen. Aber nach ein paar gebrochenen Knochen beschloss ich, dass es besser wäre, mich nicht zu nah an Fenster zu stellen.«

Eva wirft dir einen durchbohrenden Blick zu. »Nein, ich habe nicht geglaubt, dass mir etwas widerfahren würde. Das da drin ist nur der übliche Teenagerkram. Aber deine Stadt ... ist ›aus dem Fenster fallen‹ ein Euphemismus? Und wenn du sagst ›fielen‹ oder auch ›Fenster‹, meinst du damit eigentlich etwas anderes?«

»Nein? Wie kommst du denn darauf?«

»Deine ganze Art ist recht indirekt. Tut mir leid, wenn das unhöflich ist.«

272 |

»Das ist nicht unhöflich«, sagst du. Du hast dir bereits alles über deine indirekte Art anhören müssen, meistens von verzweifelten Ex-Freundinnen.

»Darf ich dir noch eine Frage zu deinem Tagebuch stellen?«

Eva nickt vorsichtig.

»Warum hast du es immer noch dabei, wenn du schon vor Jahren mit dem Schreiben aufgehört hast?«

»Damit ich immer weiß, wo es ist«, sagt sie.

Susie wird unruhig.

»Frag Miss Eingebildet doch mal, ob sie sich immer noch mit ihrem verheirateten Freund trifft«, sagt sie zu dir.

Du sagst ihr, dass du das nicht tun wirst.

»Die Atmosphäre in diesem Büro ist so *träge*«, sagt Susie und beschließt, Miss Eingebildet dazu zu bringen, dass sie kündigt. Du siehst oder hörst keine offene Zustimmung von irgendwem, Susie beim Erreichen dieser Zielvorgabe zu unterstützen, aber so was würde auch niemand in deiner Gegenwart äußern, schließlich isst du jetzt jeden Tag mit Eva zu Mittag. Wenn Eva also für einen Moment dem Essen, das sie gerade gekauft hat, den Rücken zudreht und sich dann umdreht, um zu sehen, dass der Salat umgekippt wurde und ihr Schreibtisch mit Dressing verschmiert ist, wenn Evas Spindschlüssel geklaut wurde und sie anschließend einen Haufen Kondome in ihrem Spind findet, wenn Eva einen seriös wirkenden Anhang geschickt bekommt, der ihren Computer stundenlang lahmlegt und ihr niemand für ein paar Minuten den eigenen überlassen kann, dann schaust du Susie direkt an, auch wenn du weißt, dass sie nicht allein dahintersteckt. Susies Machtrausch geht so weit, dass sie mit halb geschlossenen Augen kichernd durchs Büro läuft. Macht der Job das mit euch allen? Oder werden diese Spielchen ganz unabhängig von den Umständen gespielt? Ein neues Mädchen muss freundlich und moralisch einwandfrei sein. Sie sollte sich öffnen, einfach eine Person aussuchen und sich ihr öffnen, ihre Entscheidungen nachvollziehbar machen. »Ich wusste nicht, dass er verheiratet ist«, wäre gut aufgenommen worden, ganz egal wie hölzern diese Worte dargebracht worden wären. Gib uns einfach *irgendwas,* mit dem wir arbeiten können, Miss Eingebildet.

Jemand durchwühlt Evas Handtasche und nimmt sich ihr Tagebuch. Als Eva es bemerkt, steht sie von ihrem Schreibtisch auf und bittet darum, dass man ihr das Tagebuch zurückgibt. Sie bietet sogar Geld dafür: »Alles, was ihr wollt«, sagt sie. »Ich weiß, dass ihr mich nicht leiden könnt, und ich kann euch auch nicht leiden, aber jetzt kommt schon. Das sind zwei Jahre eines Lebens. Zwei Jahre eines Lebens.«

Alle scheinen von ihren Worten vollkommen verblüfft. Kathleen rät Eva, »vielleicht doch mal auf der Toilette nachzusehen«, und Eva läuft los, um ebendies zu tun, kommt aber mit leeren Händen und verzogenem Gesicht zurück. Sie arbeitet weiter, und als sie das nächste Mal zum Drucker geht, wartet dort bereits ein anderer Ausdruck oben auf ihren Dokumenten: KÜNDIGE UND DU BEKOMMST DAS TAGEBUCH ZURÜCK.

Eva stellt unter Beweis, wie ernst es ihr mit dem Tagebuch ist, indem sie ihr Kündigungsschreiben noch am selben Tag einreicht. Sie verabschiedet sich von dir, aber du antwortest nicht. Mit der Zeit hätte sie Susie und Co. schlagen können, hätte sie zwingen können zu akzeptieren, dass sie nur zum arbeiten dort war, aber sie hat sie gewinnen lassen. Wegen was? Einem Buch? Armselig.

Am nächsten Tag »findet« George Evas Tagebuch neben der Kaffeemaschine, und als du seine handschuhlosen Hände siehst, fällt dir auf, was dir am Tag zuvor entgangen war – er und alle anderen, abgesehen von dir und Eva, hatten den ganzen Tag im Büro Handschuhe getragen. Um keine Fingerabdrücke auf dem Tagebuch zu hinterlassen, nimmst du an. Nett. Das kann nur bedeuten, dass deine Kollegen viel größere Probleme haben als du.

Du meldest dich freiwillig, um Eva das Tagebuch zurückzugeben. Das einzige Problem ist, dass du weder ihre Adresse, noch ihre Telefonnummer hast – du hast dich nie mit ihr außerhalb des Büros getroffen. Die Personalabteilung kann Evas Kontaktdaten nicht herausgeben. Die Frau steht nicht im Telefonbuch und ist auch online nirgends zu finden. Du wendest dich dem Tagebuch zu, weil du keine andere Möglichkeit siehst. Du versuchst, das Schloss selbst zu knacken, und schaffst es nicht, und deine ältere Schwester flüstert: »Frag Oma ...«

»Oh, Tagebuchschlösser sind leicht«, sagt deine Großmutter vorwurfsvoll (wozu hat man einen Günstling, wenn der nicht einmal ein kinderleichtes Schloss knacken kann?). Sie öffnet das Buch im Handumdrehen. Sie will es gar nicht lesen, sie bezweifelt, dass sich darin irgendetwas findet, was die Mühe wert ist. Sie sagt dir, dass das Tagebuch billig aussieht. Was du für Leder hieltest, ist in Wirklichkeit Kunstleder. Billig oder nicht, das Tagebuch übt eine Faszination auf dich aus. Quadrate aus blumenbedrucktem Leinen sprenkeln den vorderen und hinteren Deckel, und die Seiten sind federleicht. Die Tagebuchschreiberin benutzte violette Tinte.

Warum ich nicht mehr reden will, liest du, und dann wendest du den Blick ab und schlägst die letzte Seite auf. Dort steht eine Adresse, und die Chancen stehen gut, dass es sich um die aktuelle handelt, weil sie auf einen Papierschnipsel geschrieben wurde, der über andere Papierschnipsel mit anderen Adressen geklebt worden ist. Du schreibst die Adresse auf ein anderes Stück Papier ab, und dann starrst du sie an und fragst dich, wie es sein kann, dass die Buchstaben und Zahlen, die du mit schwarzer Tinte geschrieben hast, violett geworden sind. Außerdem – außerdem hat sich das Tagebuch entfaltet, während du nach Stift und Papier gesucht hast. Es ist nicht wirklich gewachsen, aber es steht jetzt aufrecht auf dem Tisch und scheint die Luft auszufüllen oder zu absorbieren, sodass sich die Luft hierhin und dorthin wendet wie Seiten. Tatsächlich ist das Buch wie eine Hand, und du, dein Wohnzimmer und alles darin sind Seiten, die hierhin und dorthin gewendet werden. Du gehst langsam und widerwillig auf das Buch zu – könntest du es doch nur von Ferne schließen – aber je näher du dem Buch kommst, desto mehr schwindet das Licht in deinem Zimmer, und es wird immer schwieriger, sich überhaupt zu bewegen. Eigentlich ist es, als würdest du durch einen Papiertunnel gehen, der dich einfaltet, und um dich herum hörst du von überall Stimmen: *Sprich lauter, Eva,* und *Eva, du sprichst so schnell, sprich langsamer* und *Du redest also gern viel, was?* Du hörst: *Du weißt schon, was du da sagst, oder?* und *Entschuldigung, kleines Fräulein, gibt es da nicht etwas, das du uns jetzt sagen solltest?* und *Wenn du das noch einmal sagst!* Du hörst *Pscht* und *Also ... weiß hier irgendjemand, wovon sie eigentlich spricht?* und *Okay, aber was hat das alles hiermit zu tun?* und *Hast du gehört, was sie gerade gesagt hat?*

Meistens sind es Männer, die du hörst, oder zumindest klingen sie männlich. Aber nicht alle. Unter den Frauen kann man Eva hören, die sich selbst zum Schweigen bringt. Du singst und rufst und machst Fantasielaute. Du rezitierst

Lyrik, alles, was recht ist, alles, was dir in den Sinn kommt. So bewegst du dich durch das Gebäude von Evas Stille, und während du deinen Rabatz machst, kommst du dem Buch nahe genug, um beide Buchdeckel zu greifen (obwohl du sie nicht mehr sehen kannst) und das Buch zuzuschlagen. Dann setzt du dich einen Moment lang drauf, lachst hysterisch, und gleitest danach mit dem Buch unter dir über den Boden, bis du eine Rolle Klebeband findest, das du um das geschlossene Tagebuch wickelst. Das war knapp, Kleine, das war knapp.

Am Wochenende gehst du zu der Adresse, die du in dem Tagebuch gefunden hast, und ein grauhaariger, mafiös aussehender Mann öffnet die Tür. Evas Liebhaber? Erst sagt er dir, Eva sei nicht da, dann sagt er: »Moment, nach wem suchen Sie noch mal?«

Du wiederholst Evas Namen, und er sagt, dass Eva eigentlich gar nicht in diesem Haus wohnt. Du fragst, seit wann, und er sagt, dass sie hier nie gewohnt hat. Aber als du ihm sagst, dass du Evas Tagebuch hast, lässt er dich rein: »Ich glaube, ich habe sie mal auf dem Dach gesehen.« Sein Widerwille, irgendeine belastbare Aussage von sich zu geben, wirkt irgendwie politisch. Du steigst aufs Dach, ohne eine klare Vorstellung zu haben, ob Eva dort sein wird oder nicht. Sie ist nicht da. Du blickst über winzige Gärten, riesige Parkplätze und Satellitenschüsseln. Ein eisiger Wind schneidet dir in die Ohren. Wärst du eine Figur in einem Film, dann wäre dies ein gutes Dach, um einen urbanen Vertreter der Mächte der Dunkelheit zu bekämpfen und zu besiegen. Du legst das Tagebuch auf die Dachkante und wendest dich zum Gehen, aber dann hörst du jemanden rufen: »Hey! Hey – ist das meins?«

Es ist Eva. Sie steht auf dem benachbarten Dach. Sie muss aufgetaucht sein, als du die Aussicht genossen hast. Auf dem Nachbardach steht eine Schaukel, zwei Sitze nebeneinander, und du siehst dabei zu, wie sich Eva mit perfekt gespreizten Zehen in den Horizont schwingt, zurückfällt, sich wieder nach vorn schwingt. Sie scheint sich nicht an dich zu erinnern, obwohl sie erst vor ein paar Tagen gegangen ist. Das sagt so viel über dich, wie es auch über sie sagt. Du erklärst Eva, du bist dir sicher, dass der Inhalt des Tagebuchs geheim geblieben ist, auch wenn es so aussieht, als wäre es heftig durchblättert worden. »*Ich* habe es jedenfalls nicht gelesen«, sagst du. Die Schaukel ächzt, als Eva in den Nachthimmel, so hoch in den Nachthimmel hinaufsegelt, dass es aussieht, als wolle sie nicht mehr herunterkommen. Aber das tut sie. Und als sie es tut, sagt sie: »Du glaubst also immer noch, ich hätte es deshalb abgeschlossen?«

DANKSAGUNG

Vielen Dank, Piotr Cieplak, vielen Dank, Marina Endicott, vielen Dank, Tracy Bohan, vielen Dank, Jin Auh, vielen Dank, Bohdan Karásek, vielen Dank, Sarah McGrath. Und Kate Harvey – vielen Dank. Kenneth Gross' fesselndes »Puppet: An Essay on Uncanny Life« hatte einen großen Einfluss.

ANMERKUNGEN

Einige der Geschichten wurden bereits an anderer Stelle veröffentlicht:

Ein Ausschnitt aus »Bücher und Rosen« erschien zuerst in *Granta 129: Fate*, im Dezember 2014.

»Ertränkungen« erschien zuerst in *The White Review* im März 2015.

»Dornička und die Martinsgans« erschien zuerst in der Anthologie der Hayward Gallery *Carsten Höller: Decision*, im Juni 2015.

»›Sorry‹ versüßt ihr nicht den Tee« erschien zuerst in *Ploughshares*, im Juli 2015.

Der Ausschnitt aus dem Gedicht 밥 (Reis) aus der Gedichtsammlung 오래된 골목, der auf Seite 54 mit freundlicher Erlaubnis von Chun Yang Hee abgebildet ist, erschien 1998 bei Jak Ga Geon Shin in Seoul, Südkorea.

Der Ausschnitt aus Pablo Nerudas »Ode und frisches Keimen«, der auf Seite 132 abgedruckt ist, stammt in Eigenübersetzung aus »Die Verse des Kapitäns« (auf Deutsch zuerst bei Volk und Welt, 1952). Copyright Pablo Neruda.

Der Ausschnitt aus Karel Jaromír Erbens Gedicht »Das goldene Spinnrad«, der auf der Seite 223 in der Übersetzung von Eduard Albert und Marie Kwaysser abgedruckt ist, stammt aus dem Buch »Der Blumenstrauß / Kytice« (Verlag Karl Stutz, Passau 2011). Vielen Dank für die Abdruckgenehmigung des tschechischen Originals an Jantar Publishing Ltd. Copyright 2014.

ÜBER DIE AUTORIN

Helen Oyeyemi hat bisher fünf Romane veröffentlicht. 2010 gewann sie den Somerset Maugham Award, 2012 den Hurston/Wright Legacy Award, und 2017 wurde sie mit dem PEN Open Book Award für »Was du nicht hast, das brauchst du nicht« ausgezeichnet. Helen Oyeyemi steht auf Grantas Liste der »Best Young British Novelists«.

»Je länger man sich von dem erzählerischen Garn dieser Ge- schichten einspinnen lässt, umso mehr Geheimnisse und Ge- fahren begegnen einem, und mit jeder Erzählung hatte ich die wunderbare und seltene Erfahrung, vollkommen überrascht zu werden ... überragend.« The New York Times Book Review

»Oyeyemi bringt Magie in das Leben ihrer zeitgemäßen, heu- tigen Figuren.« TIME

»Oyeyemis Buch besteht aus einer berauschenden Kombina- tion aus auf links gedrehter Märchenfantasie, die ebenso emo- tional wie erfinderisch ist, und den ausgezeichnet ausgewähl- ten Details des modernen Lebens, die ihre Geschichten in eine magische Version unserer eigenen Welt verwandeln.« Esquire

»Freigeistig und erfinderisch ... Diese Geschichten sind voller Zärtlichkeit, Humor und seltsamer Freuden.« Financial Times

»Oyeyemis Geschichten sind Kinder einer grenzenlosen Fan- tasie.« Los Angeles Review of Books